坐听云起时

——谢新文化访谈录

谢　新　著

陕西师范大学出版总社

图书代号：WX16N1127

图书在版编目（CIP）数据

坐听云起时：谢新文化访谈录/谢新著. —西安：
陕西师范大学出版总社有限公司，2016.10
ISBN 978-7-5613-8660-6

Ⅰ.①坐… Ⅱ.①谢… Ⅲ.①访问记—作品集—
中国—当代 Ⅳ.①I253

中国版本图书馆CIP数据核字（2016）第233071号

坐听云起时：谢新文化访谈录

谢　新　著

选题策划	善书坊	
责任编辑	尹海宏	
责任校对	王西莹	
封面设计	杨　柯	
出版发行	陕西师范大学出版总社	
	（西安市长安南路199号　邮编：710062）	
网　　址	http://www.snupg.com	
印　　刷	中煤地西安地图制印有限公司	
开　　本	787mm×1092mm　1/16	
印　　张	17.5	
插　　页	2	
字　　数	240千	
版　　次	2016年10月第1版	
印　　次	2016年10月第1次印刷	
书　　号	ISBN 978-7-5613-8660-6	
定　　价	38.00元	

读者购书、书店添货或发现印装质量问题，请与本公司营销部联系、调换。

电话：（029）85307864　85303629　传真：（029）85303879

序

看了谢新女士的人物访谈录《坐听云起时》，不免生出一些感慨。

记者这个职业，是随着报纸的诞生而出现的。但从诞生之日起，就成为中国文人最为重要的一支，这乃是因为记者的文章无不关乎社稷民生、国事时政。现代人可以不读文学，但极少有不读报纸、不看电视的。因此，记者成为社会上受人尊敬的职业之一。

记者与作家，虽然都是舞文弄墨的人，但其职业的差别很大，新闻与文学的要求也迥然相异。在20世纪之初，办报纸当记者的人，多半都是作家出身，后来便分隔得越来越远了。大学里除了中文系，还专门有一个新闻系，中文系虽然很少培养出作家来，但从事记者工作的则多半是从新闻系毕业。

记者爱好文学的不少，但由记者变成作家的，却是越来越少了。谢新在新华社系统工作了二十余年，当了多年的记者，后来又当新华网主持人、负责经营的高管等等，但始终没有放弃采编的职责。我认识她，即是我获得第六届茅盾奖后，她联络我进行了一次专访。兹后，她又采访我多次。于是我开始关注她的文字及她的访谈录。便发现她的文字有简约之洁，古典之美，她选择的访谈对象大都是文化名人、商界翘楚或是各级领导，每做一次访谈，谢新都会找来大量被采访者的资料进行研究，然后找出访谈的话题，写成一张一张的小纸条，以方便访谈时提示。采访完后，她再根据录音整理，逐字逐句琢磨，再见诸报端或新华网站。我听到不少被采访的人如许嘉璐、邵秉仁、周韶华等，对她的访谈均甚为满意。

有一次，谢新告诉我，她不愿意让一些负面的情绪影响她的生活，影响她的心灵，她希望通过访谈，让我们这个时代中优秀的人的事迹与品质在社会上产生更大的影响，让更多的人认知。窃以为，用文学的情怀投入新闻的写作，这是难得的境界，亦是高雅的追求。希望谢新的访谈录，成为她既作为记者也作为作家的一个品牌，坚持下去，越写越好。

熊召政

2016年9月

目 录

许嘉璐：自然环境和人文积累
孕育"新长江文化"

——第十届全国人大常委会副委员长许嘉璐接受谢新专访

从长江源头到"长江创新带"

谢　新： 长江文化论坛是李鸿忠书记非常重视的一个项目，而且希望坚持在湖北把它办下去。今年年初在东湖之滨举办的首届论坛上，您是最后一位发表综述的。您在发言中寄望于今后的论坛能够针对如何塑造新的长江文化做进一步研究。能否为我们描绘一下您理想中的"新长江文化"？

许嘉璐： 谈"新长江文化"，首先需要谈"老长江文化"。以上海为代表的长江下游，确实是文化事业比较发达的一带，但它在中华文化的历史上是后起之秀。所以，我简单描绘一下中华文化的历程。

我们从先于长江文化的黄河文化说起。涓涓细流从昆仑山缓缓而下，所路过之处皆有溪流注入，到陕西那一段时，水势渐长，所以有了壶口瀑布。接着往下，到郑州出现了中原典型的宽阔河流，黄河流域就集中在河南一带。当时，在黄河中游周边聚集的部族、民族、种族是最为繁盛、最有吸引力的。

公元前1000年左右，也就是在周代，中华文化出现了一个巨大的变化——信仰作为文化最核心的东西发生了改变。周以前，人们信仰天，天授神权，王就是天之子。那时候的"天"带有人格神的味道，是有人格的崇拜对象。到了周代，一场革命来临，周用武装力量让商退出了历史舞台，所以"神"的地位慢慢下降，"祖"的地位上升。《左传·僖公四年》记载："天命靡常，惟德是辅。"意思是，天把命降给谁，没有常规。靡就是今天的"无"，命赐给谁是无常的；"惟德是辅"是倒装结构，其实是"惟辅德"——只辅助有德之人，而非赐命给有德之人。

周邦虽旧，其命维新。"天"在全民心目中的地位慢慢下降，大家开始"尊祖"。从王到寻常百姓,大家祭周祖、祭家祖,感恩祖先。这是一次巨大的文化革命,也是礼仪上的一次革命。

发生这个革命之后的几百年,公元前800年到公元前500年这一时期,苏格拉底、柏拉图、亚里士多德在另一个文明里塑造了人格神。根据对圣经古卷的挖掘考证,公元前4世纪,也有人说是2世纪,我们统称为God的人格神耶和华出现了。7世纪,公元622年,穆罕默德正式建立了伊斯兰教。还有我在发言中谈到的婆罗门教的最高神大梵。

谢　新: 信仰与宗教的仪轨都初现了。

许嘉璐: 当时的华夏处在农耕时代,同时期的长江则是捕鱼、打猎的狩猎时代。我们走了跟他们相反的路 ——抛弃神,从此以人为本。

这个时代,人和人、人和自然最为和谐,人的观察和体验也是最细腻的。隔绝、对抗、协作,哪种状态对生活最为有益?自然是第三个。

谢　新: 人与人、人与自然找到和平相处的方式。

许嘉璐: 这是农耕时代的规矩。原始耕作,生产工具很落后,但部落要生存,绝不能以隔绝或是对抗的方式相处。

先说人与自然。什么虫子什么时候出没、什么虫子吃庄稼、什么虫子无害、什么草吃了要中毒,都有体验。研究什么季节刮什么风、什么季节雨多什么季节雨少、黄河什么时候发水,农耕就是这样,人对自然的体验最为细致。

神没了,但人的魂还在。经过先人辛勤的开垦、耕作,生地变为熟地,所谓故土难离。难离的不只是故土,生产工具也好,观察、体验得来的经验也好,这些祖辈留下来的财富可以靠机制传给后代。

现在的孩子不理解,一把镰刀有什么好,又不贵。1971年,我在山西时上山割过麦子。路上得走二里地,直到收工再回来。

谢　新: 没想到您干过农活。

许嘉璐: 岂止干过。北方的农活我还没想到什么我不会干的。赶车、放羊、挖井、挑担子,什么都干过。那时候,我看见村里的妇女为了拿

▲ 许嘉璐接受新华网谢新专访（黄彦 摄）

回一把忘在地里的镰刀，来回走了八里路。70年代，一把镰刀确实很宝贵。

这些财富都靠祖辈、父辈一代代继承下来——一个犁、两把锄头、三把镰刀；没有农业学校，就由他们来教授技术、技能。能够维持生计、传承血脉，我们感念祖先的恩德。所以必须要回到历史去看，我们说慎终追远。过年我们祭拜的是祖宗，神没它的地方。什么叫灵魂永垂不朽，"垂"的是精神。

农耕社会是人类第一次获得不仅供眼前的消费还有结余的时代。一年种的粮食可以够一年半吃；儿子不再种地，可以教书育人，如孔子；公输盘可以专门做木匠、做建筑；华佗可以做医生。

生活有了富余也就有了男耕女织。男的耕地，女的织布。这样一来，装饰美的出现就吸引周边的人前来朝拜，进而出现同化。所以孔子说：远人不服，则修文德以来之。"文"是非物质生产，"德"是道德。至此，长江一带开始向往黄河流域。

近年来阅读的文献，有关原始社会文化积累的部分，都提到了这样一个强大的中原帝国。农耕文明最古老、最典型的代表人物是炎帝，出自湖北随州的历山，而作为原始社会最为卓越的部落领袖，黄帝首先统一了华夏部落。但真正形成王国、不到处流动且有文献可考的，是夏。但夏留存下来的仅有典章制度、诗歌，没有理论。无论何种文化，只有当理论的、哲理的东西出现，它才能够定性。

中华文化定性在孔孟之乡的山东。用孔孟的伦理、道德治国，虽然是诸侯，可也算是小的世界里的国际关系。关系如何处理？来了外敌怎么抗拒？有荀子，有法家，还有孙子。地域的吸引力逐渐增加成为一统，生产力得到了解放，同时解放的还有人的智慧。这里跟北方不一样，水草丰茂，自然条件好，经济一下子就起来了。到了隋代，必须开凿运河，把南方的物资运到北方去。

谢　新：北方物资匮乏，气候条件相较南方也很恶劣，为什么还要定都北方？

许嘉璐：强敌都在北边。游牧民族从来都是靠牲畜来解决食物问题，要想改善生活只有抢，所以农耕社会要在北边修长城。南北朝以后，定都在江南，没两年就让人打了。

楚文化诞生在鸟类多、鱼自由的江边，所以图腾也不一样。如同熊召政先生所说，充满了空灵的想象，正如《离骚》丰富的想象力。由于楚地自然条件好，物质丰厚，所以它造就了很多文人。

古代中国是一个诗歌的大国。长江可以说是长诗歌之家。面对着枯山、黄土高坡，能写出多少诗来？但当你来到了水边，有花有草有鸟有鱼，水中有莲、有菱，听着雨打芭蕉的声音，难免引起遐思，所谓艺术文学创作就形成了。

现在说"新长江文化"。怎么"新"？必须不离根本，不离中华文化的哲学思考和伦理道德，因为它已经在我们心里扎根了几千年，百姓日用而不自知——你的行为与之相吻合，但却说不出道理来。所以必须在原有基础上。如果有机会，建议去三江源看看，那里真的可以"发思古之幽情"，超越现实地思考，诗人到了那儿应该写出诗来。所以，新时代的长江文化，首先是对故有文化的核心的弘扬，同时，由于这里的遐思多，所以第二个重要特征应该是创新性。科技的创新，制度的创新，艺术的创新。我想，长江经济带应该是创新的经济带，应该叫长江"创新带"。今后，长江应该在全国呈现出它的优势来。

谢　新：就目前来说，这个"创新性"还没有完全发挥出来。

许嘉璐：创新可以以历史经验为基础。比如说我们的雕塑、绘画接受了中亚的启迪，中亚吸收了希腊、罗马的营养，我们又从印度获取灵感，这才有了我们自己的绘画、雕塑乃至建筑样式。南北朝涌现了大批杰出的诗人、文人，也融入了少数民族文化。

我觉得，创新应该有自然环境影响和继承这二者的交叉。当前这样一个新的时代，历史传统仍然在左右着中华文化。现在之所以公开提出弘扬优秀文化，也是因为它本身的作用。

这里的自然环境和人文积累应该孕育出新的花朵。这个花朵正是中华民族在当前时代所缺乏的创新。

中华文化应当回归元初

谢　新：辜鸿铭曾说，"孔子教人之方法，如数学家之加减乘除，两千年前是三三得九，今日仍是。"如同今年两岸人文对话的主题——周虽旧邦，其命维新，中华传统元典中的精神放到今天仍具有指导意义。是什么让这些古人的思想、传统的文化在中华文明发展进程中生生不息，传承至今？

许嘉璐： 在人类发展史上，农耕社会形成的文化最适合人类生存、发展、繁衍，最终走向发达。因为不管什么社会，在五大洲什么地方，要想家庭、种族和民族永续下去，都要解决好四个关系：第一个关系，人和人的关系；第二个关系，人和自然的关系，狭义地说就是生态，人和大自然的关系有一个神明的问题；第三个，现实和未来的关系；第四个又回到人自己，就是肉与灵的关系，身与心的关系。

所有民族的文化都是基于这四个关系，只有农耕社会是人跟人最密切、人跟自然最密切的。比如说，咱们现在在室内，外面的冷暖无从知晓，而在农耕时代，大家关心外面冷不冷，今天下不下雨，下的雨对庄稼会有什么影响。我曾经举过一个例子，在车间里工作，整天望着机器，外面下雹子都不知道，下了班还纳闷儿为什么地上有冰盖儿？农耕时代不是这样。一下雹子，先找个地方藏起来，别砸到，然后马上到地里看庄稼怎么样，再打听别的村下雹子没有，咱们的果园怎么样？十分关心自然。现在在写字楼里谁关心天气呀？反正夏有冷气、冬有暖气。

到了工业化时代，现实主义只管现实、利润，只满足物质的需要，不管别的。正因为这样，中国农耕社会持续时间长，农业发达，游牧也逐渐被同化了，所以它历久弥新。

现在，人们购物甚至连商店都不用去了，生活方式发生了深刻的变革，已经对人与人之间的关系造成了影响。如何处理与他人的关系？是隔绝还是抗拒？我们与大自然的距离正在逐渐拉远，我们得关心它，现在强调的生态，这是对人心的一种挽救。再谈现实和未来。人生来就处在社会种种复杂的关系当中，只考虑自己是没有未来可言的。

所以，必须把这四种关系处理好，不管是工业化时代、后工业化时代、后后工业化时代，都离不开这四个关系。而这四个关系在人类历史上达到最和谐的时期就是农耕社会，具有普世价值。

谢　新： 当前，中华民族正朝着伟大复兴的目标迈进，这似乎也预示着中华文化复兴时代的来临。这个话题很容易让我们联想到西方的文艺复兴。谈及西方文艺复兴的先驱，但丁、彼特拉克、薄伽丘，无不崇尚古希腊文化。而崇古的风尚从古至今也一直在延续。在您看来，汉文化圈是否会出现类似"文艺复兴"的风潮？

许嘉璐： 社会上的确存在这样的想法，我们的文化应该回归原初，回归到古老的文化里，回归到先圣先哲的教诲里。联想到中世纪以后的西方，也是让人回归，有些人说"文艺复兴"是向西方学习以人为本，但我们应当了解，西方的文艺复兴是在中世纪的黑暗统治下开启的，二者之间有区别。

中华文化复兴，用一句带有文学色彩的语言说：回归到祖先的怀抱里，吸吮祖宗的奶水。中华文化的基因就在我们的身上，要想唤醒它，就得喝祖先的奶水。但今天的生活场景改变了，我们不能照搬、克隆，那么就需要结合今天的现状创新。可是碰上了一个什么时代？18世纪中叶到现在，西方观念被强制地用剑与火推到全世界，包括中国。彼时彼刻我们相对落后，就容易否定自己，这种情况下需要回归创造。如何创造？比如对文化核心的思考，我们要用哲学的工具对古老的观念做深入分析，也就是寻找理性思考的合法性。仅仅这样还不够，还要化为大人、孩子、城乡老百姓都听得懂、记得住、爱听的话语。创造性的表达更容易让人接受。

文化建设需要顶层设计

许嘉璐： 文化传承非常重要的一点是靠文献。试想，全世界找不到一本《论语》的时候，我们如何去继承它？第二点是靠人。只有人来传承，才能把书本背后、书以外的东西一起传下来。所以常听学术界提"断代"，如科学技术断代、设备断代、知识断代、教育断代。

谢　新： 说到教育，您在北师大从助教到中文系教授再到副校长，前前后后有50多年的执教经历，是当之无愧的教育家。

许嘉璐： 我有一本关于教育的书，看到中国的教育我实在是安不了心，这本书的名字叫《未安集》。我在前言里说，我不是教育家，我只是一个教育工作者。

谢　新：您现在还会站到讲台前为学生讲课吗？

许嘉璐：没断过。

谢　新：您的授课内容有哪些？

许嘉璐：我只讲国学。

谢　新：近几年，各地都在兴办幼儿国学班、童学馆，国内著名高校开设的国学课程也是层出不穷。您如何看待当下不断升温的"国学热"？我们应当以何种姿态向传统文化致敬？

许嘉璐：事物有它自己的规律，人也是。不论什么事，都应该是事物的规律和人的规律相吻合，它就成功了。先让我们看看人的规律。幼儿园的孩子，基本上是一个自然人逐渐开始向社会人过渡，在小学阶段进一步社会化。孩子在妈妈怀里的时候，他只接触家人，到了小学阶段，教育心理学有一个词，叫年龄特征，有两点最突出：一个是他容易接受感性的东西，接受理性事物比较困难，需要感性事物的多次重复，从中找出规律来，化为语言，即是理性，小学还做不到；第二，这个阶段，由于没人给他加以限制，所以喜欢奇思妙想。这个时候我们给他输入，不管是国学、非国学的知识，都应该以感性为主。到初中阶段，理性开始上升，开始学习地理、历史，都是抽象的东西。到了高中，理性占上风；到了大学，完全理性。

所以拿这个来观照一下，"人之初，性本善"是高度抽象，因为距离孩子生活远了难以接受，所以我们只能用今天的语言不确切地去给孩子描述。再举一个感性的例子，有些诗不适合小孩子，"床前明月光，疑是地上霜"，这样的好诗就是白而又白，深而又深。小孩子在爸爸妈妈的关爱下成长，他哪知道思故乡？没有感觉。我们也常与博士生探讨李白的《静夜思》，只有当你对古代文人有了了解，才能体会。但小孩子的记忆特点是机械记忆快，很多教育机构教孩子背《弟子规》《千字文》，不能说一点效果没有。我九岁开始读《古文观止》，到现在依然滚瓜烂熟，尽管当时一点儿都不懂，但后来我反刍之后，我品出它的滋味来了。所以说，家长送孩子去读国学班，不能彻底否定它，因为它的效果在二十年后，现在难以判断。

当前的现状是，国家没有关于弘扬传统文化、打造社会主义新文化的顶层设计，所以各地在这方面积极性都很高，是一个百花齐放的状态。例如：我在山东建了134个尼山书院，下设尼山讲堂。到湖北就不一样了，2016年9月1日起，会有统一教材。我们不追求"齐步走"，但要有一个总的方针、路径、目标、原则，配套的设施要齐全。

谢　新：中国的文化和文学作品的影响力不断提升，国学的魅力深入人心。谢谢许先生接受新华网的独家专访。

尚长荣：做平常的人
演不平常的戏

——中国剧协主席、著名京剧表演艺术家尚长荣接受谢新专访

做平常的人，演不平常的戏

谢　新：尚老师您好！我是新华网湖北频道的主持人，也是个京剧迷、您的粉丝，在我们这些年轻的戏迷心中觉得您很"萌"。

尚长荣："萌"？

谢　新："萌"是网络流行语，"很可爱"的意思。

尚长荣：嗯，这个我接受。

谢　新：王珮瑜、谭晓令这些年轻的京剧演员在各种场合都曾说到尚老师太可爱了，这个"可爱"的评价中也包含着对您的敬意和爱戴，您是如何保持艺术青春的？

尚长荣：会生活、会演戏，"做平常的人，演不平常的戏"是我的座右铭。我有夜里背词的习惯，还要在屋子外面背，这样印象会很深。在排练场排练的时候一是一、二是二，来不得半点虚假，文的、武的、靠的都要练，再好的戏都要人唱，把戏演好才能打动观众，对演艺风格的追求不能停止。

歌颂伟大的民族、歌唱伟大的党是戏剧人的天职

谢　新：现在我们知道了《曹操与杨修》《廉吏于成龙》中一个个鲜活的舞台形象是多么来之不易。中国文联在纪念毛泽东同志《在延安文艺座谈会上的讲话》发表69周年、庆祝建党90周年之际，组织了这次"情满大别山——文艺家慰问革命老区行"活动，是什么吸引您参加这次活动的？

尚长荣：文联、剧协组织的深入基层为老百姓演出，为传播、弘扬民族文化艺术的活动我都会积极响应、参加，不是为了作秀，是一种平常心，是自己应该做的。在建党90周年举办这种活动有着重大意义，歌颂我们伟大的民族、歌唱我们伟大的党是我们戏剧人的天职。我们现在的日子一天比一天好，也离不开老区人民为中国革命的流血牺牲，我们不能忘记老区人民。这次为来麻城我推掉了两个活动，也不算商演吧，我觉得还是应该到麻城来。

谢　新：可以在现场欣赏到您的精彩演出，老区人民要感谢您啦。

尚长荣：我们应该感谢老区人民，讴歌老区人民。看到老区的发展我感到很欣慰。在艰苦卓绝的革命战争当中，老区人民付出了多

▼　5月23日，尚长荣在表演《智取威虎山》选段。当日，由中国文联、湖北省人民政府主办的"情满大别山——庆祝建党90周年中国文联文艺家采风慰问大别山革命老区行"活动在湖北省麻城市举行。

少！所以现在应该做很多补课工作，补什么课？就是弘扬中华民族文化、中华民族的优良道德，这点我们应该做些工作，力所能及，趁现在还蹦得动，还走得动。

多做实事演好戏

谢　新： 在很多公益性演出、慰问演出的现场都能看到您的身影，您已经70高龄，去这些环境艰苦的地方演出对您有什么触动？

尚长荣： 震后我三次去汶川，当地老百姓生活环境艰苦，气温低时连保暖都成问题。天灾无情，每次都深有感触，去一次灾区长一次记性。当地群众的朴实、勤劳感染了我们这些演员，很受教育。我们能做的只有多做实事演好戏，有血有肉塑造人物，把戏唱好。

谢　新： 上海京剧院复排青春版的《智取威虎山》，吸引了大量的年轻观众，您认为新生代的京剧演员能挑起大梁吗？您是剧协主席，不管是青年演员还是广大戏迷，对您的期望更高，您觉得自己最迫切想做的是什么？

尚长荣： 傅希如、蓝天他们都是很优秀的演员，他们都能挑得起大梁，都能独立撑起一出戏，团里也会给他们更多的展示机会。老演员要用正气和正义来潜移默化地影响人、激励人、鼓舞人，我们就是做这些工作的，这也就是我们应该做的。有一句话我很欣赏：老牛亦解韶光贵，不待扬鞭自奋蹄。我们确实应该多做点实事，力所能及地做一点。

谢　新： 那您准备带给老区人民什么样的节目？

尚长荣： 唱一段现代戏吧，《自己的队伍来到面前》。

谢　新： 太好了！那我们能够在现场欣赏到您的精彩表演了。再次感谢您接受我们新华网专访！祝您身体健康，永葆艺术青春！

尚长荣： 谢谢你。

邵秉仁：书法的人文精神不能泯灭

——中国书协副主席邵秉仁接受谢新专访

中国书画艺术并没有回归到它应有的价值

谢　新： 邵主席，您好。感谢您接受新华网的专访。6月3日晚上，在北京保利的一次拍卖会上，北宋书法家黄庭坚的书法作品《砥柱铭》卷拍出3.9亿的天价，创造了中国艺术品成交价的世界纪录。有人匡算，他的这幅作品一字值一百万，业内认为这是中国书画"扬眉吐气"的一刻。作为中国书协的副主席，您是怎样看待这样一个拍卖结果的？

邵秉仁： 我倒认为不能用"天价"来形容这个拍卖结果。中国古代文化，特别是书画艺术是灿烂、辉煌的。应该说在全球范围内，中国书画艺术的价值并没有回归到它应有的价值。

近年来，出现了一些非常不好的现象，西画高于中国画，特别是绘画又高于书法，这个是不合理的。实际上，黄庭坚的《砥柱铭》卷拍卖出3.9亿的价格，只是一次回归，回归到艺术本身的价值。有些艺术品，特别是像《砥柱铭》卷这样的大幅作品，有将近一千年的历史，这样的艺术品是很难得的。所以应该说这个价格是价值的回归，这是一个方面。

再一个，盛世兴收藏，这件事情也反映了中国目前经济发展、繁荣，资金比较充裕，因此它才会拍卖出这样一个高的价格。我相信通过这次《砥柱铭》卷的拍卖，随着经济的发展，中国的书画市场，特别是中国文化在世界的影响力，还会越来越大。

谢　新： 通过您的介绍，我们也不必惊叹这个价格了。

邵秉仁： 没必要，实际上西方的艺术品很早就有这样的价格了。

传统文化构成一个民族文化灵魂的作用是不会泯灭的

谢　新： 书法是中华民族值得自豪的艺术瑰宝，自汉魏以来，书法艺术已逐步在群众中普及，今天依然拥有很广泛的群众基础。您怎么看待书法在推动社会主义文化大发展、大繁荣进程中的特殊地位和作用？

邵秉仁： 文化是一个国家、一个民族的灵魂，文字和语言又是构成一个国家文化的基础。中国文化通过中国的语言、通过汉字，一代又一代地传承下来。因此不管时代怎么变化，传统文化的这种作用，即它构成一个民族文化灵魂的作用是不会泯灭的，而且随着时代的发展，会越来越显示出它独特的作用。因此，在整个社会主义精神文明建设过程当中，中国传统文化，特别是中国书法和中国文字，它将起到独特的作用。

现在大家都在讲建设有中国特色的社会主义先进文化。什么是先进文化？我的理解是首先要继承中国传统文化的优秀部分，这是"根"，这个不能丢掉。另外还要借鉴世界各国、全人类的优秀文化遗产。这样共同来打造社会主义先进文化，这是它的应有之义。所以从这方面来看，传统文化是有它不可替代的作用的。

当代中国书法呈现出一种繁荣、多样的特征

谢　新： 有人说，晋人尚韵、唐人尚法、宋人尚意、元明尚态。中国书法艺术总是与中国社会的发展同步，强烈地反映出那个时代的精神风貌。中国书坛目前呈现的是一种什么风貌，您对当前中国书坛的流行书风是怎么看待和评价的？

邵秉仁： 笔墨当随时代，就是讲，中国书法的艺术风格，反映了一个时代的政治、经济、文化特征。我认为，进入到当代以后，这个时代特征最突出的一个特点是文化多元。这是一个很重要的特点，在这个时候，我

们的中国书法，也呈现出一种繁荣、多样的特征。

谢　新： 很包容。

邵秉仁： 嗯，很包容，既包括中国传统书法的精髓，同时也有受西方一些现代艺术的影响进行的书法创作。总之，这个时代是个多元的时代，是一个包容的时代，我们只能促成它不断地繁荣发展，最后由历史去检验孰优孰劣。能够站在时代的前列，它必然能够传承下去，否则就会淘汰。

谢　新： 就是说，当前书坛的特点，包括书法创作的形态要由后人去评说，由他们去评定。

邵秉仁： 对，不要着急去否定某一种东西。但是有一点，你们刚才提到了流行书风。书法风格实际上是随着时代在变化的，因此流行书风的概念并不确切。这些年一些书法作品任意丑化汉字，脱离汉字的基础，特别是受西方美术一些后现代思潮的影响，在空间布局方面强调形式至上，从而扼杀了中国书法的一些本质。这不应该提倡，但允许存在。所以我们既要包容它，同时又要指出，任何创新都不能脱离中国书法的本质。

中国书法有质的规定性，第一，它的工具，毛笔、宣纸，这是有规定性的。第二，它必须以汉字为基础，脱离汉字就不是中国书法。比如日本，他们使用日文，当然日文里面有汉字的元素，但它是日本文化，不是中国文化，纯正的日本书法也是完全汉化的中国书法。

脱离汉字的东西，写出来让人不认识，我不主张这样一种风格。但是我们从包容的角度，允许它的存在，由历史去检验，由实践去检验，由大众去检验。

大师应该由历史去检验　不能人为地推出、评选出大师

谢　新： 中国历史上有过好几次书法艺术普及和繁荣的时代，每一个新时代的诞生都伴随着书法艺术的改革和创新。您认为我们这个时代，

▲ 邵秉仁为新华网湖北频道题字

或者在未来的中国书坛，是否还会出现像王羲之、颜真卿、柳公权、赵孟頫那样的巨匠？

邵秉仁：所谓巨匠或者大师，他是一种旗帜，是引导一个时代艺术方向的旗帜。

我们这个时代，是一个文化多元、空前繁荣的时代。特别是改革开放以后，随着党的文艺方针政策不断地深入，出现了这样一种繁荣局面，但是繁荣是不是就一定能出现巨匠呢？我们呼唤巨匠，但能不能出现，那需要历史去检验。

书法方面能不能出现像王羲之、颜真卿、柳公权、赵孟頫这些大师级的人物，我认为现在还看不出来。因为大师也好，大家也好，他是旗帜性的人物，他引领这个时期主流的书法艺术，他具有开创性的作用。从这些方面来说，我们只能是期待，只能创造一种适合大师成长的环境。不能人为地推出、评选出大师，应该由历史去检验。

对文化安全既要充满信心又要有忧患意识

谢　新：书法是汉字的书写艺术。历经三千多年的发展历程，中国书法创造了辉煌的历史。但随着电脑的普及，今天书法似乎面临着一种尴尬的局面，就是用电脑写字的人越来越多，用毛笔或钢笔写字的人越来越少，您怎么看待这种趋势？

邵秉仁：应该说随着科学技术的发展，从事书法的人数在逐渐减少，这也是不争的事实。这个不必过于担心。因为随着科学技术的发展，书法的功能已经发生了本质的变化。历史上的书法是写字，主要是实用功能。现在书法已经变化成为纯艺术功能。

从纯艺术角度，我相信书法这种艺术不会由于电子化的普及而丧失，而且随着经济的发展，人民生活水平的提高，特别是人们艺术欣赏水平的提高，书法艺术还有广泛的群众基础和旺盛的生命力，从这个角度，不用担心。

我们现在担心的是中国的汉字、中国的传统文化有缺失。我曾经不断地在不同的场合，甚至在报纸上发表文章，呼唤注意文化安全。我觉得一个民族也好，一个国家也好，它的语言文字是构成一个民族、一个国家灵魂的东西。这个东西如果丢掉，这个民族就会丧失存在的基础。所以从这个方面来说，我们既要充满信心，同时又要有忧患意识。

希望小学生在义务教育阶段接受书法方面的教育和熏陶

谢　新：经过多年努力，去年底，中国书法被联合国教科文组织列入《人类非物质文化遗产代表作名录》。在改善、创造书法可持续发展的文化环境方面，您觉得我们还有哪些工作需要做？

邵秉仁：2010年5月21日我在《人民日报》上发表了一篇文章：《传

承是最好的保护》，实际就是写中国书法被联合国列为人类非物质文化遗产这件事。这表明，中国书法不仅属于中国人，也属于全人类。特别需要指出的是，中国书法并不是一种濒临消亡的艺术品种，而是有广泛的群众基础、有广阔发展前景的这样一个艺术门类，这更显示出中国书法独特的魅力和它特殊的地位。

从这一点来说，我们应该庆幸。但如何做好保护和传承，我觉得应该从两方面做起。一方面从传承对象着手，另一方面就是从传承人抓起。

作为传承对象，作为人类非物质文化遗产，中国书法有一些核心的东西。至少包括两个方面，一个就是书法的人文精神我们应该传承。古代并不是把书法作为出名牟利、养家糊口的一种基本手段，而是士大夫阶层抒情、抒志的一种方式。我觉得这样的精神在我们社会主义精神文明建设当中是不可或缺的，应该很好地继承。再一个，从书法本体来讲，古人从法度上，从技法上，从它的用笔、结字、墨法等等方面已经达到相当高的水平，几乎是至善至美的高度。在这个方面我们远远没有达到历史上的高峰，还有大量的工作需要去做。所以说，从这些本体的角度，我们应该多做工作，尤其是书法的人文精神不能泯灭。这是一个对象问题。

再一个就是传承人的问题，就是从事书法工作的书法家和广大的书法爱好者。文人讲德艺双馨，我们历史上讲做书先做人。书家的人文道德品质，应该注意培养。我们搞书法是面向大众，服务大众的，应该回报社会，应该奉献人民。在这个方面不要有功利的色彩，不要把它当作出名牟利的一种手段。在当前市场经济条件下，在社会道德普遍缺失的条件下，书法家作为文化人的代表，应该起到一种率先垂范的作用。这是一个方面。

还有就是书法的教育。书法的教育这是不可或缺的。我们应该从小开始，让下一代能够提高对汉字的识别、读、写的能力，从而培养对书法的兴趣，这方面有大量的工作要做。

这几年我一直呼吁书法应该进入小学课堂，结合艺术教育，提高小学生对汉字的读、识、写能力。我专门写信给中央领导同志呼吁这件事，也得到了中央领导的高度重视，已经批转给教育部了。因为涉及教育方针、教学大纲、教材计划等各个方面的改革，目前还没有结果。但我相信，我们希望使小学生在义务教育阶段接受汉字，特别是书法方面的教育和熏陶，这个愿望是可以实现的，至于说什么时间可以推出来，我们拭目以待，期待尽快推出。

谢　新：我们也期望您这个愿望能够尽快实现，让中国书法早日走进小学课堂。

邵秉仁：这不光是我一个人的想法，一大批有识之士都有这个共识。

工作和书法爱好并不矛盾

谢　新：去年您成功地在中国美术馆举办了个人作品展，得到了社会各界的广泛关注和褒扬。您长期从事行政领导工作，但一直致力于书法创作，能不能请您给新华网友介绍一下您成功的经验和书法创作的核心理念？

邵秉仁：很多人问过我，说你过去长期从事行政领导工作，能有多少时间用来搞书法。我说，这并不矛盾。历史上这些书法家，特别是一些大家，几乎都是做官的。他们把书法当作抒发情感的一种手段，或者是途径，并不是想成名、想做职业的书法家，他们并没有这种愿望。

历史上是这样，今天同样如此。由于社会分工的细化，有一批人是专门从事书法创作的，这是好的现象。但是大量的书法爱好者，他不可能常年不做别的工作，专门去写字，不可能做到这样。

如何处理这种矛盾呢？一个是你需要热爱。只要热爱就会挤出时间，有动力就能做到。再一个是要有悟性。悟性是对艺术的感悟，实际上是艺术天分。这方面需要一切有这个素质的人不断去挖掘自己，发挥自己的潜能。还有就是勤奋。你不可能在工作时间去搞书法，只能是工作之余。工作之余你是忙于吃、喝、应酬，还是多看点书、多写点字、去搞书法，那就要看你自己的支配了。我相信在这个方面有志趣的、有抱负的、愿意在这个方面多花时间的人，时间自然而然就出来了。

搞行政工作的人，他的视野，他的胸襟，比搞专业创作的更要开阔得多，广泛得多。这是一个非常有利的条件，因为他对书法本质的理解，对书法艺术的把握，要高于其他搞专业的同志。但作为领导，最好不要以领导的身份到处去题词。关键是自己要以一个艺术爱好者或者艺术家的标准去不断地提高自己基本的素质，在书法本体上多下功夫。这样我们自然而然能够跟书法界有一个很好的切入机会了，既能够提高自己，又能团结、结识文人和书法家，何乐而不为呢！

谢　新：那就是说，工作和书法爱好并不矛盾。

邵秉仁：对。

湖北应该成长出更多在全国有影响的书法家

谢　新：湖北有着深厚的书法文化底蕴，从楚简到米芾到当代，湖北诞生了不少卓有建树的书法家，去年底湖北省在北京成功举办了《荆楚墨象——湖北书法篆刻展》。您对当前湖北省的书法创作有何评价，有什么期望和寄语？

邵秉仁：荆楚大地，是文人盛出的地方。从历史上看，湖北的书法大家是层出不穷的。进入当代，由于湖北省委和各个方面有关领导的重视，湖北书法创作得到了长足的发展，取得了可喜的成绩。但是，我觉得湖北书法目前在全国的创作水平和地位与湖北在历史上的地位还是不相称的，还有待于进一步提高。

衡量一个地方的书法水平，第一看群众创作的基础。这个与经济没有关系。比如说甘肃，甘肃是我们国家经济最不发达的地区之一，但是它那里的群众基础就非常好。所以说书法水平跟经济是否发达没有关系，关键是看你的文化、传承在这个方面做得怎么样，书法的群众基础怎么样。

第二就要看专业创作水平怎么样。从全国来看，湖北省还应该做大量的工作，去提高自己，多与外省进行交流，多通过各种培训来提高专业创作的水平。作为文化底蕴沉淀这么厚重的省份，湖北理所当然应该成长出更多在全国有影响的书法家。在这个方面还有大量工作要做。

谢　新：邵主席对湖北的整个书法创作寄予了很大的期望。我们再一次感谢您接受我们的专访，同时也祝愿您创作出更多更有影响力的作品，也希望您为中国书法的继承和发展做出更大的贡献。

邵秉仁：谢谢！

王石："共同体意识"
是文化的终极关怀

——新华网独家专访中华文化促进会主席王石

理性弘扬中华文化，扩大两岸人文对话影响

谢　新："2015两岸人文对话"的主题是"周虽旧邦，其命维新"，这个主题的确定有什么背景？为什么今年的两岸人文对话会确定一个这样的主题？请王石主席为我们介绍一下。

王　石："周虽旧邦，其命维新"，这八个字语出《诗经·大雅》，此次对话的主题："周虽旧邦，其命维新——中华文化对人类未来可有的贡献"是在酝酿过程中经刘梦溪先生提议确定的。我们认为，这个议题的好处是，第一，包含了"核心价值"，又有更多议论空间；第二，也是更重要的，这个议题有很强的现实感以及对未来的展望。"中华文化对人类未来可有的贡献"，出自钱穆先生一篇文章的题目，原题是"中国文化对人类未来可有的贡献"。此文作于1990年春季，是他过世之前最后的遗稿，是年钱先生96岁。该文的中心意思是，"天人合一"论是中国文化对人类最大的贡献。大概是因为写完之后钱穆先生仍感意犹未尽，因此又特别举出"天下"二字，说这两字"包容广大，其含义即有使全世界人类文化融合为一，各民族和平共存，人文自然相互调适之义"。钱先生似乎预知25年之后，我们将雅集长沙，讨论中华文化对人类未来的贡献，所以在他辞世前的最后遗稿中郑重其事地留下了他的看法，还特意对"天下"二字做出如此庄严、充满善意的阐释。

谢　新：在这次的两岸人文对话活动中，有很多专家学者都十分认同您关于"不论地区、民族、制度，一旦归咎到所谓基本价值、核心价值，便难以脱离人类精神追求的共同性，即普世价值"的这一主张。那么，我也想请王石主席为我们归纳一下，您认为现阶段人类共同的文明价值有哪

些，您能不能给我们做一个归纳？

王　石：余秋雨先生在一次会议上曾说，有些关于中华文化核心价值的提法、概括，在国际会议上被翻译成英文，我们认为和西方推崇的主流文化没有太大差别。我们在归纳、概括、表述中华文化、中国精神乃至社会主义核心价值的过程中，发现了人类存在的共同价值。富强、民主、文明、和谐、自由、平等、公正、法制、爱国、敬业、诚信、友善，以上这些层面，相信没有一个国家不赞成，没有一个时代不赞成，所有的时代都赞成，所有的国家和民族都会赞成。尽管地域、民族、社会制度不同，但从"人类命运共同体意识"这一超越民族国家和意识形态的全球观来看，资本主义社会包含社会主义的因素，社会主义社会也包含资本主义的因素，而终极目标，也会走向大同。如此看来，24个字与人类理想是相一致的。用另一句话说，社会主义是人类的共同理想。

谢　新：2015两岸人文对话是我们中华文化促进会举办的第几次？

王　石：第五次。

谢　新：您能不能为我们回顾一下历届的人文对话取得了一些什么样的成果？今年与往届相比有什么不同？

王　石：2012年春季，我在台北拜访钱复先生以及太平洋文化基金会的朋友，那一次，我们相约，双方一起努力，争取依年度举行"两岸人文对话"。迄今，在文化部、国台办和各承办单位的支持下，我们已经分别于北京、南通、台北、杭州举行了四次对话。我们并没有高调宣传人文对话活动，我们愿意去做一些很实在的事情。两岸的传统、历史是一样的，但是两岸的现代文化、现代环境是不一样的——共同的历史，不同的现代环境，不同的社会制度。在这样的一个情况下，面对共同问题一定会有一些不同的想法，这种差异给我们提供了一种参照。我们不能永远只是以第一视角作判断，还要看看旁边跟你同样传统、身处对岸、经历了不同社会发展进程的你的同胞，他们怎么想。第一届我们讨论了两岸如何看待世界和平的问题，第二届我们在南通中学讨论了孩子们的教育问题，第三届我们在台北讨论了中华文化和当代企业经营的问题，第四届在杭州讨论了中华文化和现代教育体系的问题。这些问题我觉得从大陆这个角度来说，它看到了台湾一些值得我们思考甚至是值得我们学习的一些地方。比如说在孩子们的教育上，我们的道德教育里面比较多的是政治教育，而台湾更多的是文化教育和传统教育。那次对话完了以后大家感触很深，觉得两岸真的应该互相学习。在杭州我们谈了中华文化和现代教育的问题，谈这个问题正好是在习主席教师节讲话中谈到关于"去中国化"的问题之后，我们认为，台湾教育虽然存在"去中国化"的问题，但台湾中小学中国古典著作教育课本的量比我们要多。

谢　新：这个您是听从台湾过来的学者介绍的？

王　石：是。昨天好像又有人说到这个事情，就是国学内容进中小学课堂，这方面台湾一直做得很好，比如台湾有《国学基本知识》，这个我们没有。在怎么把传统文化教育放进教育体系这方面，我们还正在摸索。所以，两岸交流是会有这样一些好处的，就是海峡两岸的中国人要相互学习，交流就是相互学习，制度不同也不能够分隔我们这种文化上的相互学习。

谢　新：我注意到钱复先生在开幕式致辞中特别提及，这一次的两岸人文对话邀请了在国外的一些专家学者，比如在普林斯顿大学任教的周质平教授等。中华文化促进会是不是想进一步扩大两岸人文对话的影响面，让更多人知道我们中华文化的传统，是不是有这样一个宗旨？

王　石：当然，当然是有这样的想法。活动基本上是两岸学者对话交流，大家面对一个共同的议题，分别说出自己的见解，这是我们基本的思路。因为这次议题牵涉到人类未来，那我们就很想知道在国外生活的中国学者，他们怎么看待这个事情，那么就又多了一个视角。他们的参与扩大了"两岸"的空间，对这个问题是非常有益的。我们以后还将根据议题的需要来丰富对话者的名单。

谢　新：2015年5月14日，印度总理莫迪来华访问，习主席在西安迎

维新——中华文化对人类未来可有的贡

主办：中华文化促进会　太平洋文化基金会
承办：湖南中华文化促进会　中国国际文化传播中心湖南联络

2015/6/2

xinhua

▲　中华文化促进会主席王石（右二）参加对话环节。

接了他。值得一提的是，莫迪用满满三页纸的古吉拉特语写下了游览佛陀之地的感触。很多印度人一直到现在都非常崇敬玄奘，认为他是一个真正的修行者。从这个意义上说，文化也可以在外交上起到积极的作用。那么您认为中华文化促进会在打"文化"这张牌的时候是不是在一定程度上也影响到我们的外交关系？

王　石：是。比如由中国驻尼泊尔大使馆和中国文化部主办的"尼泊尔中国节"，具体承办单位是文促会；再比如去年习主席去蒙古，我们在那里做中国茶的展示，响应习主席"万里茶道"的说法；后来习主席去澳大利亚，这个茶文化展又跟到了澳大利亚；就在29号，刘延东副总理去参加印度举行的一个民间对话，文促会的茶文化展又到了印尼。文促会作为一个社会组织，它可以开展许多灵活的民间外交。因为现在政府与政府、民间与民间形成了多层次的交往，有的时候政府和政府之间会有国家意识形态，但是民间就会弱化这一点。比如我们在蒙古做茶文化展的时候，蒙古一个特别重要的宗教领袖——一个活佛就来了。当时我们驻蒙古的大使特别高兴文促会请来了他们从未请到过的活佛。也许有些事情会因为国家或政党意识形态产生一些隔阂或不方便的地方，民间的角色反而会让这些事情变得轻松愉快。

谢　新： 会更容易融合。

王　石： 是。

谢　新： 作为这次两岸人文对话的主讲嘉宾之一，我想请王石主席介绍一下您这次主旨演讲的内容。

王　石： 我的基本想法是：第一，我们要坚定不移地弘扬中华文化。习主席就任以来如此频繁地讲中华文化，我觉得是我们党有史以来从未有过的，几乎逢会必讲，国内讲、国外也讲，讲的程度也很深。比如他讲中国社会主义植根于中华文化沃土，我觉得非常深刻，把中华文化和社会主义、中国特色连在一起讲，这是从未讲到的深度，这让我特别高兴。第二，中国无法自外于这个世界，在文化上强调"命运共同体"这个概念，会让我们更加理性地去弘扬中华文化。弘扬中华文化不是自己关起门来去弘扬，现在中国跟世界已经紧紧地联系在一起了，你不能离开这个世界单独地去看中国问题。在全球化背景下，中央提出"人类命运共同体"就是对全球化的一个应对，因此说它是中国面对全球化的中国方略，这是一点都不过分的。在这个前提下，我想表达的主要意思是，我们弘扬中华文化不能离开人类的共同命运，应该看到人类命运连在一起，看到文化的不断融合。

谢　新： 国族的、人类的，这两点要一起说。

王　石： 是。从文化的角度出发，我提出了我的看法：国族意识、共同体意识是所有国家、所有民族必须面对而不能躲避的文化境遇，我们在这样的文化境遇中间躲不开。因此，国族意识和人类共同体意识、中华文化和人类文化是我们每个人的双重价值。你的民族文化是你的价值，人类共同的文化也是你的价值，这两个东西要连在一起说。

谢　新：我注意到您的主旨演讲中特别提到了"善良"，您引用了著名作家雨果的一句话，说"善良是人类精神的太阳"。那么，我想问王石主席，这个"善良"如何解读？

王　石：这次人文对话，听完几位学者的发言，我的第一感受并不是赞叹他们的大学者身份，而是我感受到他们在谈论中华文化时心中充满了善意。由此我想到了雨果，他说：善良是人类精神的太阳，是最伟大的一种价值。我很赞同他的话，善良是中华文化非常重视的一个部分。中华文化讲"与人为善"，儒家讲"仁"，就些就是善，它包含的东西就是善意，而且是所有宗教、所有国家和民族都能接受的。其实价值是有层次的，有的是母价值，有的是子价值。善良属于母价值，属于共同价值，所以我援引了雨果的这句话。人与人之间要怀有善意、善良之心，如果没有善意，竞争就会变成斗争。过去，我们讲零和博弈，比如说赌场赌博，台子上就这么多钱，你赚了多少我就亏了多少，我赚了多少你就亏了多少，"零和"指的是一家赢；而今，习主席提"共赢"、提"一加一可以大于二"。"共赢"这种合作思维就带着极大的善意。文化本性就应该是和谐、善良，要怀有善意、善良之心。

谢　新：我还想请问一下王石主席，今年年初，太平洋文化基金会董事长钱复先生应文促会之邀到武汉参加了长江论坛并出席2014年度中华人物颁授典礼；前四届两岸人文对话，钱复先生每会必到，到必有精彩演说；此次2015两岸人文对话也是文促会和太平洋文化基金会共同主办。我们猜测中华文化促进会和钱复先生的太平洋文化基金会会更频繁地开展互动，将两岸人文对话延续下去，是吗？

王　石：是。我们已经商量今年十月中旬要在宜兰举行第六次对话，我也欢迎你们一起去参加、去观察。至于对话的主题，因为在台湾举行，台湾有它自己的政治生态，我们会尊重他们的意见。

谢　新：这也体现了中华文化的一种多重性和包容性。

王　石：是。所以我们想不断地做下去。现在中央希望创建新型智库，就我个人理解，新型智库应该是让我们的研究成为国家政策的一种参考，这个很重要，西方国家同样十分重视建立智库。我们也在思索，如何为两岸做一些智库。现在看来，两岸还不具备共同建立智库的环境。不过我们和钱复先生商量，可以共同商定某个亟待解决的研究课题，两岸可以分别进行课题性研究，研究的结果以交流的方式共同讨论。这样共同完成一个课题的研究，最后提供给两岸的当局作为政策参考，这也是我们的一个目标。就在两岸对话的基础上，为两岸共建智库做出尝试，希望能够为两岸当局提供帮助。

谢　新：我们也希望中华文化促进会和台湾太平洋文化基金会共同主办的"两岸人文对话"能够一直延续下去，也希望通过这个活动能够推动中华文化和中华文明的传播进程。谢谢王石主席接受我们的专访！

王　石：特别高兴你们来，谢谢！

周韶华：不朽的作品要经过历史的检验

——周韶华先生接受谢新专访

艺术追寻大新大美　呼唤民族大灵魂

谢　新：周老您好！首先祝贺您荣获2014年中华文化人物大奖，我们也不能免这个俗套，想问问您此刻的感受。

周韶华：很荣幸我能获得此项殊荣，非常的激动，也感到任重道远。历史上能够引领文化领域风尚、塑造时代精神的人物，在我的心目中都是圣贤、先知，特别是一些重要的文化年代涌现出的大家，他们是我心中不落的太阳。我还要充实自己的文化含金量，才能担当起文化赋予我的使命。

谢　新：此次中华文化人物的颁奖仪式在湖北武汉举行，我们感到特别欣喜，而您作为我们湖北著名的艺术家获此奖项更是意义非凡。

您的作品少见笔触鲜明的勾勒与描绘，多是气势磅礴的泼墨，天水苍茫，天地空阔，画纸在您这里似乎被无限放大。被您称之为"三大战役"的黄河、长江、大海三部曲奠定了您怎样的艺术观？可否为我们描绘一下您心中的艺术理想，也为我们讲讲您是如何一步步实践它的。

周韶华：我的处世经历和所受到的教育赋予了我一种责任担当。我12岁参加革命，20岁随第四野战军解放武汉，到现在已经六十多年了，这种特殊的经历形成了我对民族文化的使命感。我的艺术梦想就是追寻大新、大美，呼唤民族大灵魂，在自己的作品当中充分展现中国人至大至刚的浩然正气。成长经历和所受的熏陶使然，革命英雄主义、爱国主义情怀在我的心目当中占据了很高地位。同时，我也受毛泽东思想的影响，干什么事情都要有一个大目标，有一个战略计划。

80年代初，我确立了把黄河、长江、大海作为我"三大战役"的战略规划。首先，黄河是中华民族文化的摇篮，三皇五帝都在黄河流域，黄河孕育出了先秦文化；其次，考古发现让我们对长江文化的认识比过去更深。长江的历史比黄河还要久远，上游的巴蜀文化，中游的荆楚文化，下游的吴越文化；再讲到海洋文化，我们中国的海上足迹从明朝起就覆盖了非洲、欧洲、南洋，近代以来，中国打开闭关锁国的封闭状态，吸引外来文化，不论戊戌变法还是辛亥革命、五四新文化运动，引领这些先锋运动的前辈都受到过海洋文化的影响。所以，我的创作应该从这些大的主题切入来进行实践。

我艺术理想的实践也受文化史观的影响，我阅读了中国五千年的文明史，以中华文化为主线，形成了一个主体文化观念；再就是博览天地大观，实现艺术理想，所以我走遍了中国的三江源头，黄河、长江、澜沧江，从源头到入海口，最高到了喜马拉雅山海拔六千公尺的地方。

谢　新：您花了多长时间把这三大源头走完的？

周韶华：花了好几年。因为我还在职工作，都是挤着时间去的。西边我到了帕米尔高原、慕士塔格峰、红其拉甫和天山最西端的阿拉山口；北边从哈纳斯湖穿越准格尔和塔里木大沙漠，到内蒙古的大青山、呼伦贝尔大草原，再到大兴安岭的北麓；东到长白山、阿里山；南到高黎贡山、阿佤山和天涯海角。中国的大山大河，穿行了好多次。

谢　新：南北东西您都去过了。

周韶华：当然，有些小地方还没到。我曾经在中国地图上把走过的线路画出来，线条像蜘蛛网一样来回穿梭。因为有了文化史观和天地大观，我才能在作品中真正表现出中华民族的大气派和汉唐精神。

我的中国画和很多人画的山水画是完全不一样的。一般画山水是直接面对山、面对自然，而不是从文化史和民族精神来进行反映。

这些年我可以说是壮游祖国的大山大河，逐渐形成了人们所说的"气势派"风格，表现中华民族的浩然之气、至大至刚之美和群雄博大的精神，基本上我的艺术实践是这样的。

谢　新：想问周老您觉得自己哪一幅作品最能够代表您的"大美"的艺术理念。

周韶华：我以黄河为主题的作品，一个是《黄河魂》，一个是《狂澜交响曲》。《狂澜交响曲》画的比《黄河魂》要大好几倍，当时美学家王朝闻先生看后非常激动，说这是造型性的《黄河大合唱》。光未然、冼星海两位前辈表现的黄河在抗日救亡运动中唱响了全国，影响非常大。究竟如何表现黄河，其实我在构思之初就想到了《黄河大合唱》。我去看了壶口瀑布，作画时选的原始素材就是壶口瀑布这个地方，它的落差高达20多米，水流哗哗，十几里外都听得到冲击的声音，令人非常激动。于是我完成了《狂澜交响曲》这幅作品。

因为到过两个大沙漠，看过油田开采者在那样艰苦的沙漠环境里安营扎寨，开采中国当时最缺乏的石油，看到那些框架结构，我画了《征服大漠》，后来又改为《大漠浩歌》，因为征服自然是非常困难的。

谢　新：因为对自然存有一种敬畏，没有用征服这两个字。

周韶华：对，征服好像不太妥当。因为大自然的

▼ 周韶华作品：
九龙奔江之一
纸本水墨
144cm×365cm

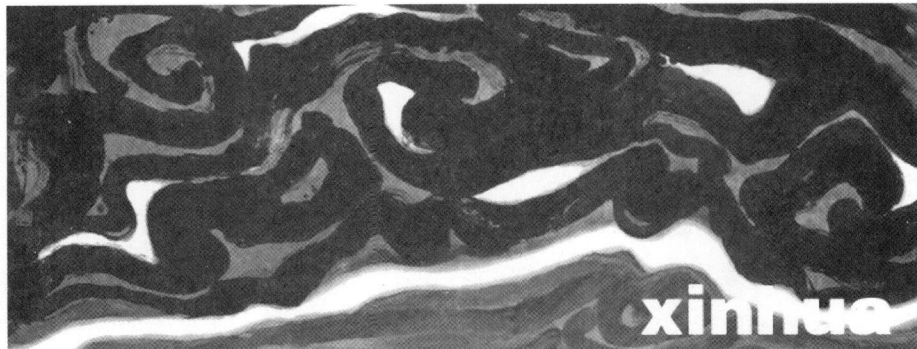

威力是非常巨大的，我们在大自然面前应该是敬畏的，是信仰的。这些作品的造型结构可以说是古未有之。

不朽的作品要经过历史的检验

谢　新：都说您的作品时代意识强，从笔墨到色彩再到图式，充分展现了中华民族的文化韵致和独特的家国情怀，也唤起了炎黄子孙对传统文化的认同感。能引起他人艺术共鸣的作品需要创作者具备一颗"众生心"，能"代表众人言"。一件文艺作品，越能得到多数人的理解，那么这件作品的文艺价值就越高，也就越能成为不朽之作。不知您是否赞同这样的观点？在您看来，什么样的作品才能够冠以"不朽"之名？

周韶华：不朽作品的诞生绝不是偶然，它是经过长时间的艺术积淀，经过精心打造，经过长期历史检验，最后被大家认同为不朽。同时代的有些作品很好，但不被世人理解，很长时间以后才逐渐被人发觉；有的时候，一幅作品刚问世就是惊世之作，比如欧洲文艺复兴时期，达·芬奇的《蒙娜丽莎》和米开朗琪罗的《大卫》。这些作品一出现就为全世界所震惊，好几个世纪过去了，我们现在再到意大利去看这些原作，仍然是敬服得五体投地。这种真正巨匠的不朽之作是不可企及的，你想超过它，非常困难，这些作品可以说没有任何败笔。久经考验才能成为不朽之作。还有些作品，画家在世时不为任何人所承认，他走了以后很长时间才被世人理解，所以不朽的作品要经过历史的检验。

谢　新：西方艺术教育发端于古希腊，历史上，古希腊、文艺复兴时期都对艺术推崇备至，追求身心的高度调和，期望达到一种至善至美的理想境界。可谓是艺术教育的两个"黄金时代"。近世的艺术教育兴起于德国，后受到英法响应，而中国近代艺术教育的发展也伴随着洋务运动拉开了帷幕。两个多世纪过去了，您对当前艺术院校的艺术教育和国民艺术教育有什么看法？

周韶华：首先，我们的一些前辈引进西方先进的东西，功不可没，与此同时，我们对自己的文化不能有怀疑的态度。

社会发展到今天，逐渐有人对我们自己的文化产生了误判，认为中国的落后是文化落后。这是一个最大的误导，它可以使我们的国学被淡化、被消解，可以使现在院校出来的学生，对我们悠久的文化历史，对我们的经典作品、元典作品一无所知。这是一个非常大的失误。所以我们看到这个问题以后，在教育改革方面，我们呼唤民族精神，要求文化元典进入教科书。这样五千年的文化才不会中断。

文化中断、文化断裂是非常危险的。世界上有几个文明古国，就是因为文化断裂失去了历史记忆。比方说巴比伦王国，它的子孙是谁都搞不清楚了，它的历史已经没有记忆了。有好几个这样的国家，包括埃及，后世的埃及人几乎是不认识它的楔形文字、不懂得它的读音的，现在的埃及人是不是原来埃及先民的子孙也仍存疑。所以，文化千万不能断裂，我们中国五千年的文化能够得到延续，就是因为我们的文化没有发生断裂。中间虽然有过曲折，但却是源远流长的，这是非常重要的。所以说，我们当代的教育要非常重视国学。

谢　新：我们知道，周老也是桃李满天下，想请教您的教学有没有独特的方法？您是希望学生传承您的风格还是在您的风格上有所创新？

周韶华：一般的教学侧重于技法，而我非常强调文化切入。中国文化讲究形而上之道，讲究文化精神。比方说写意，这个"意"是超越客观对象的，一定要灌输写意文化精神，强调文化修养。我要求学生对中国历史上的经典要有"再认识"，要重新学习。

我最近到浙江去讲学，去把我们历史上最重要的艺术家的经典作品介绍给同学们，要让他们懂得经典作品好在什么地方，它们的独特之处在哪里。世界上杰出的画家很多，他们基本上是写实的，写实注重科学，而我们要讲形象、讲意象、讲精神、讲空灵、讲情趣，就不能拘泥在写实描绘上，基本上我的教学是这样的。

筹备创作大系列画作　迎接新的文艺复兴

谢　新： "老骥伏枥，志在千里"——曹操的诗句抒发了他老当益壮的豪情。2014年9月，您在俄罗斯国立东方艺术博物馆举办了"天人交响——周韶华作品展"，画展大获成功，引起了中俄专家、学者的广泛关注，是中俄文化交流史上的又一成果，我们由衷地为您感到高兴。听说您现在正在筹备创作大系列画作《国风》，旺盛的创作精力令人赞叹。您能给我们谈谈创作这个大系列画作的动机和思考吗？

周韶华： 明年是抗日战争胜利七十周年，我又是参加过抗战的反法西斯战士之一，本来有其他的创作计划，但听到习近平总书记关于文艺座谈会的讲话，我对计划作了调整。从更深层的意义来说，现在最重要的还是要呼唤民族灵魂。

中国绘画史基本上分三大版块，一大版块是皇家美术，也是现代被部分人称之为"体制内""编制内"的美术。在古代，一些重要的画家都是皇帝的待诏，像唐、宋，皇帝都亲自召见重要画家，给他们命题作画。这一部分画家，当时在社会上拥有非常高的地位，也确实产生了很多好的作品；另一大版块是宗教美术，宗教美术在中国历史上也是非常辉煌的，比如属于佛教文化的四大石窟，洛阳龙门石窟、敦煌莫高窟、大同云冈石窟和天水麦积山石窟，都是宗教美术历史的重要作品，道教方面的永乐宫壁画、山西晋祠壁画和彩塑也是非常优秀的；被忽视的一个版块是民间美术，民间美术是老百姓自己创作、自己使用、自己享受的艺术，它的种类丰富，可以说是流光溢彩，但在过去基本得不到官府和文人雅士的重视。

谢　新： 那个年代这些民间艺术是不能登大雅之堂的。

周韶华： 对，这一部分恰恰是我们今天群众喜闻乐见的而且确实有着深厚底蕴的精神文化，我们应该很好地继承和发扬。这一部分我原来已经做了一部分基础工作。现在做的《国风归来》这个作品，它的来源是诗经。诗经分为三大部分，一个是雅，一个是颂，一个是国风。国风基本上是民歌民谣，现在流传下来的《诗经》里很多重要的作品基本上属于《国风》这一部分。我的《国风归来》最主要是从这个源头上受到的启发，而且在我头脑中，"国风"的概念是个大概念。

我们中国历史上的两大文化巅峰，一个出现在汉代，一个出现在唐代，可以说是我们的"大国风"。这一次再重新进行创作构思，我选择把这个"大国风"和"民风"统一起来，不仅仅只是关注民风的这一部分，还要在我的作品中把真正能代表我们国家文化的风度、风采以及民族风格、民族气概的东西展现出来，进行特别强调，让它与我们民族复兴的伟大梦想高度契合，跟它统一起来。

谢　新：听了您的介绍，感触良多，您是不断地在"破"自己，又不断地在"立"自己，所以您的作品才永远给人以强大的冲击感和勃勃生机。在2014年10月15日召开的文艺工作座谈会上，习总书记说，文艺创作方面，也存在着有数量、缺质量，有"高原"、缺"高峰"的现象。周老，您能从美术的角度谈谈对这段话的理解吗？

周韶华：文艺创作存在"有'高原'、缺'高峰'，有数量、缺质量"的问题，是这次总书记讲话中纲领性的内容。这个话对我的震动特别大。中国正在深化改革，提出伟大复兴，但我们文艺界对这个问题认识、觉悟的程度还很不够。我认为，这次总书记的讲话，会促使我们的文学艺术发生很大的一个转型，或者说转折。如果说过去我们思考的问题还是小脚步前进，那么现在需要的则是转型。

转型就是要为伟大复兴，为攀登高峰来进行我们的艺术实践。这个纲一提起来，其他问题也都迎刃而解。当下需要我们同心同德、志同道合，那么我们所做的就是一个大目标，一个文艺上的大进军。只有这样做下去我们才能迎来新的文艺复兴、新的文艺的高潮。

总书记的讲话谈到了方方面面的问题，但我感受最深的还是你提的这个问题，非常重要。

谢　新：这也意味着给您的创作又定下一个目标了。

周韶华：自己的责任感更加重了。按照自己现在的年龄、体力，我来做这个事情已经是超负荷的，但是我有这个责任感，我还是要这样来做。我家孩子都很担心我的身体。

谢　新：不仅是您的家人，大家也很担心您年岁高，身体、精力不允许您超负荷创作。但我们相信这种神圣的使命感，是您创作的一个动力，促使您在艺术创作的道路上继续前行。

在新的历史交接点上推动青年人创作不断提高

谢　新：您是湖北新型画派的创始人，请您给我们介绍一下湖北新型画派的现状。

周韶华：湖北美术真正的崛起是从80年代开始的。过去，湖北地区有武昌艺专，也有中原大学、中南美专，基本是我们前面谈到的引进、改良，处在这样一个过程，也出现了一些重要的画家，但是真正的变革、创新，受到全国公认的就是"八五美术新潮"。

"八五美术新潮"是湖北美术的一个崛起，在全国产生了很大的影响。不仅产生了一批很有影响的画家，而且产生了一批很有影响的理论家，回顾起来也已经有30几年了，现在这些人已经成为全国美术界的中坚力量。

谢　新：这些画家以及他们作品的影响不仅仅是在湖北。

周韶华：对。当时有一本杂志叫《美术思潮》，这些优秀的美术家都作为编委参加编辑、采访，现在，他们当中有的已经是中国美术界很重要的角色。

谢　新：湖北新型画派对整个美术界都是有影响力的。

周韶华：现在又处在一个新的交接点上，老的一批有些成为了重要骨干，有的离我们而去，已经作古了，眼下非常重要的是重视和珍视新生代的这一批人，这批人正在崛起。

最近，我看了一批人的画展，充分感到要重视现在的青年人，在他们当中蕴藏着才华横溢、十分有潜力的人，我们现在就是要发现他们、提拔他们、推广他们，要让全社会来认识他们，推动他们的创作不断提高。这个工作应该像"八五美术新潮"那个时候，要有那种热情，运用集体的力量来推动，应该是一代超过一代。

谢　新：您的这番话语让人感到欣喜，期待未来在年轻艺术家中能看到像周老（周韶华）、像邵老（邵声朗）这样的大家出现。

谢　新：都说有梦的人永远年轻，追梦的人不会老。最后想请您给我们描述一下您的"中国梦"。

周韶华：我的"中国梦"跟中华民族伟大复兴的梦是完全吻合、是一致的。我自己梦寐以求的就是中国富强，不仅在政治、经济、军事上是一个强国，更应该是一个文化强国。我们本来是个文化大国，还应该在世界上成为文化强国。

我在自己的文章中也表示过，正像中国现在的外交政策、外交方针一样，我们的文化强国，一定不搞文化帝国主义，要与全人类共享美，共享我们新的文化成果。我们这样一个新型大国，不仅发扬中国的文化精神，还要学习全世界的文化精神；不仅让中国人喜欢、中国人看得懂，还要让全世界人喜欢、全世界人看懂。

谢　新：谢谢您在创作仼务如此繁重的情况下专门抽出时间接受我们新华网的独家专访，聆听您的讲述，我们对您和您的作品有了更深入的了解。再一次祝贺您当选2014年中华文化人物，同时也祝愿您身体健康，永葆创作激情，谢谢周老！

周韶华：谢谢！

熊召政：创作要有
为读者着想的精神

—— 熊召政接受谢新专访

让作品拥抱时代：作家用笔参与改革

谢　新：熊老师您好，非常感谢您接受新华网独家专访。我们了解到，本月您即将前往北京出席一系列文化活动，请您给我们介绍一下此番北京之行的具体行程。

熊召政：此行的目的有三。第一是我题为"书香养我"的个人书法展将于2015年9月15日在国家图书馆开幕。书法展的设想源自于今年李克强总理在全国人大会议上提出的"建设'书香社会'"，围绕这个主题，我创作了一批书法作品。第二个是我创作的五幕话剧《司马迁》，也将于同一天（9月15日）晚上在首都剧场由北京人民艺术剧院首演。第三个是我的第二部长篇历史小说《大金王朝》第一卷——《北方的王者》也将在北京首发，尽管首发的具体日期还没定，但大致也是在这个月。三个活动凑巧安排在了同一个时间段——我的一场书法展、一出话剧、一部小说。

谢　新：看来北京将在这个金秋九月迎来一场文化盛宴，我也不禁想到刘禹锡的《秋词》：自古逢秋悲寂寥，我言秋日胜春朝。晴空一鹤排云上，便引诗情到碧霄。似乎预示着这个秋天也是您的丰收季。

去年十月，您参加了由习近平总书记亲自主持召开的文艺座谈会，可以说您的艺术创作又进入了一个新的境界。您认为作家应如何认识自己所担负的历史使命和责任？您的作品又是如何反映中华文化精髓的？

熊召政："晴空一鹤排云上，便引诗情到碧霄"，这是我孩提时代读诗时便很喜欢的一种辽阔、横溢的豪情。但我也常感觉力有不逮。习近平总书记在去年的文艺座谈会上讲，要解决中国文学艺术"有'高原'没有'高峰'"的问题。对"高原"的肯定指的是文学艺术的整体水平较过去有所提高，但"高峰"少的是黄钟大吕式的作品。"晴空一鹤"不但要飞越"高原"，也要飞越"高峰"，所以我说自己力有不逮，成为不了晴空中排云而上的鹤。但目前达不到不等于自己没有这个梦想，我心中也怀着自己的"中国梦"。我时常想：一个作家怎样才能让自己的作品融进时代的洪流之中？作家参与改革并非让作家去做自己分外的事情，作家一定是拿自己的一支笔来参与改革，所以我的第一部作品《张居正》便是写了一个古代的改革家；而我第二篇长篇小说的主题是"娱乐至死"——如果我们这个社会过早的娱乐化而缺乏英雄主义精神，那么我们的改革就无人担当，社会各界人士就会缺乏忧患意识。这样一种紧迫感驱使我在作品中"针对当下，拥抱历史，回望过去，展望未来"。

谢　新：确如您所说，我们能在您的作品中体会到这种情操，这种"紧迫感"。再跟我们谈谈您的话剧《司马迁》。

熊召政：司马迁终其一生写就了一部文化人捍卫使命、革故鼎新的史诗。为什么说他是横空出世的人物？司马迁写出的《史记》前无古人，他创造了史诗的写法，创造了记录历史的方式。还要说说跟他同时代的汉武帝，汉武帝可以被骄傲地评为"千古一帝"。最近，我到过河西走廊，深切地感受到这位存在于中国两千多年前的皇帝今天依然生活在我们之间。为何这么说？因为经由兰州进入河西走廊的这一片地域过去是匈奴的，正是在他的手上，这一片土地被纳入了中国的版图。"河西四郡"即武威、张掖、酒泉、敦煌，两千多年前就被汉武帝收归中国版图，这个地区至今仍保留着数量可观的汉武帝遗迹。而第一次记录下"敦煌"这个名字的是司马迁，政治家走到哪里，文学家的笔就跟踪到了哪里。这样一种水乳交融的关系，这样一种"政统"和"道统"并肩引领中国前进的楷模，也是值得我们今天的文化人和政治家去向往、仿效的。所以我在《司马迁》的最后一幕中写到，他和汉武帝在思想、理想与襟怀上的大碰撞，我称之为中国两千年前思想上的巅峰对决。我不是为写古人而写古人，而是反观当下，需要什么样的精神和历史来激发我们创业的热情，来激发我们对这片土地的热爱，我就把我的笔伸到这里去。所以我说我"参与改革，拥抱时代"不是喊口号，而是出于我作家的本能，用我的笔参与改革的历史。

谢　新： 您的这一番述说让我们期待阅读和观赏您作品的愿望更加迫切了。

关于9月15日开幕的"书香养我"诗文书法展，据我们所知，这是国家图书馆与湖北省图书馆的首次合作，此次展览不论从展出作品内容还是形式上都做了新的尝试。向您请教一下，与您的历届书法展相比，"书香养我"新在哪里？

熊召政： 我刚才已经提到，李克强总理在全国人大十二届三次会议上所做政府工作报告中提出要建设"书香社会"，因为我是全国人大代表，当天下午，在我们讨论政府工作报告的时候我讲到，反腐倡廉、经济发展的主体责任在各级党委和政府，而建立"书香社会"的责任主体是我们文化人，我们来承担我们文化建设的主体责任。这之后，《中国新闻出版报》请我写一篇文章，我就写了《书香养我》。一个读书人首先要用书来养他的心灵，然后他才有可能用自己的作品去温暖这个世界，激励周遭的人。因此，我把我这么多年读书的感受、心得变成了文，变成了诗，最终又精选出72篇，把这些文和诗变成了书法作品。之后，湖北省图书馆馆长把这个消息带到了北京国家图书馆，国家图书馆热情回应，表示愿意承办"书香养我"专题书法展。被国家图书馆这样高门槛的场馆接纳，此番厚爱让我由衷地感到高兴。他们青眼对我，不是白眼对我，我想主要的原因是，我首先是一个作家、历史学家，其次浪得虚名还是一个书法家，当然我的书法被人称之为文人书法。这是我本人举办的第四个书法展，之前先后在湖北省图书馆、西安美术馆、宜昌图书馆办过书法展，这次是在国家图书馆，规格更高，因此我在兴奋、欣喜之余也感觉到我要好好利用这次机会，在这个更高的平台上宣传一个读书人对建立"书香社会"的责任和认识，也展示一下作家在书法领域的追求和探讨。

谢　新： 想必您的一众读者、追随者和书法爱好者们都能在国图典藏

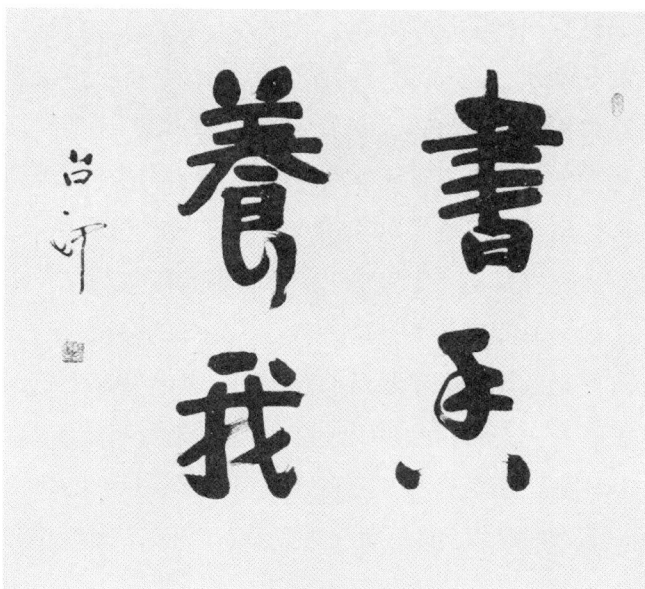

◀ 熊召政书法作品：
书香养我

馆当中欣赏到您书法的墨气，欣赏到您笔下的文气。

五幕话剧《司马迁》是北京人艺今年原创剧目的重头戏，也是您首度涉足话剧领域——担纲这部大戏的编剧。我们知道北京人艺有与作家强强合作的传统，郭沫若、老舍、曹禺都为北京人艺留下了经典剧目。北京人艺对剧本的选择近乎苛刻，那您和人艺的这段剧本"缘"是如何结下的？您在创作剧本和小说时的状态是一样的吗？问一个有点外行的问题，写小说难还是写剧本难？

熊召政：首先回答你的最后一个问题：写剧本难，比写小说难。因为剧本是在规定的空间、规定的时间内展现一段故事和几个人物的，不像小说可以天马行空，不受时空限制。舞台剧的局限在这，魅力也在这。我从小喜欢戏剧，后来喜欢电影，不过对传统戏剧我倒是欣赏的很少，但是好的话剧、歌剧，只要有机会能看我都会看。在我少年、青年的很长一段时间里，我仰望郭沫若、老舍、曹禺，这是三个和人艺合作的伟大的剧作家，我仰望他们，可是总觉得那对于我来讲是一个神话，是一个不可企及的高峰，我这辈子最多能在高原上，就这一种想法。可虽说是不可企及，随着马齿徒增，随着我年龄慢慢大了一些、老了一些，我开始有这个梦想了。我回头再看这些大师的作品，自己在那琢磨，我能否写出这样的作品来，慢慢地有一点点信心，觉得自己是可以写的，但也有一点怀疑——就算你能写，不见得人家会欣赏你。

十年前，电视剧《万历首辅张居正》开拍，我是这部戏的编剧。冯远征在剧中扮演冯保，他演戏之认真引起了我对他极大的一种欣赏。由此，我们在拍摄现场聊了很多。有一天我对他讲：远征，你还适合演两个人。他说：你说我演谁啊？我说：一个蒋介石，还有一个司马迁，从你的体型和你的演出来看，这两个人你都值得演。司马迁是我少年时代就崇拜的人，中国那么多历史，唯一可以当作文学作品来读的就是《史记》。《史记》的人物写得非常好，它是所有历史学家公认好的历史作品，因此我想写司马迁。在我一辈子的创作计划当中，就有一个是写《司马迁》。听了我的话，远征说，熊老师您知不知道，我是韩城人，陕西韩城是司马迁的老家。我说对呀，你是韩城人，那你就更有感情了。他又说了句我还是司马迁的后代。

谢　新：这是惊人的巧合。

熊召政：对。因为司马迁去位以后，司马家族就改为司、冯、同这三个姓，这三个姓是一家人。他说他真的有一个梦想，渴望演一次老祖宗司马迁。我们俩一拍即合，并且决定一起努力。后来，韩城不断有人来找他，他就提出了要把司马迁变成话剧的想法。但是，司马迁很难很难写，他留下的史料就是一个宫刑、一部《史记》。那一年，韩城面向全国征集祭文、对联纪念司马迁。全国收到了数百篇祭文、上万副对联，在隐去作者姓名的情况下由专家轮番评审，最终，评出的祭文是我的，对联也是我的，我一个人拿了两个特等奖。

谢　新：这个真比得上中状元了。

熊召政：于是，韩城决定让我主笔，给《司马迁》写话剧本子，同时也想请最好的话剧导演执导。这位"最好的"导演就是时任北京人民艺术剧院副院长的任鸣先生。韩城的热情支持和积极参与最终促成了北京人艺的这个项目。

任鸣导演为这个戏琢磨了近两年时间，而这两年之内，他由副院长变成了院长。也得益于此，整个北京人艺最好的演员、最好的创作阵容都被调动起来，同时包括舞美、音乐等各个方面，这段因缘就这么确定了，"铁三角"的阵容也形成了。我是编剧，任鸣先生任导演，冯远征主演，同时还是副导演，我们三个人在漫长的、将近三年的时光中就这个剧本不停地探讨。9月15日晚上，这部剧就要跟首都的观众们见面，欣喜期待之余也还有一点忐忑不安：这个让我们每一位主创人员为之付出的《司马迁》，最终呈现时是不是观众理想中的那个形象？能否得到观众认可？只有在舞台上展现之后才能知道。

谢　新：了解了这部戏背后的故事，可能又会带着不一样的心态去看北京人艺这些艺术家的表演。

回首创作艰辛：让每一个字承载历史才能留世千古

谢　新：十年前，您用十年磨一剑的长篇四卷小说《张居正》一举夺得了茅盾文学奖。我曾在您获奖后的采访中问您，是否还能创作出一部比肩《张居正》的作品。直到今天我还记得您当时回答这个问题的样子，淡然、笃定地说：能。这十年间，您的头衔多了湖北省文联主席、湖北省文史馆馆长、湖北省社科院研究员、中华文化促进会常务副主席。但作为您创作生涯中的一个周期，这个十年是如何度过的？

熊召政：这个十年，我做好职务赋予我的分内的事情，尽力为社会服务，为文化站台，同时锲而不舍地阅读、写作。阅读是读历史，历史有两种，一种在大地上存活的历史，一种在书卷中深藏的历史。这十年我到过很多很多地方，为了写我的第二部长篇历史小说，也接触了很多人。你谈到距离上次采访已经有十年了，真没想到这么快就过了十年，你还是这么年轻，我已经白发苍苍，但心态很好。这十年，我把自己交给了我的理想，我当年回答你"我能"，是基于我对我自己的信心。一个优秀的作家一辈子不能只有一部作品，也不能有太多作品，但至少有那么两三部。

去年，我们一起到俄罗斯，走进了托尔斯泰庄园。《安娜·卡列尼娜》《战争与和平》《复活》，托尔斯泰的作品并不多，就三部，可是名垂青史。他的写作环境，就是他出生的那间三楼小房子角落的一个小沙发，他很少在书房写作，很少在客厅写作，很少在楼下的谷仓里写作。我当时的想法是：这老头儿有点怪。我的写作条件比他当年的要好，写《张居正》时我是在卧室写作，在证券公司的大户室写作。但我也在反问自己，《战争与和平》《安娜·卡列尼娜》这样让整个世界为之倾倒的好作品，为什么在那么偏僻的乡村能写得出来。《张居正》面世也已十年有余，不管是好是坏，社会、时代和读者这三个层面已经给了它一个评价，那个评价是对是错，是高是低，我自己已经完全退出了评价的舞台，这是交给社会评价的，我无法再更改了，就算再重写一次，别人也不认。那么我想，我应当善待我的第二部作品《大金王朝》。

公元二世纪的中国曾有一个"小三国"，魏、蜀、吴，一千年后的公元十一世纪，中国的国土上又出现了一个"大三国"，辽、金、宋，这三国加上西夏等几个地方，整个国土面积足有一千三百五十万平方公里。我写张居正是一个人反映一整个明朝的历史；现在，通过这三国来反映一整个大中华，我知道这一步跳得很远也很累。我这十年几乎只为这一件事情，十二次到东北、蒙古高原，到当年所有的战场；我在北京遥看当时的南京；不止一次到开封研究宋朝的首都汴梁，甚至还下到了开封城下、距离地底三十三米的当年的都城；我到了辽上京——一片废墟的辽阔的首都，我又到了金上京——今天的一片小小的田野。

历史的沧桑特别能激发我创作的灵感。我在零下三十度的天气来到完颜阿骨打宣布建国的地方；我在月黑风高的晚上到了辽上京等待早上第一缕曙光，看到光晕慢慢扩大的时候，羊在当年耶律阿保机的宫殿里面吃青草，那种感觉他人没有办法体会；再往前走，我在西拉木伦河旁看到马儿悠闲地喝水，蹚过河吃露水草，联想到当年战马嘶鸣的时代已经远去——让整个中国南方为之难堪，让杨家将都屡屡失败的君王，居然有羊在他的宝座上吃草；在辽国灭国、活捉宋朝两位皇帝、宣布成立国界的地方，一个土墩被苍茫的、很深很深的大雪所掩盖，没有人知道那个地方曾经有一个如此辉煌的人物。"经历"了这些沧桑再进行创作时，我就会思量：当时宋国的娱乐化社会，宋徽宗执政十七年间迅速让他的国民进入娱乐化社会，而只有六万骑兵的女真人花三年时间打败了拥有三十万骑兵的辽国，紧接着又打败了坐拥八十万军队的宋国。是什么给了他这么大的力量？没有别的，这就是我们今天说的"穿草鞋的不怕穿皮鞋的"——勇猛无比的正是这些穿草鞋的人。曾经，我因为想要警醒现今世人的忧患意识而写了《张居正》；要提炼出高于《张居正》的主题，我需要面对整个中华民族生死存亡的问题来寻找历史演变的规律。难，确实很难。

十年前我回答你的那句"能"并不是好高骛远、自视甚高，为什么这样说呢，有一个故事：当《大金王朝》第一卷写完以后，我把书寄给了我在北京的两位责任编辑安波舜和张维，其中，安波舜曾出任《狼图腾》的编辑。他看了开头第一个单元的八万字后给我打来电话：熊老师，就这八万字看得我热血沸腾，你跟我说你的目标是超过自己、超过《张居正》，看了这八万字我就告诉你，超过了。

我也曾跟你讲过，写萧太后在零下三十度进蒙古高原去寻找正在逃亡的天祚帝这一章我整整写了十天。八千字写了十天，一天八百字都很难往下写。我很想写快，但是我知道，只有让自己慢下来、静下来，让每一个字就像垒砌金字塔的砖块一样，承载时间、承载历史才能留世千古。所以说，这十年走得艰难。

谢　新：这部倾注了您心血的《大金王朝》即将与读者见面，小说中美妙丰富和惊心动魄的情感与铁马冰河、失鹿共逐的纷争也将呈现在读者眼前。我想，作为读者，难免会在阅读过程中不自觉地对史实与艺术创作加以甄别。

熊召政：其实大可不必如此，不必带着类似学者、教授的心态去研究。你可以顺着自己的爱好、自己人生的经验去读它，然后告诉我哪些场景你喜欢，哪些你不喜欢，然后我会考虑你为什么不喜欢，是哪些素材让你不喜欢，这样反而有利于我下一部书的写作。理想的状态是让读者被我的情景吸引进来，一帧一帧往后看，就像我们去看九寨沟的美景，去看诺日朗瀑布，去看熊猫海，去看长海，每处景致都有分别，有的像小夜曲，有的像交响乐。创作中，我会考虑读者欣赏的节奏和习惯，哪些地方密不透风，哪些地方舒缓，做了很多安排，但这安排一定是不经意的，要有一种为读者着想的精神，读者希望在哪里有一个停顿正好停顿就来了，刚结束抒情的段落，再来一个生死存亡的大问题，这些都需要技巧。你刚才说的史实与虚构的问题是对历史小说创作的界定，而喜欢与不喜欢则是对美学原则的阐释。

总书记：优秀的历史小说家要具备深厚的文学修养和史学修养

谢　新：您这一席话可以作为《大金王朝》的阅读指南供读者参考。正因为理解您创作的艰难，也有幸看过您的手稿，我们才更期待后面两部尽快面世，读到整个大金王朝灰宏、完整的历史。

习近平总书记曾说：领导干部要读点历史，因为历史是一个民族、一个国家形成发展及其盛衰兴亡的真实记录，是前人各种知识、经验和智慧的总汇。您是一位优秀的历史小说家，我们共同目睹了新闻联播里习总书记在文艺座谈会结束后握着您的手与您交谈的那一幕，我们一直很想知道总书记对您说了些什么？每次问到您，您总是笑而不语，时隔将近一年，仍有一些人期待能够"扒一扒实情"，您能给我们还原一下当时的情景吗？

熊召政：习总书记讲话结束以后，就离开座位跟我们这些参加座谈的艺术家代表握手。总书记走到我跟前，听说我就是熊召政，他微笑着说：你就是熊召政，我知道你，《张居正》就是你写的，这个书写的很好，我读完了。我当时就说：总书记对不起，书写的太长，耽误您的时间。总书记没有直接回答我的话，他接着讲：好的历史小说就是教科书，但是写到这个地步作家得具备两个前提，一是深厚的文学修养，二是深厚的史学修养。后来我说，总书记的这种评价让我觉得很惭愧，我没有做到，但我会在第二部小说的创作上力争离总书记的要求更近一点。我们对话的主要内容就是这些。总书记通读了大量的文学作品，读了很多，他随口说出来很多阅读过的作品，我们都很惊讶。这才知道他不是一般的喜欢，应该说是很热爱文学作品。那天他还说：在那个时代，文学是让他保持向上的精神食粮，他把文学当作人生的一种升华。正因为他拥有这样的襟怀，拥有文学上极高的鉴赏力，才会说"当今文学有'高原'而没有'高峰'"。他也特别强调了对媚俗作品的批判，对一个国家来讲，他还是希望有黄钟大吕之音。总书记是很喜欢历史的，这从他的历次的讲话中能听得出来，从在座谈中的讲话也听得出来，如数家珍。现在，第二本书的第一部问世，能不能做到"比第一本更好、离总书记的要求更近"，还有待读者的检验。

谢　新：非常感谢熊老师接受新华网的独家专访，您也兑现了自己的承诺，给习总书记和广大读者交上了一份答卷，就像您说的，这份答卷是否能令大家满意还得由总书记和读者来评判。采访快结束了，但这一次我不会再问问题。因为深知您饱含对生活的热爱，有源源不断的创作灵感，相信您的下一个十年仍会是佳作迭出！再次感谢您接受新华网的独家专访，谢谢您！

章红艳：请叫我"琵琶行者"

——中央音乐学院教授章红艳接受谢新专访

不愧对行业　不辜负时代

谢　新：章教授您好！非常难得，因为"2014年年度文化人物"颁奖这样一个契机跟您相遇。您的职业是一名教师，同时您也是一位非常优秀的琵琶演奏家——曾与上海交响乐团、广州交响乐团、爱乐声乐乐团、中央歌剧院交响乐团、德国慕尼黑广播交响乐团等等一些著名乐团有过合作。您如何平衡教学与演出的关系？

章红艳：身处现在这个时代，我们的机会更多，可以让身份多重化。过去老一辈的教师，可能很少像我们现在有这么多的演出机会，教师就是教师，在学校里教学；乐团里头，那可能就是演奏家。现在，时代赋予了我们双重身份，比起前人，我们幸运很多。我从上学起就赶上了最好的阶段。我10岁进中央音乐学院附小，从小就待在老先生们身边，科班出身，又有学校为我们提供系统、完备的教育，又可以走出国门，在中西双重文化的影响下成长，这让我可以做到知己知彼，以较为平等的姿态走到国际舞台上，去进行对话。

谢　新：您的琵琶是有底气的，继承了老一辈我们称之为"艺人"的传统技法，音乐殿堂里，又接受了正统的艺术理论熏陶。想必这样的幸运也赋予了您使命和责任。

章红艳：是。越觉得幸运，越是有这样的机会，压力也就越大。我们这一代人，如果有了这样一个舞台却不能好好展现，那是我们愧对这个行业，愧对这么好的教育，也辜负了这么好的时代。

水准才是最重要的

谢　新：您带着琵琶走出国门，在国际舞台上展示琵琶技艺时，您的收获是什么？带给海外观众的又是什么？

章红艳：过去我始终觉得，我们的东西跟别人不一样。西方人很可能就是因为新鲜，所以以一种猎奇的心态在看待我们的这种文化。基于自己对声音的喜好，我跟交响乐团合作的比较多。因为我觉得琵琶是一个极具特色的弹拨乐器，它是点状的，而交响乐队是融合的、线性的，点状和线性组奏，它们相互烘托，但琵琶又有一种穿透力，可以从中穿透出来。这个也是我一直尝试、探索的一种形式。合作需要以我刚才所说的知己知彼作为前提，如果是完全陌生的音乐语言，你可能很难知道怎么去合作。小时候的钢琴基础，以及从小听交响乐的积累，让我知道它的声波，知道它所有乐器的特征，每件乐器的声响，还有我对作品的了解。这样一种状态下的合作已经不是一种表象的合作，更是一种创造。

谢　新：共同创造。

章红艳：可以这样说。一个优秀的音乐家懂得辨别不同音乐中什么是好的，所以音乐家之间特别能够感同身受。我始终坚信，水准是最重要的，高水准的作品能让人折服，我的自信也来源于此。只有在有平等对话的可能性的时候，大家才能在相同的平台上共同发展。

谢　新：合作演出要想达到出彩的效果也是需要相互激发的。

章红艳：对，激发、创造。双方都特别过瘾。在向对方介绍这件拥有两千年历史的乐器时，对方会觉得它与现代文明好像没有太大关系，也不知道演奏家是什么样子。但当他们见到你的时候，你往台上一坐、一个声响一出来，还是会感觉到震撼，因为他们没有想到琵琶这种乐器有这么强的冲击力、感染力。

谢　新：您和您的那把琴，还有它发出的声响，已经介绍了您的身份，也让他们认识了这种存在了几千年的古老乐器。

章红艳：我觉得是。那个时刻，最重要的就是让他们认识中国的音乐，这一把琵琶一亮相，可以说就能代表中国音乐。当然，传播的个体也很重要，人也能起决定作用。

面对市场不迎合

谢　新：这大概就是您刚才说到的自己身上肩负着的使命，让我们民乐的妙音在国门外奏响。您说过"音乐的本身是纯真的，一台音乐会不需要也不可以夹杂着与音乐无关的元素，否则将会中断音乐的韵味，甚至破坏音乐的意境"。从这番话可以看出您在音乐上的追求和一种艺术的价值取向。您这样的一种追求和价值取向观众认可吗？您担不担心市场的认可度？

章红艳：有种说法是"有价无市"。现在，大部分人都在担心市场，都在被市场裹挟着走，但他们其实都忘了，他们原本想要给这个市场的是什么。可能是民族性格中普遍的迎合心理导致这种现象的形成。

谢　新：迎合市场，市场想要什么就输出什么。

章红艳：对，过多地关注市场要什么，没有考虑我们应该给听众什么。市场是需要百花齐放的，而不是某一个群体释放出信号，我们去全盘迎合，这样就失去了艺术本质的东西。我始终认为，做一个真正的音乐家、艺术家，应该思考他要给这个社会什么，能够给这个社会什么。我尽量让自己处在一个比较安静的状态，不太去受市场影响。我比较没有市场的概念，虽然一直在一线忙于演出，但是我知道自己不是"明星"，大众不知道我，我也觉得非常正常。我接收到的教育让我看到了我们中国的音乐从那些民间化的、草台班子式的团体走到了今天的专业程度，这是非常不易的提升的过程。民族化的音乐可以为世界艺术增添色彩，我觉得我们需要贡献的是这个。

▲ 章红艳教授接受谢新专访

五十年代是一个关键时期，当时把民间代表性的人物都请进了音乐学院，他们成了中央音乐学院、上海音乐学院，全国各种音乐学院最强的基础。我是非常感激的，我们能有今天的大环境，就是因为前人的努力，他们建立了系统化的民乐体系。在此之前，中国音乐是没有太多体系的，而是一个"散兵游勇"状态，直到那个时期把它们归纳到一起，再加上西方的体系概念，这才逐步成形。2011年的时候，我搞了一个音乐季活动，演了三十多首作品，希望让大家从中读懂琵琶上千年的延续。如果一味迎合，今天这样明天那样，你就找不到自己了，就会变得越来越没有自信。我始终觉得，别人就是看中你身上这点可贵的东西，如果你把它丢掉了，那么人家就会无从欣赏。一个人丢失了自己就不可能再建立自信。你不可能成为别人的，不要去做别人。到你做不了别人又不像自己的时候最尴尬。

一场官司意外"收获"关注

谢　新：面对您，我的脑海里就会浮现出"为人师表"这个词。照您的技艺、形象和在音乐方面的成绩，您是可以成为一个光芒四射的明星的，但您没有那样做。这种坚持来自内心的笃定——好的东西是一定会被人接受的。尽管您说您不愿意当一个明星，但您却因为深陷三年前与女子十二乐坊的官司意外"收获"了关注。

章红艳：明星意味着，一旦你被包装，那么你可能要做"规定动作"以外的事情。比如十二乐坊，她们得站起来弹了。为什么会出现这场官司，可能也是因为自己有这样的一份坚持吧。

当时，我带着五十多人的团队到杭州演出，和媒体聊音乐会情况的时候，他们问了一些有关十二乐坊的问题。那时，十二乐坊正红火，常在央视和各种晚会上出镜。我比较率性地讲了些心里话，说她们最初做过的一些东西我认为还是挺好的，让更多人认识了中国乐器，但我不认为它能真正代表中国民乐。我想，那是更偏向娱乐化的东西。作为器乐演奏表演，不能假奏。当时这个声音发出去以后，一下就成为热门官司了。其实我个人认为这个是寻常的艺术批评。

谢　新：这在当时的娱乐界来说，是否有一定的炒作之嫌？

章红艳：当时不大懂，但我很坚定，官司要跟他们打下去。郑小瑛老师特别支持我，也很担心我，她觉得我将面对一个我完全不熟悉的圈子。我当时的想法是，这仅仅只是一次艺术批评。我作为从业者，深知演奏是有条件的，对于音色和演奏技法的把握都是有要求的。如果这些要求全部被抛在一边，我是不赞同的。但它既然立案了，我奉陪到底。那时候说我信口雌黄的声音很多，却听不到我的声音，所以我想以法律方式解决，但没想到一审就输了。

谢　新：判定您输的理由是什么？

章红艳：说她们没有假奏。我就把她们的录音放在传媒大学的声学研究所做了一个比对。

谢　新：用科学的方法。

章红艳：科学的方法。室内演出和室外在万人面前演出是一个声音，而且是独奏的部分。可即使是这样也不行。但我坚定地认为，黑的不能变成白的，白的不能变成黑的。一审输了以后我就对这个事情开了新闻发布会。案子连专家判定流程都没有，那么它本身就不能成立，于是我开始上诉。上诉之前，我让所有媒体都知道，我要上诉了。还是有很多有良知的媒体存在。慢慢地，我发现演出的真实性是一定要强调和坚持的。从那以后，商业演出逐渐获得有关部门的关注，文化部也出台了规范和管理条例。还有很重要的一点，它唤起了更多老百姓的关注，部分民众对这样的事情存有质疑，他们对假奏行为有看法，这样一来，十二乐坊的票房间接受到了影响。同时，我写信给广电总局，指出"罪魁祸首"是电视台要求的插电演出，他们所谓的"对大众负责"实际上并不合理，不会有听众希望用"假"的方式对他们负责。我不断呼吁，也不断在用实际行动践行，坚持用原声。电视台找我录节目，如果录音是假的我就不去。

坚持原声演奏，直到我弹不动了

谢　新：每只曲子都坚持自己弹？

章红艳：对。有时歌手们排练只需要走位就可以了，但我坚持做到自己演奏，每次都会在后台练琴，走台时还要注意录音的细节，怎么才能录好。

当时的环境，我所发出的声音真的是非常微弱，它是这种大潮中的低语，一点一点地起作用。

谢　新：您通过努力抗争是否得到了符合您想象的最终判决？

章红艳：最后判我无责任。律师问我能不能接受，我说可以。一直到后来，我走到很多地方，这个事件的知晓率都很高，但他们不知道我是事件"主角"。

谢　新：如此看来，您做这件事情的意义在于，一是唤起了民众艺术鉴赏的辨别意识，二是呼吁了艺术家要诚实对待艺术。每一位艺术从业者都应该尊重艺术，如果连对待观众最基本的诚实态度都没有，那可能意味着有愧于自己的职业。

章红艳："真善美"当中，真是第一位的。音乐是最接近人和人性本质的东西，只有音乐可以做到心与心的交流。一旦"真"不存在了，还谈何交流。

我坚持给大家听原声，听最高级的、无可替代的声音，哪怕只为一个人演奏，除非有一天我弹不动了。

▲　章红艳教授在弹奏

热心公益的"琵琶使者"

谢　新：您的追求十分可贵。您知道，中国现在提倡的是大国外交，我们听闻来华出席2014年APEC领导人非正式会议的部分经济体领导人或代表的夫人在参观世界文化遗产颐和园的时候，您为大家做了琵琶演奏。您在外交活动中充当了一次重要角色，想请问您，是怎样的机缘找到了您？

章红艳： 我觉得可能是自己一直以来的做法、主张，包括现场音乐会，被一些人看到。过去政府举办的音乐会我也常常参与，再加上前不久跟领导们第一次去非洲三国交流，给黑人讲琵琶、做辅导的原因。这次选中我，也是想让我做这样一件事情，就是不仅仅是演奏，而是在短时间内推广、传播中国音乐。就这一次，影响她们对中国的认识，对中国音乐的认识。

谢　新： 您选的是什么曲子？

章红艳： 选曲是大家的智慧。考虑到总共二十多分钟时间，再对景有一些解说，那么琵琶的演奏只有五分钟，还要加上一些介绍，于是定了《飞花点翠》。很文人、很中国的曲子。当时正好是11月份，初冬季节，飞花指的就是雪花，点翠，翠指的就是松柏，雪花飘零，点缀在松柏枝头，非常美，本身就是一幅画，和松柏环绕的颐和园相映成趣；音乐本身也比较舒缓，比较适合。琵琶有很多这样的乐曲，所以我一直认为琵琶是民乐器中特别有文化含量的一种。能在特别短的时间里，介绍乐器还要完成试弹，这种要求可能需要人有一定积累吧，也需要能应变、能掌控现场情况。但对于我来说，既然都是我的听众，那就没有高低贵贱之分，只要做到对每一个人负责，以最好的状态把中国音乐传播出去就好。

谢　新： 礼仪之邦的大国外交让各国夫人感觉宾至如归，您也很好地充当了一位中华文化传播使者。

我们了解到，您每到一处开音乐会，都会为当地喜欢琵琶的孩子做一些义务辅导。我们新华网湖北分公司也有一个公益项目，目前还只做了两期，就是为交通不便、师资条件又十分匮乏的山区送课程、送医疗。听到您的善举，我冒昧提个请求，您是否愿意为山区孩子、从来没有过音乐基础的孩子，做音乐培训？

章红艳：我非常愿意。这也是我人生当中为自己设定好的需要去做的一部分，也一直在做。我愿意做一切。教他们怎样听音乐、怎样操作都可以。我的音乐会，会让当地的琵琶爱好者报名跟我一块儿弹曲子，有专业的有业余的。还会做公开课，完全面向社会，完全免费。

谢　新：您这么爽快地应下来，我要替那些孩子对您说声谢谢。

章红艳：我只是觉得，音乐可以带给我们更多的美，音乐会给我们另一个世界，丰富我们的人生。它是另外一种语言，与音乐为伴是一件幸福的事情。

传统和创新不能割裂

谢　新：您说的很对。2014年10月15日，在习主席主持的文艺座谈会后，有评论称：与经济社会发展稳中求进的态势相应，文化发展也呈现出了活力迸发、欣欣向荣的景象，从哪个侧面梳理都有浓墨重彩。而传承和弘扬民族文化，寻找和确定自身在全球文化中的身份认证，是所有这些文化动态的共同旨归，也是当前和未来文化实践的主题。我们想问问章教授，顺应时代发展的要求，您手中的琵琶如何弹奏出新意？

章红艳：时至今日，我们手中的东西不再是真正的传统，也不可能是传统——因为时代过了，但我们今天演奏的《十面埋伏》《春江花月夜》，也已经是时代中的声音、现代的声音，但如果纯粹地把时代和传统割裂开，我要说，它们又没有真正地剥离。

单从作品来看，几百年来，我们的作品还是《十面埋伏》，还是《春江花月夜》，这些作品始终在；西方，贝多芬、莫扎特也都还在，它们是经历过大浪淘沙沉潜下来的。也许我们不用担忧"老"的东西会丢掉，但我也常常迷茫。我从毕业时就开始做中西方融合，因为回顾中国文化的发展，每当大融合时期都会有很大发展，比如唐代这一融合期，中国的音乐就是在那个时期得到发展的，那也是琵琶盛行的时期。后来的清末民初也是一个重要时期，很多人走出国门学习，也是在那个时期，出现了多个流派——这些流派正是文化融合的产物；那么现在，又是一个讲求多元融合的新时期，于我个人，这个时期赋予了我一种胸怀——一定要知道自己从哪里来，也就是我们所说的根，这个根如果在身上扎下来了，你现在所做的所有尝试就不会是漂浮不定的，你就可以做各种各样新的尝试。

在没有根的情况下使劲去提创新，我很反对，创新好像变成了能够独立存在的东西。所以我们要深入了解中西方彼此间的异同，必须建立认知，认清这些才能更好地发展。但如果我没有能力，那么我思考我是否可以成为一个传承者——至少要把手里的东西传承下来。明天流行什么，我们不得而知，但我们已知的是手里面拿着这些宝贝，它们不能丢。

谢　新： 撇开《琵琶行》中对琵琶女的情感、对社会的针砭时弊，单就对琵琶技艺的那段描写，您觉得白居易是一个真正懂琵琶的人吗？

章红艳： 他就是会弹琵琶的。我一直主张讲《琵琶行》就要抱着琵琶，边讲边弹。

谢　新： 还原他所写的内容。

章红艳： 对。我们读到所有的这些词，在琵琶上全都能找到——大弦是什么，小弦是什么，"轻拢慢捻抹复挑"是什么，"犹抱琵琶半遮面"是一个什么样的状态，"曲终收拨当心画"用的是拨弹技巧。

谢　新： 问您最后一个问题，您喜欢"琵琶皇后"这个称号吗？

章红艳： "琵琶皇后"已经是很多年前的叫法了，很感谢大家对我的厚爱，但称号这个东西是自己没办法左右的。

谢　新： 那您更愿意大家称呼您什么？

章红艳： "琵琶行者"。

健阳乐住：音乐是契入本心的一种途径

——青年佛学家健阳乐住接受谢新采访

传承觉囊梵音古乐的汉藏文化使者

谢　新： 祝贺您当选为2014年年度中华文化人物。本次中华文化人物的颁授典礼是在我们湖北武汉举行，欢迎您！请问您是第几次到湖北来？

健阳乐住： 谢谢！这是我第三次来。

谢　新： 请您谈一下对湖北的印象？

健阳乐住： 初次印象还停留在上个世纪，第一次是跟我的师父一起来的。因为我的上师来过，所以唤起了我很多的记忆。

谢　新： 到过哪些地方？

健阳乐住： 到过东湖。

谢　新： 看来您对东湖印象深刻。

健阳乐住： 很深。还到过一些寺院。

谢　新： 我想问问仁波切，佛教与基督教、伊斯兰教并称为世界三大宗教，也是世界上最为古老的宗教。中华文化是世界人类三大文化中拥有灿烂光辉的一支。今天，发端于印度的佛教已经消除文化差异，完成了与本土文化的完美融合。不仅仅是我们中国，在西方，包括我们大家都十分崇拜的乔布斯也是佛教徒。

在您看来，佛教作为外来文化，凭借何种原因得以融入华夏主流文化之中并成为中华文化不可或缺的一部分？

健阳乐住： 中国有几千年的文明史，儒、道两家又为我们奠定了一个非常圆满的人文基础，它们之间存在一种内在的契合。佛教所提倡的"世间法"和种种行为与儒家是对应的，所以从某种意义上讲，儒家成全了佛教。

谢　新： 中华文明和佛教文化中的某些部分是吻合的。

健阳乐住：非常之吻合。佛家讲的"见、行、修"与儒家的经世之道相契合，在思想见地方面又跟道家的智慧有相似之处。此外，佛家的"智慧"与"慈悲"也很好地对应了中国传统文化中的"道"与"德"。

谢　新：华夏大地从文化的角度接受了佛教。

健阳乐住：对。

谢　新：今天晚上，我们花了近一个小时的时间来用心聆听您和您的僧团带来的中正、平和、淡雅、肃庄的梵乐。这是一场十分具有吸引力的汉藏两地文化、古老文明与现代文化的时空对话。

在此想请教您，作为非物质文化遗产的觉囊梵音古乐相较于其他佛教音乐有哪些特点？您能否为我们介绍一下觉囊梵乐所使用的乐器都有哪些？是否也像一般乐团一样，有分工各异的乐师？

健阳乐住：我们并非专业乐团，也不是一个经常进行排演的固定团队，参与今晚演出的法师都是临时抽选的。每位法师都有各自的分工，他们从小修行，日常修行必须要进行经文唱诵，但部分乐器还是需要经过专门训练的，毕竟是传承古乐。

演奏梵音古乐的乐器，一如表演刚开始我们看到的一个短的号，那个叫"刚洞"。

谢　新："刚洞"是特指的一种乐器吗？是藏语的音译？

健阳乐住：是特指的，它是平常用到的一个法器。其实称之为"短号"也不大准确。它的音色比较空灵、深邃，像是对法界的呼唤；与"短号"相对应，长的那个叫"东莫儿"，声音很厚重，如果你用心去聆听，它能与你的精神沟通；然后是"嘉郎"，类似唢呐，声音比较喜悦；小的"手鼓"我们叫"扎玛热"，它代表智慧。

谢　新：我们可以感觉到，不论是乐器还是觉囊梵音本身，都是通过音乐语言在跟我们交流。

健阳乐住：梵音有它背后的哲学思想，有对生命的认识。梵音是以这种哲学思想和对生命的认识为指导进行修行的方法。一般的修行想要达到

▲ 健阳乐住接受谢新专访

直指心性的高度是不太容易做到的，但音乐作为最古老的修行方式是契入本心很好的一种途径。

谢　新：您和法师们在演奏的时候手拿金刚杵，把青稞撒在台上，这寓意着什么？

健阳乐住：希望我们的发心能够利于众生，让智慧和慈悲普照大地，希望众生快乐。

谢　新：这个寓意非常吉祥。

聆听禅乐于听众来说，可以陶冶性情，修身养性，净化心灵，让人达到身心松弛的境界。于唱颂者来说，如何将修行、开示与音乐相结合？觉囊梵乐这种古老的、具有很强感染力的音乐表现形式，向外传递了一种什么样的想法或讯息？

健阳乐住：心佛众生没有差别。我们互为道场，希望能够通过这样的形式启发人们本有的一种觉受。修行的过程和氛围充满了智慧，所要传达的信息很多，不知从何提起。

天籁、地籁、人籁，这是儒家对音乐的固有认知。其实天籁来自于自己的心性，用生命去聆听，没有任何造作就会得到启迪，发现我们生命的各种可能。

谢　新： 用心聆听觉囊梵音是对自己心灵的感召。

健阳乐住： 对。

谢　新： 习总书记在联合国教科文组织发表演讲时曾说，一切文明成果都值得尊重，对待不同文明，只有交流互鉴，文明才能充满生命力。佛教音乐也是中华音乐文化的一个重要组成部分，传播佛教文化，音乐也是一种有效的媒介手段。您如何看待自己和"觉囊梵音古乐"这个计划在佛教文化的推广中所扮演的角色？换而言之，您身上的这种担当和义务，您怎么来看待？

健阳乐住： 这些都是因缘合和。我们希望觉囊文化能够很好地得到继承和弘扬。国家在文化界以及社会各界发起呼吁，让我感到我们的文化得到了认同，这是一种非常大的鼓励。能够有这么好的因缘，有这样好的一个大环境，我们觉得非常难得。

至于要去做什么，我们没有想法。只要机缘成熟，因缘和合，我们非常愿意为真正想要了解觉囊文化的人做一些分享。

谢　新： 通过您的介绍，我们了解到觉囊梵音古乐传承近千年，不仅保留了赞偈、唱念、手印、吹奏、乐舞等多种佛教修行要素，还有一些开创性的新探索，比如"央移"记谱法，以手抄曲本为载体，传承300多首孤本曲谱，"觉囊梵音古乐"列入国家级非物质文化遗产名录。

习总书记在2014年10月15日的文艺工作座谈会上以无愧于"伟大民族""伟大时代"勉励广大文艺工作者，强调文艺工作应努力创作生产更多传播当代中国价值观念，体现中华文化精神，反映中国人审美追求，思想性、艺术性、观赏性有机统一的优秀作品。被誉为"中国音乐史的活化石"的觉囊梵音古乐如何顺应时代发展，做一些有意义的实践？

健阳乐住：还是一种因缘和合，也是一种修行与信仰。觉囊文化带领我们品味"道"，品味智慧和心性，让固有的审美相续至今，它的传承串起了中华文明的"经纬线"。

继承这样一种古老的文化，本身就是一种创新，因为有我们的解读在里面，我们毕竟不是从远古直接跨越到今天的。

处在这个时代，我们充分地受用了时代的福祉，所以更希望通过这么好的因缘利益众生。觉囊梵音古乐作为禅乐的代表，是中国文化的一个组成部分，有它自己的庄严。向世界介绍这个来自东方、来自中国的智慧是我们的愿望。

谢　新：每一个汉字都有它自己的含义。不知算不算冒昧，想请问您的法名"健阳乐住"的含义是什么？

健阳乐住：名字是我的一位老师取的，藏音音译过来就是"健阳乐住"。在我们山里、县上也译成"嘉阳乐住"。在藏语中，"健阳"代表文殊，"乐住"代表智慧。

谢　新：也就是"智慧的化身"。感谢仁波切接受我们的专访，谢谢！

健阳乐住：谢谢！

谢　新：佛教本身具有非常强的广延性和包容性，而觉囊梵乐、觉囊文化则一再强调传承和其不可更易性，但面对时下似乎无法避免的多元文化影响，例如唱片市场上出现的结合了古典乐、流行乐元素的佛教音乐，如何平衡正统觉囊文化的根源和现代的冲击？

健阳乐住：这个不冲突。觉囊梵乐有自己的价值。

越来越多的人开始学习唱颂佛歌，这是非常好的现象，不同形式的宗教音乐也是不同的情绪组合，它们是可以互补的。各个宗教都有属于自己的音乐，我们非但不排斥来自不同领域的表达方式，而且还会主动聆听，从中受到启发。

▲ 梵乐演奏

我们希望能够如实地继承觉囊梵音古乐固有的特色和它所要表达的精神。继承的过程就是突破情绪造作干扰的一个过程，是一种修行。只有穿透现象、传统情绪看到生命的本真，才能够自如地、亲近地、智慧地体验心性的法喜。

谢　新：觉囊派奉行避世禅修、精研实证的佛门宗风。现代人所处的环境生活压力大，工作竞争激烈，难免焦虑、烦躁，患得患失甚至无所适从，各类禅修课程、国学班、瑜伽班应运而生。因为与人们宗教膜拜和祈求幸福的心理相吻合，也受到了一部分人的追捧。

如何正确对待禅修？您有没有一些好的方法

或建议，让现代人更从容地生活，更愉快地工作？

健阳乐住：禅修是非常"高"的一种文化体验。它是各个领域和合的结果，单一地追求一种方法难免走偏。因为人们在物质方面得到满足，所以产生了精神层面的需求，但需要我们保存理性。听闻社会上出现了各种各样的修行方法，有的也称之为"闭黑关"等等。睡上七天不叫禅修。如果什么样的课程都能称之为禅修的话，那么对"禅"的认识可能是不太圆满的。正统寺院对禅的认识和它的修学体系可以说较为圆满。禅修是要有一定见地的，比如站在道家、儒家、佛家的高度来主动地支配自己的精神。禅修是一种科学的修行方法，我想它应该是比较严谨、神圣的，应该有它该有的一些尊贵感。

谢　新：的确。聆听梵音古乐的短短1个小时，即便没有心灵的感应，至少也是很放松的，如同您开始时在台上所说的美妙语言——听我们演奏时哪怕睡着了也是一种愉快的睡眠。

健阳乐住：我们特别强调中国文化的一个符号就是"禅"，也就是西方人所谓的"Zen"。禅来源于东方，这个名词出自中国。但是今天，我们对它的理解反而走向了忽略、模糊，我们过分地强调情绪，有了执着。执着会引导我们走向情绪的极端，进而造成你讲的社会普遍出现的焦躁情绪。

我们对自己的了解很少，传承禅文化、觉囊文化也是领略生命、认识生命的过程，因为它们对生命有一个相对来说平和、圆满的解释——"受想行识"是怎么一回事，我们的意识又是怎么一回事。所以，用平和的思想和哲学精神来支配我们的行为，对超越焦躁情绪、突破烦恼是有帮助的。

谢　新："禅"确实是老祖宗留给我们的文化精髓。

健阳乐住：是运用自己生命的最好的说明书。

谭晶：年轻的歌手要起到传承和发扬的作用

——著名歌唱家谭晶接受谢新专访

武汉是一个非常有文化韵味的城市

谢　新：谢谢您百忙之中接受我们的采访。不久前刚在武汉市举办的六城会上见到您的身影，这段时间您成了武汉的常客，武汉留给您最深的印象是什么？

谭　晶：我觉得武汉的观众特别热情，记得在城运会刚出场的时候，还没有报我的名字，我从舞台很远的地方走过来的时候，坐在船上就看到两边的观众开始欢呼，开始鼓掌了，然后向我晃动手中的荧光棒。我觉得观众非常的热情，而且通过这几次来到武汉，觉得武汉是一个非常有文化韵味的城市。我还有一个感觉，武汉非常大，给人一个感觉，走到哪里，从一个地方到另一个地方，都要非常远的车程。所以我觉得省会当中，武汉应该是最大的了。

谢　新：一曲《黄鹤楼》令人荡气回肠，今晚八艺节开幕式您又将献唱《黄鹤楼》，是一种什么机缘让您选择《黄鹤楼》并将它收入自己的MV中的？

谭　晶：黄鹤楼是我们从小都知道的，通过很多的古诗词了解到这个地方。但我一直没有来过武汉。非常巧合的是：一位业余的词作者潘家华，他几次来到黄鹤楼以后，特别有感而发，写了这样一个歌词。后来由作曲家孟庆云老师作曲，就写了这首歌。当拿到这首歌录音的时候，我觉得这歌真好听，感觉自己变成了另一个时代的人，有回到古时候的那种感觉，非常有诗人的气质。当时来武汉拍音乐电视的时候，特别开心。上次在新华网接受采访我也曾说，第一次扮演古装电影，好像自己在画中。

MV是在黄鹤楼拍的，是一个身着古装、以黄鹤楼为背景拍摄的爱情故事。当时拍MV的时候感觉也是挺好的，觉得自己的形象也有一些突破，画面也好，造型也好，还是挺唯美的。

好的艺术形式在于它不断地创新

谢　新：您的唱法融民族、美声、通俗唱法于一体，非常优美、独特，您是如何定位自己的音乐风格的?

谭　晶：其实我一直觉得在我们这一代的歌手中，年轻的歌手要起到传承和发扬的作用。我们这一代更多的是需要去创新，继承一些东西，然后在自己的身上更多地发挥，让大家感受到你的一些出新跟别人的不一样，有特别之处。我觉得我现在最重要的一个任务就是希望能够把真正民族的东西挖掘出来，同时能够用自己的演绎手法加大创新力度，能够有一个崭新的形式。我自己一直在不断地摸索，民族、通俗、美声也是在互相地结合，从而走出自己的一条声乐走向。现在也有很多人说，我的唱法，大家都在琢磨是一种什么样的唱法，也有的人说是跨界，也有的人说是大通俗，有的还干脆说是自己的一种唱法。我觉得好的艺术形式在于它不断地创新。

谢　新：作为军旅歌唱家，您是不是对军旅题材的作品有特殊感情，能否透露一下您最喜欢哪部作品，为什么?

谭　晶：我对自己的作品都挺喜欢的，最喜欢《在那东山顶上》，还有一首就是我为《乔家大院》配唱的主题歌《远情》，那首歌我觉得也是非常棒的。

每一首歌都需要不同的形式去演绎

谢　新：作为年轻的文艺工作者，您如何认识文艺创新的必要性，您将如何以自己的实践推动文艺创新？

谭　晶： 从2000年中央电视台大奖赛我获得通俗唱法的金奖后，这么多年我一直在尝试一种新的唱法。通过一些电影、电视剧可以体会到不同的情感。每一部电视剧和电影它所体现的内容都不一样，所以它要求你所演绎的形式也不一样，通过电影、电视剧的那种情感去找各种不同的方式去演绎。比如《乔家大院》的歌我就会偏民俗一些，有些山西地方戏曲的地方特色在里面。比如说《玉碎》这部电视剧的歌，可能偏艺术性，加了一点美声的元素在里面。所以我觉得每一首歌，像我们这么多的民族音乐，特别需要不同的形式去演绎。框在一种形式和用一种方法去演绎，我觉得远远不够。所以我希望自己能够多一些这种作品去尝试，自己也不断地去尝试。

接下来我会和张千一老师有一些合作，《青藏高原》《在那东山顶上》都是他写的。我们俩希望能把更多的那种比较原生态的民族的东西挖掘出来，通过现代的一些手法去包装，能够真正拿到国际上，用外国的一些先进设备编曲、录音，用先进的手段去包装我们这些作品，不只是中国的听众，而且要让更多的人，让更多国外的听众也能够认识我们中国民族音乐的魅力所在。

大家进入到你的音乐世界中的时候有一种幸福感

谢　新： 您是中国首位受邀在维也纳金色大厅举办音乐会的通俗唱法的歌唱家，能否给新华网网民简单地回顾一下维也纳之行。

谭　晶： 被邀请的时候，当时还是非常激动的，也很开心。去年是中奥建交35周年，又是莫扎特诞生250周年，有很多国家的歌唱家、演奏家在那里举办活动，我能够代表中国去参加这样一个对外文化交流活动，特别的开心。在那个时候，我觉得在维也纳去征服当地的观众，压力还是很大的。大家都知道，维也纳是音乐之国，当地人都是很小就经常去听各种各样的音乐会。我不知道我们的声音、我们带去的歌曲人家会不会接受啊。从开始的一首歌，两首歌，然后慢慢感觉到大家进入到自己的音乐世界中的时候，那时候觉得自己很骄傲，很自豪，有一种幸福感。

我们想把中国的特别是民族的音乐带到维也纳那边去。比如像蒙古族的、藏族的、新疆的，很多很多，希望更多的外国观众欣赏到，使他们在欣赏音乐的同时能够了解到我们中国的文化，了解到各个少数民族的文化，通过音乐的形式把这些带给他们。

人类的文明最终还是需要文化的形式去展现

谢　新：文化也是国家"软实力"的组成部分，您认为党的十七大特别列出一章提出推动社会主义文化大发展大繁荣，对提升我们国家的软实力有什么重要意义？

谭　晶：当时我们听十七大报告的时候，也听到了总书记在第七部分讲到文化的大发展大繁荣。我觉得一个国家也好，世界上也好，人类的文明最终还是需要文化的形式去展现。我们中国对世界最大的贡献就是我们5000年的文明，我们希望能够把这种民族的、中国的文化通过文艺的形式、通过音乐的形式去把它体现出来。

所以我觉得推动社会主义文化的大发展大繁荣，对于一个国家在国际上的地位或者说它的影响还是有很大作用的。人家说我们出国去演出，也是一种软外交。有时候觉得这个人代表的是什么，他带去的是什么，可能通过文化简单的交流就可以取得很好的效果。音乐是无国界的，所以大家交流起来会更简单一些。我觉得特别高兴能够把这条作为很重要的一条。

闭幕式我会演唱《把心留在这里》

谢　新：第八届中国艺术节是十七大之后我国举办的一项重要的全国

性文化活动。本届艺术节是我国规模大、水平高、影响广泛的艺术盛会，您对这次艺术节有什么期待？

谭　晶：当然是期待有更多更好的艺术作品，也希望这次的艺术节比往届的更有创新，希望可以推出一些比赛，作品有一些推陈出新。除了它的开幕式非常恢宏，也希望在艺术节期间各类艺术之间的交流活动更多一些。

闭幕式我还会来，我真的成了武汉的常客。演唱的曲目是我下午刚录完的一首歌，名字就是《把心留在这里》，是晓光老师写的，湖北的王原平老师作曲。虽然歌词跟湖北没有关系，但是旋律特别美。

谢　新：再次感谢您接受我们的采访。谢谢。

蓝天：演员需要与观众做情感层面的互动

—— 上海京剧院青年演员蓝天接受谢新专访

这里才是真正传统戏的舞台

谢　新：徽班进京，楚腔汉韵合流形成了今天的京剧，主题为"凤还楚天"的第六届京剧节在湖北举办有着不同寻常的意义，今天你又登上珞珈山舞台，在京剧的起源地有没有特殊的感触？

蓝　天：嗯，首先是这个城市美丽而且繁华。可能因为是上海人或是在上海待久了，或多或少会产生"外地人""外地城市"的概念。但是来到这里，刚下火车，马不停蹄赶往一个"天天看"的舞台，在那儿，包括它的建筑、人文，还有漂亮的武汉女孩，都让人仍然有身处上海的错觉。在"天天看"露天舞台的节目演出中，我最后一个登场，行内称之为大轴。我首先演唱了拿手的"打虎上山"，这一段戏经过《智取威虎山》数场全剧演出的锤炼后，终于得以拜访童祥苓老师并得到他亲自指导再展示给大家，进行了首次演唱。武汉的观众朋友报以热烈的掌声欢迎我再来一段，我又绕了一段《珠帘寨》"昔日有个三大贤"，这是我进入全国首届流派班后的第一出所学剧目。终场时，好多观众拉住我的手，说看了我的《智》剧，还有和丁晓君合演的《珠》剧，对我大加赞赏。通过此次我们上京的《情殇钟楼》在武汉的演出，现场观众的反响都足以证明湖北观众特别懂戏。作为一名京剧演员，令我感受颇深的一点是，来到了京剧最初的发源地，尤其对你们的方言，留心听后发觉这里才是真正传统戏的舞台。

谢　新：湖北方言有些和京剧念白很相似。

蓝　天：对，这里老百姓说话我们京剧演员听起来有亲切感。

谢　新："黑洞洞"念成"何洞洞"。

蓝　天：对，"何洞洞"。让我感受到，京剧果真是这方水土孕育的结晶。

唱戏唱的是味道，越久远越有味儿

谢　新：你宗的是余派，余叔岩先生就是湖北罗田人。他的四声、尖团、归韵，干脆利落。

蓝　天：我最近也一直在看相关书籍，四声、三级韵的"梨园家法"流传至今，不光吐字归韵，余叔岩先生的一些"螺丝"音、"小撤"音也值得细细品味。余先生有话：唱戏唱的是味道，越久远越有味儿。

谢　新：很多观众很喜欢李少春先生的余派戏。

蓝　天：李少春先生曾回忆起和余师的学习，归纳四字，"惜未尽材"。其实余师早就看过少春先生的戏，很爱这块材料。若花点精力或许真能培养出一个衣钵传人。李少春对于余师所授是认真吸取、时常回忆，因此辍学之后仍能进步。后来人们看到他的《满江红》《响马传》《野猪林》，一定程度上凝聚了"文拜余叔岩，武拜杨小楼"的理想。他对《野猪林》中的林冲一角，从思想内容上加强了"官逼民反"的主题。在人物关系上，对林冲"逼"和"忍"两方面进行了分析和表现。20世纪50年代，李少春先生演出了不少新戏，为京剧人物画廊增添了不少新形象。

谢　新：天津书法家陈云君说，余先生的"十八张半"好比一本帖，临得最好的是孟小冬跟着余先生学艺的五年。

蓝　天：孟小冬在余府五年内所学，涉猎三十出戏左右。余师认为她的学习成绩是：演唱七分，念白三分。在余师所有学生中，这是最高的评价了。她堪称余派的一个"婉约"分支。在余师故去的很长一段时间，人们把孟小冬看作余派的"活标本"，领略余叔岩艺术的"活渠道"。所谓中正、规范，就是摒弃媚俗的中锋之法，无丝毫哗众取宠。高品位的艺术观造就高格调的艺术。朴素的曲调，却方圆并用，平正之中出俏头。

▶ 蓝天演出剧照

演员需要与观众做情感层面的互动

谢　新：现今社会处在大发展、大变革、大调整时期，各种思想文化交流、交融、交锋更加频繁，京剧是提高国家文化软实力的一个重要举措，表现形式较之以往也更为丰富。在国际交流间弘扬我们国粹有一个很出色的例子，这就是你和今晚《情殇钟楼》中扮演丑奴的董洪松一同参演的荣念曾先生的多媒体实验剧《西游·荒山泪》；这个剧获得了Music Theatre Now大奖。

蓝　天：是的，让国粹走出去，我们做了很多工作，上京一团的傅希如师哥带着《王子复仇记》去到爱丁堡，更早，白先勇也把昆曲带到欧美各国，收获了热烈反响。如今我也希望我们的《情殇钟楼》能有在巴黎演出的机会。

提到香港"进念二十面体"的《西游·荒山泪》，我和董洪松刚刚接触荣念曾，我们俩很怕他。一位当代戏剧大师，会怎么样"牵线"我们这俩还没毕业的小"傀儡"呢？我和董洪松一边着手学习传统骨子老戏，同时去尝试实验、先锋作品。只有一句话来回忆当时的复杂心情，那就是"无从下手"，但是我们必须接受这个作品。在那个作品里，不叫它戏、不叫它剧，这样的一部作品，提出了很多问题。以前，我只知压腿、踢腿、跑圆场、翻跟头、打把子、喊嗓儿、吊嗓儿，保证体力，然后精力充沛地进行演出，博得观众的喝彩，完了。

谢　新："进念二十面体"给了你很多启发。荣念曾先生一连提了许多问题，荧幕上一条条投影出来。

蓝　天：对，他提出了无数的问题。有人问，荣念曾是谁？怎么形容荣念曾？大家一致认为，荣念曾就是提问题。

谢　新：演出末段的大篇念白娓娓道来，彼时你的双眼是被眼罩蒙住的，那个当下你的心中所想为何？

蓝　天：好问题！作为演员，我本身的思考，荣念曾在这里不单单是对京剧艺术发问，也是对传统文化所处的境地，甚至是就文化与当代世界的关系进行的一番探索。谈及此处，以前，我唱戏演戏，演出完就完了。荣念曾则强调演员不是摆设的观点：若仅是摆在那里，则你是廉价的，需要与观众做情感层面的互动。观众可以是演员，演员可以是观众，演员也可以是做舞美工作的。如果演员只停留在哗众取宠这样一个定位上，怎么谈得上是文化的先觉者？作品当中，我和董洪松跨角色、跨行当，可以是演我自己，可以是演程砚秋，也可以是演张慧珠。石晓梅老师用昆腔来念白，我和董洪松做反串，演出程砚秋先生的旦角身段，向整个世界发出诘问。

相对董洪松净角的行当局限，我很幸运，在学校时，我跟戏曲导演班的学生一起合作过《梅兰芳》，里面同样有生活中的梅先生，也有唱念做表的古装人物，但还是在"表演"——以歌舞演故事。

谢　新：他的舞台场景也主张去情节化。

蓝　天：但全都是相关联的，乃至里面看似不搭界的Billie Holiday的歌声、巴赫的改编版的"高德堡"钢琴曲、火车声、飞机声、礼拜堂的钟声、程砚秋的演唱声……这些都是互相牵引的——Billie Holiday叹咏之时程砚秋在做什么？当程砚秋踏上他心中处处溢满新鲜感的欧罗巴，梅兰芳的中国世界又是怎样一番光景？所以说初次接触这出作品，真是呆若木鸡、如履薄冰，前所未有的无所适从。更有挑战性的是，这出戏还要用新谱的词配合巴赫的"高德堡"变奏以及程砚秋先生的原唱，"他人好似我夫面"的西皮快板。

谢　新：是在教堂唱的一段吗？

蓝　天：对。香港演艺学院有一座实实在在的教堂，置身其中亲身体验过后，方觉领悟更加真切，你能感受到光线、地板、窗户、钢琴同演员之间呈现出一种什么样的关系。程砚秋的欧洲游学之行，不似梅先生，扬我国威，而是放下身份，归零一颗赤子心，跨国界文化交流的实践尚未成熟，故而作为学生，学习再学习。舞台上的我，一时间与经受着过分苛责的程先生仿若感同身受。这一次跟荣老师学戏，获益匪浅。

演任何剧都要有提高人类生活水平的意义

谢　新：受到如此启发的不止你。荣老师的另一出创作《录鬼簿》，由苏昆的柯军担任主演，他在一段访问中谈到想通过这出戏找回纯净的自我，掸去身上的灰尘，谱一册自己的《录鬼簿》。文化贯穿了民族的血脉，是人民的精神家园，作为一名青年京剧演员，如何当好传承者和弘扬者？

蓝　天：程砚秋先生在他的时代，便对自己的戏剧观有过一句陈情：演任何剧，都要有提高人类生活水平的意义。但时至今日，有多少演员在遵从他这句话？屈指可数。这句话我希望通过新华网，借助你们的平台，一定把它传播给大家。

谢　新：不能甘愿传统戏曲沦为民间习俗的一环，不能让它演变为一个符号、一个图腾，而是去找寻更具前瞻性的出路。常见各家对包括你在内的青年演员普及京剧所作出的肯定，但毕竟多是表现忠义及道德伦常的咿咿呀呀，如何能在被你们的帅气靓丽、反串表演、舞蹈模仿引入京剧门槛之后持续接受并喜爱它？

蓝　天：还是之前说到的，不是照本宣科演完就完了，要体会其意义突显在何处？把戏吃透，投入自己的感情，最终让它成为你个人表演的一个全新创作，只有如此才能做到引人入胜。

为什么荣念曾一分钟之内恨不得提无数个问题？他想改变，但现状不容乐观，尤其是在大陆，提及"变革"便是一筹莫展。

田蔓莎刚刚做过一个改编剧目，叫《情探》，大部分手法均出自荣念曾那里。灯光射到舞台中央，一束小小的光，将手放进去，去触摸，去体会：仅是展示我在表演时的灯光？是每个人看待这个舞台的眼光？还是我人生的曙光？！同样一束光，却衍生出很多很多的理解，等待你去发掘。有人说京剧太慢了，咿咿呀呀。还是荣念曾，提到了一个"速度"。什么速度？快板，要我放慢速度，10倍，100倍。一开始我无从下手，但他会引导我，放慢之后，你会感受到其中迸发出的力量——文字的力量，旋律的力量，唱腔，编排，全出来了。听罢此一番话，我如梦方醒，我提出：您给我十分钟时间，我利用这十分钟来重新谱谱子——快板变散板。与他合作，彼此间是平等的，我的谱子，这就是我自己的创作，荣先生不会去做要求。血布道具我不满意，他肯定了我的意见，我们一起动手，纷纷戴上手套，染着红色血浆在白布上拍，出来之后，果然是我的构思。我们每个人都是导演。

京剧演员需要放下架子

谢　新：最重要的就是和台下观众的共鸣。当年张学良将军就曾说："一次在吉祥戏院听余叔岩的《张绣刺审》，宛城大战真把我的抗日劲头勾得十足！他在台上，我在台下，心里的节奏是扣在一个板上！"

蓝　天： 前辈先生们留给我们弥足珍贵的宝藏，不仅是四功五法的本工，更有如何作艺的真谛。

谢　新： 他们台上气度非凡，义不必比兴而草木成吟，私下里更是文人风骨，标举士气逸品。

蓝　天： 京剧演员需要放下架子，有人说，我们京剧是全国老大。对，京剧是老大，但"你"不是老大。应该更多地送戏进校园、进社区，包括"菊坛传响"我和丁晓君的演出，我们就是让学生们看看，80后的青年在唱古老的京剧，卸妆后我们依然青春靓丽。

谢　新： 说到京剧的定位，凌珂一席话令我印象深刻：上，上不去，贵为国粹，演员却面临极大的生活压力，无法全身心投入对艺术的研究，乐享清贫却被视作异类，失去话语权；下，下不去，干不过二人转。

蓝　天： 说得非常对。我有时也感到灰心，身在其中万般无可奈何。许多演员真正关心的就是一个收入问题，怎么投入精力潜心钻研艺术？要让京剧回归一个正常状态，演的人不多，看的人也不多，但大族群是固定的，各司其职。

真正拿出好戏来京剧才能发展

谢　新： 演员自身能否做到坚守也很重要。上昆张军就坦诚地说：周遭人选择转行歌舞时，我幡然醒悟，唱歌跳舞少我一个不少，但昆剧小生，少我一个，也许真的就少了。你们这些青年京剧演员正值这样一个最有梦想的年纪，应该努力绽放自己的艺术生命。

蓝　天： 上海京剧院复排了现代京剧《智取威虎山》，全部启用优秀的青年演员。大家如此喜爱青春版《威虎山》，我荣幸之至；但得此评价确也愧不敢当，自己在继承方面做得还远远不够。您前面提到的责任，有些遥远，于我这样一个刚毕业的学生来说更是非常非常难，但我会抓住一

◀ 蓝天演出现代京剧《智取威虎山》剧照

些难得的机会。比如正在排演的纪念辛亥革命的新编京剧《梨园少将》，虽然被安排在B组，但我仍会慢慢接下来；还有与田蔓莎、荣念曾先生等人的合作，得荣先生推荐，日前徐克买下了上京《智取威虎山》的版权，最终是以电视剧抑或全新样板戏的形式与大家见面，还需要徐克做定夺。这也是为我们整个团队，乃至京剧艺术走出去所付出的努力。不再等同以往喊口号式的海外宣传，真正拿出好戏来才能发展。

谢　新：看得出你不仅仅对自己的京剧本行，对当下文化的社会处境亦是主动担起了一份责任。

蓝　天：学好戏，功夫瓷实，随后舞台经验得以丰富，这才能发展。余叔岩先生继承了谭鑫培技艺，这种继承正是我所欠缺的。余派传统戏可学的越学越少，流派班学了《珠帘寨》《搜孤救孤》《失空斩》。奚中路先生跟我说过一番话：谁让你演《失空斩》这个戏的？你才多大，演中年的武乡侯诸葛亮太早了吧？！我演姜维，那可是半拉诸葛亮，我都把握不好。诸葛亮出场"不透袖、不抒髯、两眼看台毯"怎么把握？呵呵，不过，每个人都有第一次，而且我是第一次演出全剧《失空斩》，我还特意请他来观看。第二天我碰到奚中路老师，我特意问了他的观后感，老师说不错，继续再找找人物再唱唱，就更好了。

谢　新： 诸葛亮演的是气韵，要花不少心思琢磨人物。

蓝　天： 忧国忧民的诸葛亮，"五虎上将"只剩赵云，幼主又无能，国之社稷就担负于诸葛孔明一人身上。《失空斩》两小时的戏，就两番透袖，出场的小透袖，整冠、绺髯，这算一番；后面《斩马谡》的背扇看大帐、变脸、吹髯、怒透袖。第二番透袖，因为要杀人了。一共两番儿抖袖，自己的底蕴还是远远不及，需要随着人生的阅历和年龄的增长再揣摩再分析这个人物。

绝不能浮于表面地谈论表演

谢　新： 后人为余叔岩的三十多年舞台生涯总结了三个阶段——归派、创作、成熟。当代青年演员至多是在承袭流派上下足功夫，创新之举少之又少。

蓝　天： 所以绝不能浮于表面地谈论表演，程式化地解构前辈先生们传下来的精髓是不行的。

谢　新： 纸上得来终觉浅，绝知此事要躬行。对自己提出更严苛的要求，戏里戏外跳出跳进，技艺融于记忆，浑然一体才能做到游刃有余。"汝果欲作诗，功夫在诗外"。感谢你接受新华网的专访！

蓝　天： 谢谢！

关广富：不用丰富的色彩
难以表现时代精神的特质

——湖北省老领导、当代著名画家关广富接受谢新专访

我对神农架这块土地有着割舍不下的情缘

谢　新：我们看了《写意神农架》画展，感到很震撼。画展很成功，向您表示祝贺。

关广富：我是半路出家，没学过画，我的画还在探索发展之中。

谢　新：您曾先后五次到神农架，您在《写意神农架》画集前言中提到了巴东垭的石林云霭、金猴岭的林泉飞瀑、板壁崖的奇松怪石、大九湖的宁静野趣、神农顶的落日余晖、红坪画廊的移步换景、高山杜鹃的灿若云霞以及千年冷杉的古风尚存。您创作《写意神农架》组画是因为这些独特的元素特别适合您的画风，还是对神农架的特殊情感？您的组画主要想表达一种什么主题？

关广富：做任何一件大的事情，都有它的缘由，包含了我对它的热爱。我五次到神农架，前四次是在工作期间。神农架作为华中第一峰，荆楚大地的一页肺，很奇特。它是一块没有污染的净土，绿色宝库。中央对它也很重视，我在省委工作期间，当时不少中央领导都去考察过。我前四次也是工作考察。

现在回忆起来，当时的省委曾先后对神农架作过四次重大决策，都是关系到神农架的保护和发展。我对这块土地有着割舍不下的情缘，这块土地太值得珍爱了。没有无缘无故的爱，我画它，首先是工作情缘。回过头来再看，我对神农架的认识，和我画神农架的理念，就是多一点绿色，少一点污染。

那时我到神农架调研，看到的景象是海拔800米以上，到处都是砍倒的树木，没有运出去，路修到哪，树砍到哪，很是叫人心痛。省委决策，向中央争取减少国家砍伐调拔木材的任务，林业工人转向多种经营，这是一条措施，解决砍树问题。但是国家指标减了，老百姓要烧柴，还是要砍。通过调研，也是充分发挥神农架山高溪水落差大因而水力资源丰富的特点，大力发展小水电，老百姓有了电，生活得到改善，柴也烧的少了。在神农架建水电站是"大姑娘上轿——头一遭"。第三条，建立一个小型的示范林场，多栽少伐，引导人们多种树。第四是理顺行政管理关系，当时的小林区和林业局并存，各自为政，经常因工作发生摩擦，有鉴于此，省委决定理顺关系，设立了保护区，专司保护职能，同时保留林业局，规范其职能。它们接受林区党委统一领导。

回过头来看，当时这四条措施是走了一条绿色保护之路，是切切实实的路，这是经得起历史考验的。当时没有提出要在那个地方搞GDP，要小小工厂到处开花，没这么干。

退休后，神农架一直让我魂牵梦萦，总在想如何保护得更好，总想为神农架做点事。这是一段难舍的工作情缘。

1996年，我那时在人大工作，神农架人大的负责同志要我为《神农架志》作序，我再次强调了神农架的生态意义，那是一本读不完的书。我指出，在重视经济价值的同时，还要重视科学价值、生态价值、文化价值、旅游价值。为此我想到，现在有的地方搞旅游开发，开发到哪，污染到哪，不是为了保护而开发，是为了GDP而开发，这样的开发有什么意义呢？所以我想通过宣传神农架，引起人们对生态文化的思考。通过画神农架，我试图提出这样一个命题：人类向何处去，人与自然如何相处才能和谐？人类如何关照自然、关怀生命才能保持自身的持续发展？

神农架良好的自然生态环境就是真善美的具体体现

谢　新：据说为了创作《写意神农架》，您在神农架待了整整半个月，一口气完成写生一百多幅。能不能介绍一些当时的情况？

关广富：第五次到神农架，也就是2008年的夏天，那是我画了十多年的画以后。待了半个月，原来看过的，又去看了，旧地重游，格外亲切。尤其是大九湖，我向往已久，前四次未能成行。其中有一次，我们走到板壁岩的时候，前方道路塌方又回来了。这次也是费了很大周折才如愿。因为总是道路不通，下雨前面就封路了，来来回回一直在等，等有一个好天气。我们那天出发的时候还是阴天，我们就赶着去了，回来的时候，漫山都是雾，暴雨就来了。领略了大九湖的神奇，这对我是极大的鼓舞，大大激发了我的创作热情。

过去我们观念落后，那里面本来是高山湿地，不管是国内，还是世界都是很少有的，却排水造田，种起了庄稼和蔬菜。我跑了30多个发达国家，根本就没有这样好的湿地。我们去的时候刚刚进行调整，还有种高山蔬菜的痕迹。现在听说大九湖高山湿地作为保护区专门保护起来了，我感到非常高兴。那里就应该恢复它的本来面目，让它变成动植物的乐园，变成人们向往的一个乐园。

回来后，我借助一些资料，再加上我惯常的思路和方法，就是我自己领悟的"心象写生、意象作画、浓墨重彩、无法之法"，用一年多的时间创作了200多幅作品，在《国画家报》发表了20幅，选了146幅出版了一本画集。精选99幅办了这个《写意神农架》的展览。我这次宣传神农架是三套锣鼓一起打，是工作情感与艺术情感的产物，要表达的中心思想就是要敬畏自然。我以为神农架良好的自然生态环境就是真善美的具体体现，它的核心就是一个"绿"字。因此我呼吁社会多点绿色，少点污染！

不用鸿篇巨制不足以表达神农架的壮美、博大和神奇

谢　新：在您的《写意神农架》画展作品中，丈二巨幅有九幅之多。一般人不愿意选择丈二巨幅作画，作为一位78岁的老人，您怎么会选择这种丈二巨幅来创作神农架的题材的？

关广富：为什么我要用丈二甚至丈六对裁的大幅来描绘神农架呢？我以为不用鸿篇巨制不足以表达神农架的壮美、博大和神奇，不足以表达我对神农架的执着情感。这些大幅作品所表现的都是神农架的重要景观，充分表现它，歌颂它，希望引起人们的共鸣。

过去，在领导工作岗位上，指挥千军万马，面对错综复杂、瞬息万变的工作局面，锻炼了我驾驭宏观，把握全局、运筹帷幄，决胜千里的能力。现在，我把它用到创作上，一样需要谋篇布局，一样需要成竹在胸，一样需要敢于挑战困难，果敢坚决，抓主要矛盾，统筹兼顾方方面面。应该说以往做领导工作所需要的某些特质在艺术创作上再一次地得到发挥。

画大幅作品，对于我这样一个78岁的老人来说是体力的挑战，也是心智的挑战。所欣喜的是我克服了这些困难，经受住了挑战。反过来，再创作小幅面作品更显得游刃有余，轻松自在。

每张画都用了心思，每张画都用了笔墨

谢　新：这次"写意神农架"主题画展一共展出了99幅作品，您觉得最得意的有哪几幅作品？

关广富：展出的这些作品谈不上得意，但我有一个总体的考虑。中华民族农耕文明肇始于炎帝神农，因此我画了一组神农百草，来缅怀这位为人类文明做出巨大贡献的先贤。神农架的高山药材如七叶一枝花、江边一碗水、头顶一颗珠、文王一支笔等至今还在为人类服务。神农之光，文明薪火，连绵不绝；红坪画廊，风景秀美，移步换景，不用组画难以表现其万一。神农架的珍稀动物如金丝猴、白熊等都是大自然赐予我们的珍贵遗产。还有传说中的野人，我以前采访过目击证人，也画了，尽管画的不是很生动。作品名字叫《客从何处来》，实际要问的是人类从何处来？将向何处去？人类如何实现可持续发展？高山杜鹃、冷杉等也都是珍稀植物，在恶劣的环境中生存了亿万年，神农架为人类保存了这些物种的基因，保

存了生物的多样性，人类在自然面前不是很渺小吗？

神农奇石我也画了，赏石丰富了当代人的情感生活，我不能不歌颂自然之伟力，岁月之造化。至于板壁崖、风景垭等美景，见证的是沧海桑田，我们品读它，至少能给人以启迪：青山不老，大美无言。这对日益浮躁的世风也是最好的劝诫。

我以前工作期间到神农架调研，考察过植物的分类和某些珍稀植物群落的分布。例如，被誉为活化石的鸽子花——珙桐，四世同堂、五世同堂的都有，生命力极其旺盛，人类社会很难做到这一点。人类与自然，此消彼长，过度掠夺自然最终将受到惩罚。现在城市建设头痛医头，脚痛医脚，高楼林立，高架桥一座连一座，车水马龙，表面看似经济发达了，但生活幸福了吗？过多的建筑不仅挤占了生活空间，也挤占了精神空间。人们生活环境遭到污染，疾病流行，健康水平下降。恩格斯说："我们不要过分陶醉于我们人类对自然界的胜利，对于每一次这样的胜利，自然界都对我们进行报复。"言犹在耳啊。

这些画谈不上满意和得意，但是每张画我都用了心思，每张画都反映了典型环境里的典型画面。这些画里面有的感觉好一点，有的感觉还不足，但是我个人从来不得意，也从来不气馁。如果我没有这个性格，而是骄傲了，我就没有今天。如果我看不到自己的不足，也没有今天。我的人生就是奋斗，工作奋斗、学习奋斗。

当过省委书记的人，第一位的是思想、理念，是观念，第二位才是怎么画。这是我和其他画家不同的，我没有学过画，我没有他们那么多的技巧，但是我先有思想，然后再画。

60岁时尘封已久的愿望终得破茧而出

谢　新：从儿时起，您对绘画就有着浓厚的兴趣。但真正开始绘画创作是从退休后开始的。请您介绍一下您涉足画坛的足迹以及巨大创作热情的动力是什么？

关广富：如果要谈到我的创作热情从哪里来，我想有三个方面。一是源于我参加革命时就曾经追求过，至今还矢志不渝的革命理想——让老百姓过上幸福生活。二是对生活的热爱，对真善美的追求。三是对人类生存发展的关切。

我小时就喜欢画画，故乡白山黑水、四季分明的景色，从小在我心里烙下深刻的烙印。但那时祖国还在受难，故乡在日寇铁蹄下呻吟，那是一段悲痛的记忆。沦陷的屈辱，亡国奴的滋味，永远化作了我以后学习、工作以及创作绘画的动力。直到60岁时，尘封已久的愿望终得破茧而出。我开始尝试着圆一个儿时的梦。

退休了没有工作岗位，怎么办呢，自己创造一个工作岗位，就是画画。退休并不意味着就是休息，我为自己创造一个永不离休的岗位——研习绘画。创作是我工作的继续，绘画是我生命的延续。我不仅是用笔墨纸砚在画，而且是用"心"在画，画我所见所闻，所思所想。

我在离开领导岗位时，中组部拍了个1分钟的短片，要我讲几句话，我说："我的人生格言就是奋斗。工作是奋斗，学习也是奋斗；在工作岗位要奋斗，退下来还要奋斗……"我表态说退休后，一方面要读书学习，总结自己；另一方面要写字画画，探索晚年生活。现在算来，退休后我写了一本《通史览要》，与刘纲纪先生合作出版了一本关于绘画理论和心得的书《割不断的情缘》，出了两本画集，加上以前在工作岗位上时出版的五本书和一本画集，在每一个阶段都为自己也为社会留下了一点"痕迹"，也算是对我工作和学习以及绘画的阶段性总结。离休9个年头，每天读书画画，过得很充实愉快。

办画展，也是我回报社会的一种形式。很多老同志都去观看了画展，对我鼓舞很大，我还要画下去，画集也还要继续出。有人劝我不要太拼命，一站几个钟头，何苦呢。而我却觉得其乐无穷，我说是为了"画着玩"，画画对于我个人来说没有功利性，只想多奉献一点真善美给社会。

没有灵魂的画家称不上是一个好画家

谢　新： 您绘画是自学还是有高人指点，您的画风受谁的影响更大？

关广富： "转益多师是吾师"，生活是我的老师，兴趣爱好是我的老师，勤奋也是我的老师，不断学习创新则是我的动力。在艺术创作道路上，有几位湖北的画家朋友对我产生过一定影响。周韶华的大气，冯今松的灵秀，汤文选的老辣霸气都是我所推崇的。美学家刘纲纪，文艺理论家陈池瑜两位教授热情评介我的作品，帮助我看清自己的发展方向，获益匪浅。此外，徐悲鸿的马，吴作人的牦牛，我都认真研习过。徐悲鸿画马，融进了西画透视的方法，很讲究阴阳面，他画出的马是立体的，结构很准确，有体量感。我在研习时注意融入自己的笔法，有所取舍减省，徐悲鸿的夫人廖静文女士看了我画的马，评价说："画马简略如此有如神来之笔。"我学习吴作人的牛，也一改站立静止的造型，喜欢画奔牛，体现牦牛不畏艰难、锐意进取的气势。

谢　新： 在美学研究方面您有很深的造诣，美学理论的研究对您的创作有什么影响？

关广富： 对于美学理论我谈不上造诣，但绘画离不开理论的指导。我是唯物主义者，信奉马克思主义的世界观和方法论，主张艺术来源于生活。绘画是流，生活才是源。在绘画形式上，主张老百姓喜闻乐见。在继承和发展的关系问题上，我主张古为今用、洋为中用。如果不是在工作生活中对神农架积累了那么多的情感因素，哪能有创作冲动和表现内容呢？革命的现实主义和革命的浪漫主义是我坚持的不二法门。

不管是我的整个画画历程也好，还是这次神农架组画创作也好，我坚信马克思主义美学理论，生活是创作的唯一源泉，创作是流，生活是源，这是永恒的。有人问我，您为什么这么搞，怎么这么画，我说我行我素。我不是独门独派，马克思美学的世界观就讲生活是唯一的创作源泉。什么是源，什么是流，生活是源，创作是流。生活之树永远是常青的，而创作不是，有变化、有创新才能保持常青。我坚信这一条，这一条毫不动摇。这不是学理论就能得到的，是我经过实践得到的。所以马克思主义美学的观点我感到格外亲切，非常亲切。与职业画家相比，在技巧和规范的训练方面，我不如他们。但一个画家必须有思想，这是我的长处。没有灵魂的画家，他画得再好，也称不上是一个好画家。

消极颓废的情绪与我无缘

谢　新：有人对您的绘画风格进行总结说，您的绘画形式是彩墨意象，作品仿佛是一首色彩交响曲。您能不能介绍一下彩墨意象到底是一种什么样的绘画形式，有些什么特点，您是怎么选择这种形式作为自己的绘画风格的？

关广富：当今时代，信息化、全球化浪潮席卷全球，东西文化激烈碰撞。我们既不能闭关自守、盲目排外，也不能妄自菲薄，搞民族虚无主义。对外国的东西，不能简单照抄照搬。坚持去粗取精、去伪存真、引进吸收、为我所用才是中国艺术发展的方向，只有民族的才是世界的。对于中国画，我欣赏它的韵味、意境以及丰富线条所呈现的节奏感。但并不赞成它在用色上的单调与保守。当代中国社会生活多彩多姿，中国人民的精神面貌意气风发焕然一新。不用丰富的色彩很难表现时代精神的特质。我的画都很阳光，色彩丰富，看不到有些画的霉气、晦气那种东西。

我的创作吸取了两方面的理论营养：一是西方印象主义画派理论，二是中国古代传统美学的"意象"说。

印象主义，强调光线的作用，对光和色进行了探讨，研究出外光描写对象的方法。随着表现对象的不同，观察角度的不同，观察时间的不同，以及环境的影响，表现对象发生细微而丰富的变化。印象派画家如莫奈等人，抓住霎那间的感觉印象加以表现。这些对我都有影响。但印象派

▲ 关广富作品：春到香溪源

画家关注视觉感受形式，而忽略了内容和主题。

中国古代画论强调"外师造化，中得心源。"说的是主客观的统一在绘画过程中的运用。我前面谈到自己的创作心得："心象写生，意象作画，浓墨重彩，无法之法。"在这里，"意象"指的是主观情意与外在物象的融合。

黑格尔也曾说："美是理念的感性显现。"这里所说美的本质还是要表现"理念"的，至于"感性显现"则强调了个体主观感受的差异性。因此，我所使用的创作材料还是传统的笔墨纸砚、传统的丹青颜料。现在不是什么都讲中国材料么？我用毛笔、墨、宣纸，都是中国的材料，再加上水，都是中国的。

上面提到的"无法之法"，主张的是融汇中外古今之法，继承传统，但又不囿于传统。根据表现对象的不同，采用了水彩墨三元对撞，冲和妙用，以及传统绘画中没骨画的一些技巧，选择了介于"具象与抽象之间"的表现形式。我所要表达的主题和内容也是明确而丰富的：即礼赞生命，讴歌自然，颂扬真善美，弘扬时代精神，抒发当代中国人应有的蓬勃向上、锐意进取的豪迈之情。消极颓废的情绪与我无缘。

把中国画画成西画的色彩

谢　新：冯今松评价您的作品说，您的画如长虹横天，赤橙黄绿青蓝紫；如大地铺彩，山河锦绣分外明。完全是见所未见的新路数、新风貌。您怎么看待他的评价？

关广富：我在湖北工作生活了六十多年，楚山汉水，尽在胸臆间，非浓墨重彩不能表达我对祖国河山的挚爱。借印象派的创作手法表现与时代精神相契合的当代人文情怀，走中外融合、古今相承、推陈出新的创作之路。

这得到了清华大学美术学院教授陈池瑜先生的认同，他评价说，我的意象彩墨绘画，有强烈的东方意象艺术的特征，我的作品是既不同于印象主义，也不同于西方抽象绘画，而是蕴含中国美学精神和艺术神韵的意象绘画。我使用的色彩，也是一种东方之意象色彩。他还说，我重视中国绘画传统精神，但又不为其所局限，我的作品是"外师造化，中得心源"的产物，画面形象是在具象与抽象之间，是一种艺术意象的审美创造。作品中抽象大色块的运用和强烈的彩墨效果，使我的绘画艺术既具有鲜明的东方美学韵味，又具有强烈的当代艺术特征。

这个用通俗的话来讲，我所探索的路子就是要发挥中国国画的优势，借鉴西画的色彩。我们国画里，传统偏于保守，色调比较暗。追溯中国国画的历史，国画除了宫廷画色彩比较丰富外，宫廷之外的画，留下来成名的作者有两个部分，一部分是达官贵人，比如做了宰相的，做大事业的，退休以后就写字、画画，成了名。这种居少数，还有一种占多数，像八大山人，是失意的文人，或出家的和尚。他们画的面比较窄，画一个人物就是一个人物，画一个花草就是一个花草，也没有大手笔、综合地表现的大场面、大主题。他们的心态比较暗，大多数是在不得志的情况下创作的。

达官贵人也是退休以后，没有荣光以后，他们的这种心态流露出来，造成我们中国国画一个不好的传统，就是色暗。这种传统至少不符合现代，不符合改革开放以后我们阳光灿烂这样一种主流态势。

现在也还有人追求那种风格，我个人觉得不合时宜。但是中国国画的线条和墨彩、水相结合的碰撞，其韵味无穷，这也是中国传统作画的一个优点。至于西画，刚才谈到莫奈以及其他的大家，就是色彩好，色彩明亮。18世纪文艺复兴以后，一直到后来，西画一直不衰，它的彩色调符合现代人的视觉审美习惯，它的色彩好。我就是要把中国画画成西画的色彩。我的画跟我的工作性格一样，我在工作岗位上也有这么一个心态，我喜欢走自己的路，喜欢创新。

不能不关心人民的痛痒、国家的富强

谢 新：文怀沙老先生特别欣赏您创作的，具有民俗趣味、憨态可掬的老虎，说那是对时代的吉祥祝福，是不会伤害人民的老虎。虎年到了，虎年您最大的心愿是什么？

关广富：虎年将至，衷心祝愿祖国繁荣昌盛，吉祥如意，虎虎生威，人民生活幸福安康！

谢 新：您个人有什么样的期待？

关广富：我个人今年除了继续画画以外，还要出一本画册。只要身体允许，我就不会停笔。我还是那个方针，学习探索的方针。要做事、要思考，我不能不思考。不能不关心人民的痛痒，不能不关心国家的富强。对于个人，我还是三句话，读书、学习；写字、画画；看病、养病。

谢 新：非常感谢关老，您的整个谈话很有感染力，我们深受启发，我们也祝愿您身体健康，能够创作出更多的作品，给我们的精神世界留下绚烂的一笔。谢谢您！

李乃蔚：中国画
应该画出很写实的东西

——武汉画院院长、工笔人物画画家李乃蔚接受谢新专访

能从武汉画家群体的作品中看到"静"气

谢　新：2011年底，由武汉市委宣传部、武汉市文联主办，武汉画院、武汉美术馆承办的"具象与表达——武汉画院美术作品展"在中国美术馆举办，参展的有您、冷军、樊枫、江中潮等武汉画界的领军人物。请您介绍一下这次作品展的背景及展出的反响。

李乃蔚：这要从前年说起了。2007年我由湖北省文联推荐评上了第二届全国中青年德艺双馨文艺工作者，我是湖北省首位获此殊荣的艺术家。在武汉市领导的支持下，我的个人专集《李乃蔚画集》得以在北京人民美术出版社出版。当时武汉市委宣传部提出想在中国美术馆举办武汉市一些著名画家的个展，以推动武汉市文化事业的发展和繁荣。2010年8月，我被任命为武汉画院院长。于是我萌生了把武汉画家集体推出去的想法——举办一次武汉画院院展。

武汉画院1984年建院，27年来我们从未正式以武汉画院的名义到中国美术馆办展。这些年，湖北省多次在全国重大的美术展览中获奖，武汉画院的画家占了相当的分量。画家个体即使是获得了一些参展的机会和奖项，但武汉画院从未作为一个集体办过展。画家需要通过自己的作品价值在学术圈获得定位，让社会及专业圈子对你有一个认识。

谢　新：用作品和口碑在业内赢得一席之地。

李乃蔚：这个想法汇报给武汉市委宣传部、市文联领导后，得到了他们的首肯。但由于展出时间提前，加之经费方面的困难，虽然我和画院秘书长董长发两人在北京上上下下邀请各位专家和美术界领导出席画展，耗费了大量心力，但整个展览略显仓促。

当时在武汉召开的新闻发布会，适逢我作为湖北的代表，在北京参加全国第九届文代会，所以没能出席那次发布会，由冷军和樊枫代为主持。文代会期间，中国美协的领导专门组织了一场美术代表的聚会。我有机会与中国文联副书记冯远、中国美协主席刘大为、国家画院院长杨晓阳、北京画院院长王明明以及理论家孙克、尚辉交流。

整个展览完成后，了解我的一帮朋友都说我有福气，一个从未接触过行政工作的人，把事情干成了。这确实也出乎我的意料，在邀请中国文联的领导及美术专家的过程中，我感受到了他们的真诚及对地方美术事业的大力支持。这些专家个个都是全国美术界想请的人，可不是说去就能去的。邀请冯主席的时候，第一次到他的办公室，他很客气地接待了我们。随身带去的画院的一大本画册，他一张张翻阅，我逐幅作品逐个作者为他介绍。冯主席兴致很高，送我到办公室门口时说一定会去。院展开幕式上，冯远主席的发言令我们印象深刻，提到了我们七八个画家，从我开始说起，一直点评到严好好、吴昊。他对武汉画院的画家及作品如数家珍。

这一趟北京之行，细细想起还是很感动。老前辈里，有刘大为主席前任的靳尚谊先生，这是中国油画界的元老人物；北京画院院长王明明，国家画院院长杨晓阳、副院长卢禹舜，天津画院院长何家英，还有中国画艺委会秘书长孙克老师，都前来参加开幕式。展览结束后的研讨会，是由孙克、尚辉二位担任会议主持的，尚辉是《美术》的总编；邵大箴老先生也出席了。薛永年先生虽未到场，但也精心准备了文字发言稿；中央美术学院老教授李树声，艺术研究院的王镛、陈醉，还有赵力中，《美术观察》的总编李一，等等，北京一线的理论家都应邀出席了研讨会。

谢　新：非常值得关注的阵容。

李乃蔚：这次画展最大的收获之一，是中国艺术研究院的陈醉老先生在研讨会上的发言。他说他个人认为，我们武汉画院这批作品可以被称为"武汉画派"也未尝不可。陈醉先生说这个结论得出是有前提的：现在各地都在打造"画派",但画派不是"打造"出来的,它的形成过程是需要积累的,需要一个地方有一批志同道合、情趣相投,艺术追求相仿的艺术家,创作出一批作品,此后的若干年方可以追认它为一个画派。

一位评论家在会上指出了他认为的"怪现象":八五思潮的前卫艺术发源地在武汉;一个富有"创新精神"的地方,何以培育了这么一批传统、严谨的画家,何以涌现出这么一批新的写实具象画?这个现象值得研究。这也是武汉区别于其他地域的特色,广东的岭南画派、北京的京津画派、江浙的吴越画派,这些画派往回追溯,都有几百年往上延的历史,但武汉没有。所以武汉反而成为一个创新精神的所在地。会上还有几位理论家发言用到"震撼"二字,这让人多少觉得,我们武汉画院27年不鸣则已,不说一鸣惊人,但至少引起了一定范围内的关注。

谢 新:可以说"武汉画派"这个名号在这次展览中叫响了,武汉画家群也令人刮目相看了。

李乃蔚:靳尚谊老先生提到一个说法,他认为能够从我们的作品中看到"静"气,这很重要。

始终不脱离中国画的技法

谢 新:是作为一个三矾九染的传统技艺的传承者,保有一份耕读时代的气息。

李乃蔚:咱们的中国画,日本人、韩国人唐宋时期就开始学习中国画,学到现在你依然不能说他们超越了中国。中国本土绘画就是我们老祖宗几千年传下来的,我们自己的东西,不是你来学就能学去的,是渗透在我们血液里的。归结起来是民族的文化问题,不是画的好坏的问题。咱们中国在宣纸上作画已有千年的历史。西方的当代社会讲求多元,如何创新都不为过,只是我个人是不太欣赏当代艺术和前卫艺术的,但不排斥,艺术应该是多元的。

谢　新：一直以来，工笔作为传统文化的精致样式被关注着，并赋予它当代艺术价值。当代和传统存在着冲突，但似乎您的作品，例如《山菊》《银锁》，都很好地抓住了二者间的平衡。请您谈谈创作过程中的一些感触。

李乃蔚：确实有一个过程。最早的时候，我在湖北美术出版社担任了8年的美编，连环画编辑，白天在办公室编别人的稿，晚上回来自己创作。有一部分作品就是在那个时期完成的。刚调到武汉画院时，我单纯凭借对工笔画的执着，没抱任何目的地画了一批作品出来，权当对自己水平的检验。我是1986年10月调到武汉画院来的，工作地点也是现在文联大楼的所在地。经常是我们这层楼这半边就我一个人，有点瘆人。偶有一二友人前来拜会，调侃道：你这里，凋敝之所，骇人得很。我一直都泡在那儿，是静了些，但自己非常明确，到了画院你就是专业画家，拿不出像样的作品，你待不下去。

谢　新：您当时没有任何职务，就是一个画家的身份？

李乃蔚：就是纯画家，我能调到画院，得感谢武汉画院的创院院长中流老师。此前，院长看过我的连环画作，那时我的连环画在全国已经小有名气，北京人美也出版过我的连环画。从出版社调到画院最初创作的一幅画叫作《黄帝战蚩尤》，此幅作品的创作前期，老院长去看了，也予以我一二指点。他随后问了我接下来的创作方向，我坦言西方油画讲求尽力写实，想用中国画也做些尝试。他问道：何谓写实？应该着墨于质感的表达，人皮肤的质感、衣服的质感、兵器的质感；你可以为之努力，但有些想法不一定能实现，国画材料，宣纸、墨、颜料，老祖宗创造发明的物什并非都是用来写实的。别人觉得我这想法付诸实施的可能性不大。

自唐宋始，工笔画发展时逢其盛，不乏历史名作；元代以降，仕不在朝，诸多画家也隐居山野，在向往自由的途中悠悠徐行……中国画之精要所在是我们的传统文化，而在画面效果追求上，尤以写实效果不被历史主流所推崇，所以我走的这个方向实际上是咱们中国画的短板。这么多年我一直在有意识地进行反复尝试。

谢　新：您在这一点上算是第一个吃螃蟹的人吗？

李乃蔚：中南民族大学美术学院院长钟孺乾在这个问题上给过评价：从中国画历史上来谈，以往没有过这种写实，它的意义和价值在哪里？湖北地区不乏极端写实的画家，如冷军、石冲，但油画写实是西方已经走过的，李乃蔚这种中国画的尝试更有意义，这对中国美术来说都是一种贡献。我认为也许这个帽子戴得太高了，但我心中的艺术追求，这种追求的取向，是以前没有多少画家尝试过的。这条道路的探索也异常艰辛，正因为历史上没有范本，我给自己定下的艺术追求便也无从下手。中国画强调用线，一根线下来，浓淡干湿，哪里该重，哪里该转折，有明确的章法。中国画是靠线条来表达，而不是它的立体。所以我摸索几十年，不停地考虑怎么画，只能凭自己的感觉去尝试。但有一点是我始终把握的，到今天来看是把握对了——始终不脱离中国画的技法和材料以及把握整个画面的中国画味道，脱离了这些就不是中国画了。

中国画不是一个保守的画种

谢　新：古典工笔的创作更多的是一个浓厚的摹古过程。从中寻求突破需要画家内心对作品意境的独特理解，然后通过描绘的对象传达出自己在艺术情感上的追求。

李乃蔚：《山菊》是我1996年着手创作的，创作过程中有人来看，两个朋友都对我说，这个作品要得奖。

谢　新：在创作过程中？

李乃蔚：快要完成时。我心下生出疑端，说这话似乎没什么根据，那时我在全国也未曾获过奖。正好1997年全国有一个中国画人物画专项展，我就把这件作品送上去了。以后一直没消息，突然北京来了通知，说作品入选还获了奖，被告知到北京参加获奖作者的研讨会。湖北就我一个人去

◀ 李乃蔚作品：山菊

了，没有同伴。当时在场的有姚有多老师，潘絜兹老先生也在场。潘老先生是整个画展的艺委会主任，好多年长于我的外地画家围坐在他们跟前，我找了个人不多的地方坐下，几个年轻人问我是哪儿来的、是不是参展画家，我说我是武汉来的画《山菊》的。他们有人接话说是不是那个山妹子，背背篓那个，我说对。这时他们告诉我，评委选出这幅画，和一同参展的何家英的《桑露》角逐金奖。而结果是都没评下来，评委会给出了并列银奖，那一届的展览金奖空缺。后来我从美协工作人员那里得知，潘絜兹老先生看到我这幅《山菊》很是赞赏，说这个作者用传统的技法、传统的材料，很好地表达了当代人的精神面貌。潘老先生当时力挺要给金奖。

又说当时为了这两幅作品，评委分成了两拨，人数也正好对等，争执到晚上十二点，互不相让，最后是薛永年先生说这两幅画都不是尽善尽美，并列银奖，不给金奖。所以说我在美术界小有知名度，可能就和这次专项展有关，毕竟有争执就容易引起注意。

后来九届美展《银锁》得了奖，获奖作品赴日本展出，日方选用了《银锁》作为展览海报。时隔十多年了，这次在北京的院展我邀请了刘大为主席，与他面对面才得以听到一席话：《银锁》当年在日本展出反响很大，日本人看后竟不相信这是一张中国画——中国画不可能画得如此写实。日本人对中国画是太了解了，他们的老祖宗就学中国画，因此他们不认为中国画能达到这个极限。我还听闻日本有的画家、专家用手去摸它的材料，究竟是不是纸本？是不是中国画颜料？甚至怀疑是不是水粉、丙烯。这个事情于我是一个嘉奖，亦使我加深了一个认识：恪守本土的技法。无论画画出来多么写实都不要紧，只要我的技法跟材料恪守传统，就是地道的中国画。刘大为主席归国以后一直帮我宣传，不是宣传我个人或是这幅画作，而是宣传我们中国画在国外为国争了光，在这个时代，中国画仍有它的创新、推进，证明了中国画不是一个保守的画种。

谢　新： 黄宾虹言，屡变者体貌，不变者精神。精神所到，气韵以生，本于规矩准绳之中，超乎形状迹象之外。

李乃蔚： 黄宾虹老先生晚年画了大量的积墨山水，可以说中国画用墨，他走到了极致，而且没有脱离中国本土的技法。传统上就有积墨法，古人可能积个五六十遍，他积了上百遍。我的作品一般都是一比一的比例，在技法处理上我跟老先生有相似之处，《红莲》一幅红衣服染了一百多遍。这幅作品，前年第四届北京国际双年展我拿去展了，在遴选参展作品时有人提出异议，十一届美展没获奖怎么又拿这儿来展？但好在中国美协的专家们还是给了我机会。作品入选后送展的过程我非常重视，我习惯每次把空画框先邮寄到场地，画则自己用PVC管背着，担心中间会有损坏。这幅画也是一样，坐火车到北京，带一个装裱的小伙子，到现场裱上去，展出结束我也是亲自取画装进筒中带回来。

谢　新： 您非常珍视自己的作品。

李乃蔚： 这幅画的创作跨度前后历经六年，画了四年，这四年不是玩玩打打，天天都在画。

中国画就应该画出很写实的东西

谢　新： 不仅仅是笔触，不轻慢技法，做到情趣和意境相融，才能真正抓住对象。

李乃蔚： 画一张中国画，如果在亚麻布上作画，那叫什么中国画，画得再像，它不是中国画，跟传统文脉没关系。所以现在讲创新的画家有点把传统忽略了。几千年的传统传习至今，留下来很多空间，我的工笔写实人物画，也就是在中国传统绘画留出的空间中前进，目前这个小空间可能被我占据了，但会有后来者居上。

谢　新： 在艺术上做新的尝试要谨言慎行，肖复兴评价日前的新编《霸王别姬》一剧时提到：艺术从来没有进化，只有变化，而变化的优劣就要看能否坚守住核心的传统要素。

李乃蔚： 我在北京碰见几个画家，他们也是老师，谈到一个现象：学生临何家英的画还好，临我的画无从下手。其实我的技法是公开的，之前在北京的展览，很多年轻教师、学生问我怎么画，我都把方法告诉他们了，纯淡彩一遍遍地染，整个画完成，一百多遍还看得见纸的纹路，透明的。别人染不出来，为什么？比方一段一百米的距离，从A到B，你怎么走都行，走路、跑步、坐飞机都可以，我告诉你的是最原始的方法，走过去，从第一米到第一百米的距离，火候如何把握。走到终点停下来，关键在于有些人没走到就停了，有些走过了还没停。几十遍上百遍它不脏，也没画破，点到为止，这最终是一个感觉的问题。钟孺乾说过，李乃蔚的画，染了几十遍，很多人以为他在炒作，我知道他没有。作画的过程都看到了，每天都有人来看。不是我的感觉比别人独到，而是这种方法可能最适合我，个人直觉告诉我画到什么程度打住停下来。每个画家感觉不一样，比如跳舞就这么大的空间，如何跳出丰富的舞姿，谁有本事，谁就是高手。更换材料对中国画本身来说，没有意义。

谢　新：您的作品中一系列质朴、归真的女性形象极具古典意味，《归云》恬淡略带一丝闲愁；《清音》张弦代语、欲诉衷肠。这些饱含诗性的作品中的人物形象都有原型吗？

李乃蔚：都有原型，《银锁》是一名歌唱演员，当时和她一块儿拍下的另一个女孩子的形象我也用了，就是《红莲》在后面划船的那个。之所以选择这些女性形象，其实是在追求一种精致的、属于东方女性传统文化的内敛、含蓄，而非西方、美国式的张扬。我表达的女性都是古典的、安静的，没有动态、没有明确的表情。无，实际上是有，没有有时又代表了一切，留给观众去想象的空间。《银锁》这幅画，有人作了首诗，写的是山村里的一位待嫁少女，身上的银锁则表现了父母对她的宠爱之情。《聘》有人说是农村姑娘到城里人家打工应聘，端着一杯茶，忐忑不安。其实这完全违背了我的想法，我画的是传统习俗中相亲的喝聘茶的场景。

我的画法要求有很多局部。以前有人说过李乃蔚的画好画，拍张照片照着临摹就行了。其实不然，仅凭一张照片还真没办法，如果是油画可能好办，它们的立体关系是同步的；但若画成中国画，最大的问题在于勾线。我在画册里也放入了线稿原稿来做特别强调。我起稿非常认真，只是在画的过程中逐渐把线弱化了。我的线稿起的都很艰难，有时一张线稿起一个月，逐根线去抠，因为我画的是极端写实，咱们传统叫写真。举个例子，鼻子侧面简单画起来是一条直线，但严格来说哪里是骨头哪里是肌肉，是很微妙的起伏，可能是笔略微弯曲那么一点点，都不见得察觉得到。每一根线，形体、面部，特别是五官，错一毫米，不是大了就是小了。中国画是用线来定位的，所以我的画比写实油画麻烦很多。

谢　新：这是您对自己的一种挑战。

李乃蔚：也不是刻意要挑战，中国画就应该画出很写实的东西，这是自己当初的一个想法，但为这个想法折腾了几十年，好在目前基本达到了这个状态。但我感到在艺术追求上会遇到很多的阻力，比如，在奖项上我们湖北画家没占一点优势。很多展览、比赛，湖北没有评委，没有任何人帮我们说话，获奖全靠作品血拼出来，我们的奖项拿得比别人货真价实。刚才谈到的《山菊》在北京参展时无人知晓。也是因为没露过面，以至于大家不知道作者是谁、作品从哪儿来。所以我感慨我们打拼靠的是真功夫，竭尽全力血拼出来的一条路，武汉画家在北京得奖不容易。

　　之前，武汉市委宣传部部长彭丽敏和副市长刘英姿到市文联调研，池莉、刘醒龙和我都发了言，我简单强调了一个问题，现在要培养年轻人，而且是真正想要一辈子献身美术创作的年轻人。现在太多的年轻人很浮躁，静不下来。如果现在还不能在人才上下功夫，领导不给我们一些条件和便利，可能武汉的美术水准就很难再上台阶。改革开放以来，真正在全国拿大奖的就是武汉画院的画家。既然是以我们作为开篇，不希望也由我们来完成这个句点。如果武汉的美术发展到我们这代结束了，那将是个悲剧，这是一代人用一辈子心血闯出的一条路。

　　这次院展，我深切感受到了中国美协、中国文联的认可，我由衷地感谢他们，这种关照和抬举不是凭空来的。

　　谢　新：是凭借着辛勤的付出，最终用作品打动了对方。

　　李乃蔚：这么多年，我们潜心做学问感动了别人。钟孺乾所提到的我对中国美术的贡献，大抵是创造了这样一个类型——极写实工笔人物画，"李乃蔚创造了李乃蔚本人"。"对工笔画创作所花的这么多精力和时间，足以感动评委。"艺术创作是很虔诚的事情，社会需要文化艺术，但有些画家宣传得过分了，玩笑话可以吓死古人和大师。纵观老一辈，齐白石老先生一生的画作，约有四万张左右。我十分推崇他的一句大实话：每天都要画画，否则我一家人没饭吃。这是一个画家最真实的一面，是除了艺术追求外的一种责任，养家糊口。老先生一生不作画的时间加起来，有人说不超过两年，搬家从湖南到北京、生病，还有日本人占领的那段时期。他一辈子笔耕不辍，天天都在画，骨子里爱得紧，这才是关键。吴冠中老先生也有一句话我很赞赏，一些家长问他小孩子学画该如何培养，吴老答道，小孩子学画要凭他的真实兴趣，绘画不是所有人都有兴趣的，而学绘画是需要毅力的，要有坚韧不拔的精神才能学艺术。我非常赞同老先生的观点。

工笔画对培养国民性格中的严谨细腻起很大作用

谢　新：您能不能简单地用几句话概括一下自己作品的艺术特点？例如前面提到的区别于北派作品的特征。

李乃蔚：刚才也点到了这一点，北方一般强调用线，而且讲究流畅而有势；再一个，讲究通过线本身来表现质感，浓淡虚实象征阴面阳面。立体效果是用线本身来解决的。我个人看来，北派的工笔有一个特点：从线来看，它吸收了永乐宫壁画的特点，比较大气，我个人的追求可能跟它不太一样，我追求的是线和色相融，浑然一体。北派工笔的线和色是相对分离的，我觉得他们的线和用色的关系很难处理好，搞不好就会像铁丝框把一个个色块框起来，这是我的理解。西方油画追求边缘线，但不是从里面画到边缘就停止了，是要画出去。然而，哪些地方该出去，哪些地方该收进来，是存在左右偏差的。这样画面才显生动，不生硬，我纳入了这个观点，但是毕竟是中国画，我必须要保持它的线。所以画了这么多年，我一直没放弃线，不了解我和说我不会画线的人，他们没看过我的连环画和线描，其实我的连环画和线描已经形成了自己的风格。

谢　新：那可不可以理解为您的线就已经是人物的骨骼和经络，色彩就是他们的肌肤。

李乃蔚：对。我这么多年的努力，就是想让它们双方去糅，互相渗透、互相相融，写实画得像剪下来的东西贴上去，我不喜欢。

我一直在思考一个问题，中国的绘画，特别是到了元代以后，中国人崇尚的艺术主要是水墨和书法的文人画体系。著名的理论家陈传席曾出过一本谈文人画的专著，他谈到了院体画和文人画的分类。我作为画院的专职画家，这个定位应该说是院体画。钟孺乾、沈伟他们每每谈我的画，首先回溯至宋代院体画。元代以后，人们崇尚文人画，院体画逐渐淡出视野。宋朝皇帝宋徽宗赵佶任画院院长，这是中外历史绝无仅有的。

日本遣唐使学习中国工笔画，演变成浮世绘，又吸收西方画法从浮世绘演变成当今的日本画，产生了东山魁夷、加山又造、平山郁夫、高山辰雄这"四大山"的一批作品。这些作品只要在西方拍卖，日本人为了保值，

▲ 李乃蔚作品：聘

113

全部出高价去买，保持日本画的珍宝性。日本人珍视自己的文化，我们在对本民族的自我认同上还有许多欠缺，把自己的文化弱化了。在国外，修建孔子学院是一种好的现象，你的文化艺术，别人拿来研究的并不多。

这使我想起中国画界的一个现象，画家大量画水墨，甚至有些画家轻视工笔画。应该要搞清楚，现在学院绝大多数学生学的都是工笔画，将来我们工笔画的基础是要一代代传下去的。日本人的严谨很大程度上与他们的画紧密相连，他们从小目光所及的浮世绘、日本画，都非常讲究精致，延伸到国民的习性，做产品、做科技都能够做到精致。中国人应该强调工笔画，除却文人画、大写意，还要有另一面，做到有张有弛。相关部门应该引起重视，它对培养国民性格中的严谨细腻起很大作用。常听到一种误解：工笔画小气。画的大气小气和画的粗细没关系，是气质的问题。相信我的工笔画拿出去不会有人说小气，但我画的过程、技法十分精致。

学者能不能静得下心来做好学问，每个国民能不能做好自己的本职工作，是肯定要受国家文化艺术品质的影响，这种影响是潜移默化的。早前我看过罗丹论艺术，谈及对艺术的专注，他认为做雕塑就是他的工作。人对工作的虔诚，不是说教的成功，而是日常的潜移默化。中国人的气质，差的就是严谨和精致。

艺术品是奢侈品，不是大众的必需品

谢　新： "伯牙善鼓琴，子期善听音"，如何提高民众整体艺术鉴赏力，您有什么建议？

李乃蔚： 我一直认为艺术品不是大众的必需品，是奢侈品，而且是高端的奢侈品。历史上，艺术品是给王公贵族们赏玩的。直至今天，我依然这样认为，艺术家们如此大肆将艺术品当作产品来炒作是十分不可取的。艺术品只需要一个小群体来欣赏它，有需求也自然会聚拢一个小集团。几十年来，我从未跟一个朋友开口说过买我的画。从我学画之日起，就知道艺术品是奢侈品，不是所有人都能玩儿，也不是所有人都能画的，要把它作为毕生的事业，这辈子专注下去。

谢　新：是小众来品鉴的。

李乃蔚：多年前在《文摘报》上看到过一篇文章，比尔·盖茨盖了一栋别墅，投资五千万美元，但他为这栋别墅购入了八千万的艺术品：达芬奇的手稿，一定是拍卖所得，这在西方是很珍稀的，他出手就花了五千万，直接等同于别墅的价值，仅仅是几张纸；还有当代前卫艺术家的几张作品，大概三千万，总价值将近一亿。西方对艺术的崇尚跟中国人有所不同，艺术同时是身份的象征。

中国改革开放这么多年，还在以买豪华轿车，穿名牌、戴名表来显示身份，艺术品的投资上，大众也倾向谁的作品贵我买谁的。中国现在的收藏家很少，多的是炒家和买卖家。拍卖市场上存在很多集团，认定一个艺术家的作品价值，特别是将来在美术史上能够定位的艺术家，它会作为一个机构来运作，集中垄断。齐白石的作品，短短三年内成交价排名依次超越毕加索、安迪·沃霍尔攀升至第一位，这就是中国的资本炒作。全世界的拍卖市场，只要出现齐白石、徐悲鸿、张大千、黄宾虹的画作，这些团队便蜂拥而至。但这一批是近现代，不是当代的。当代藏家大量收藏前卫艺术作品，古代绘画占一小部分，而当代画家鲜有人问津，这是从数据得出的结论。遗憾之处在于现在的这些机构，真正懂中国画的太少了，依然在根据名气炒。

市价的涨跌幅度，给藏家带来很多困扰——以高价买入的，市价跌了，作品自然贬值。中国画家艺术价值和经济价值的比例，应该随着年龄来，要靠一点一滴的积淀获取价值的肯定。一些画家过于急迫，在这点上都要学习老前辈，他们一辈子的想法就是怎么把画画好，乐趣放在画画上，至于市场炒作，那些都与自己无关。最终是要把作品推向前台，而不是画家自身。

湖北对本土文化的宣传远远不够

谢　新： 湖北文化积淀深厚，文化资源丰富，书画家集群庞大，具备文化大发展大繁荣的一切有利条件。"武汉画派"如何为文化的发展和繁荣提供动力？

李乃蔚： 从历史上看，湖北、湖南曰楚地，鼎盛时期是春秋战国。当今的主流是儒家文化、中原文化，楚文化在与黄河流域文化的抗衡中处于下风。虽然湖北有很多楚文化研究机构，但我们现在研究的，除了出土的漆器和编钟，再加上屈原的《离骚》《天问》，仔细想想楚文化还保留了什么？为什么楚文化出现过断档？中原文化崇尚龙，楚文化崇尚凤，从这点上看，楚文化的最终归宿是比较浪漫的。曾经看过一个材料：楚地出兵勇，好战。楚人是好斗的，自然具有思辨精神。所以八五思潮，湖北是一个重镇。

我要再次谈到上次院展，楚地之所以出现这么一批极端写实的画家，国画油画都有，这样一个反复的过程，本身就是楚文化精神的一个表现和反映。我觉得湖北对本土文化的宣传远远不够。现在江浙、广东的定位是打造文化强省，我们不提"强"，我们担得起"强省"这个名分吗？起码在美术上我们不算很强。所以说重视不够。我这次办展的初衷也就是把武汉这一批画家拿到北京去检验一下，让北京看看武汉的这么一批画家在干什么。展出过程中还有个有趣现象，有人看完画展说这批画不错，就是原来没有听说过武汉画院，我想你现在不就知道有个武汉画院了吗？

净慧老和尚：善用其心　善待一切

——净慧老和尚接受谢新专访

尽显生活禅真谛的佛门修行者

谢　新：净慧老和尚您好！冬雪寂寂溢清寒，感谢您在这么寒冷的季节抽时间接受我们的专访，让新华网友一同经由生活禅之门进入欢喜慈悲平静的禅学之境。现今社会沉溺于网络生活的人愈发多见，社区、博客、微博、论坛，思想和情感对网络的依赖升至新的高度。到了借助网络传播佛学、推广佛教文化的时机吗？

净慧老和尚：网络本来就是传播文化的一种途径。年轻人能够在网上交流、抒发自己的感情和感悟，这未尝不是一种启迪智慧、交流学习心得的有效途径，同时也是人生成长的一种过程。网络既然可以传播文化，那当然也可以传播佛教文化。已经有很多的佛教界人士、社会人士在利用网络弘扬佛法，佛教界有很多法师都在上网，都有自己的博客。

谢　新：如您所说，网络于佛学普及确非僵死之物。我自己也从网上下载些经文和好听的佛教歌曲，这也未尝不是个体与佛学世界建立起某种关联的途径之一。

净慧老和尚：这是一个公共平台，大家都可以利用。利用网络来传播佛教应该会更加快捷、便捷，使大家在上网的过程中接触佛教文化，这是一个值得利用的途径，也是值得重视的方法。可惜我自己不会电脑，也不会打字，如果我也懂电脑的话，我也可以利用网络交流佛法。

谢　新：您今日的开示我们会将它请出平静的庙宇和风雨不入的禅堂，送到互联网的舞台上。

净慧老和尚：非常感谢！

谢　新：圣贤哲士创立了许多关于命运的学说，其中，最具代表性的有两种：一种是说命运掌握在神灵手中，改变命运只有依靠神灵；另一种则认为，人的命运早已前定，无可更改，人只有听从命运的摆布。佛教的命运观是什么样的？作为老和尚，您对人生、对命运有什么样的看法？

净慧老和尚：佛教的命运观和你刚才列举的两种说法都有根本的区别。佛教既不认为我们的命运是掌握在神灵手中，更不认为我们的命运就是前生注定而今生就无法改变的。佛教认为我们的命运是一个动态的生命现象，它不是一成不变的。佛教认为我们的命运掌握在自己的手里，所谓"命由己立"，命运是由自己建立起来的，这样我们人生的努力才有意义。佛教主张"诸恶莫做，众善奉行"。奉行众善的效应并不一定要等到来生才会产生，而是在今生今世就会有结果。种瓜得瓜，种豆得豆。我们希望所有的年轻朋友，一定要有一种积极、健康、向上的生命观，一定要相信命运是掌握在我们自己手上的。

谢　新：是的。变动不息，生命从来就不是平静的稳流，"无常"才是"常"。您著作颇多，曾写道：佛不是神，佛不在天上，佛也不仅仅在寺院里，佛就在我们每个人的心中。学佛就是学做人，佛法亦是一种活法。面对当今世界的各种诱惑，面对住房、医疗、教育以及生存方面的困扰和困惑，普通人应该选择一种什么样的活法？

净慧老和尚：我觉得我们生活中的问题多种多样，是我们人生无法回避的，只有正确地去面对。如何面对我们生活中的问题当然也有种种的选择。我觉得从我们时代的要求，从古圣先贤的一些教导来看，我们还是要想到今天，也要想到明天，想到自己，更要想到他人。我们能够把问题想得全面一点，心境就会开朗一些。还有一点，物质利益永远是一种梦幻泡影，只有心灵的富足才是我们取之不尽、用之不竭的财富。我觉得我们应该更加关心、关注我们心灵的财富，关注我们智慧的成长，关注我们心地的善良，这样，我们的生活可能会变得更加愉快，更加幸福。生活的幸福，不一定是取决于一个人财富的多少，房子的大小，汽车的好歹，一个人是否幸福，更主要地取决于我们的心地，我们的内心是不是经常有一种满足感。如果我们心里永远都不满足的话，哪怕你是住着很宽的房子，开着很漂亮的汽车，家财万贯，照样是痛苦不堪。所谓知足者常乐。

谢　新：人生尔尔，风雨几番晴。缘起缘灭、爱恨嗔痴都由心体验。我似能感悟到，此刻这间贵宾厅虽然嘈杂，但我的脑子里、耳朵里您的声音是清晰而洪亮的。境随心转，一切从心，是这个道理吗？

净慧老和尚：佛教讲要观照自己的内心，我们把注意力转移到内心，对外在的许多诱惑就能够有一个正确的态度去对待，就可以有一种防御诱惑的方法，就是说打预防针，就不会被诱惑牵着鼻子走。

谢　新：著名诗人余秋雨曾经说，佛教在中国有惊人的生命力，但功利主义横行，修佛成了求福的手段。不可否认，人的欲求存在于每一个时代，但出于贪欲拜佛，您怎么看待这种现象？

净慧老和尚：佛教的信仰也是多元的，有的人追求命运的改变，有的人追求内心的感悟，有的人追求疾病的消除，也有人追求财富的增加。我想佛教的信仰即是多元的，勉强要人专门从哪一个方面来建立信仰，可能也不是很实际。从佛教来讲，内心向佛，慢慢就会使我们的信仰更加纯净，更加健康。所以佛教认为方便有多门，信仰的层次要不断地提升。人类有那么多的痛苦，没有地方去诉求，只有在老佛爷那里，只有在观世音菩萨那里，才可以尽量把他内心的愿望表达出来，这也是人们得到安慰的一种方法。如果要求信仰一定是一种出世的情怀，这好像也不很现实。

谢　新：修行者、出家人，或者说我们每个人，生活当中也在修行，也在念佛。

净慧老和尚：对。

谢　新：从1993年起，您每年都在河北柏林禅寺举办"生活禅夏令营"，倡导以"觉悟人生，奉献人生"为宗旨的生活禅，佛教界和社会上影响颇广。您举办"生活禅夏令营"有什么特殊的背景吗？是什么触发您这个想法的？

净慧老和尚： "生活禅夏令营"也是出于我对佛教的一种责任感，对弘扬佛法的一种责任感和对社会的一种责任感。佛教文化是这样博大精深，可是我们了解的人却越来越少。佛教文化对于社会正面的影响会起到很好的作用，但是并没有受到人们应有的重视。所以我就想从年轻人开始，使他们能够懂得禅，懂得禅生活，懂得生活禅，然后以他们的实际行动来端正自己的生活方向，人生道路。这样有利于年轻人的健康成长，也有利于和谐社会的构建。"生活禅夏令营"举办了十七届，正面的影响非常好，受益的人也非常多。我们在湖北黄梅四祖寺从 2004 年开始举办禅文化夏令营，也办到第七届了，影响也非常好，这是生活禅夏令营在南方佛教界的一个试点，受到各方面的关注和重视，效果很好。

谢　新： 现在中国孔子学院在国外遍地开花，佛教协会有没有在国外开设中国佛教学院的计划，怎样才能进一步扩大中国佛教文化在海外的影响？

净慧老和尚： 我觉得我们国家有意识地向国外、向世界介绍中国文化的想法和做法，是非常好的。由于种种原因，宗教的对外传播不像孔学的对外传播，宗教对外传播往往会引起一些比较复杂的社会影响。从宗教信仰，从宗教之间的关系，都会产生很复杂的社会影响，我们还是顺其自然为好。尽管我们没有主动地去向外传播中国佛教文化，但是外国，特别是欧美，还是有很多人向往中国的佛教，向往中国的禅文化。每年都有很多人到中国来，不光是亚洲人，也有欧洲人，特别是欧美人士，他们对于禅文化的向往和实践都很用心，并且也很有成绩。比如德国，他们自己办的小型禅堂就有几十处，学禅的人也越来越多。2010 年我到德国去走了一趟，我看到有一个禅堂，有个修行中心，它还有5个大小不同的禅堂，常年主办禅修活动。修行中心有130多个床位，常年不断地接待各地来修禅的人，一年接待的总人数超过9000人。他们的一些做法甚至比我们中国人更加讲求实效，讲求实际的受益。德国的禅堂就是学习中国佛教寺院禅堂的模式。他们也到河北柏林寺、黄梅四祖寺来接受过我们的传授。禅宗在西方的传播应该说非常有前景。

谢　新：我们了解到您的祖籍是湖北新洲，跟湖北佛教界亦有渊源，玉泉寺有不少您讲法布道的照片。您怎样评价湖北佛教文化的氛围？

净慧老和尚：湖北的佛教文化有很深厚的底蕴。早在三国时期，佛教就传到了湖北，隋唐时期是湖北佛教文化的鼎盛时期。你刚才提到的当阳玉泉寺就是中国佛教天台宗的祖庭之一。在隋代，天台宗的实际创始人智者大师曾经有很长一段时间在那里讲学，天台宗一些重要的著作就是在玉泉寺完成的。其次，像黄梅匹祖寺、五祖寺，禅宗的四祖、五祖，六祖都是出自黄梅；还有像襄阳，这些地方都是历史上有名的佛教文化重地。所以，我们湖北的佛教文化底蕴很深厚，值得进一步弘扬，进一步开发。

谢　新：谢谢您，谢谢老和尚抽出宝贵时间接受我们的专访。也祝愿您身体健康，能有更多的精力来传播中国的佛教文化。

净慧老和尚：请你代向新华网的受众问好，祝大家新年吉祥，也预祝大家春节愉快！

钱复：做有责任感的慈善家

——国泰慈善基金会董事长钱复接受谢新专访

犹忆少时点滴

谢　新：钱先生您好！非常荣幸能借此次"中华文化人物"颁授典礼在武汉举行的机会采访您。通常面对采访对象我都会很平静，但这一次有些例外，我多少有点紧张。

钱　复：不要，千万不要。

谢　新：不是因为您的年龄，而是因为您的学识和名气。

钱　复：哪里哪里。

谢　新：我想问问以前您来过武汉吗？

钱　复：没有，这是第一次。我在北京出生，两岁多时因为抗战爆发到了上海，一住就是十年。抗战胜利后又回到北京，直到1948年底离开。

那个时候家庭环境不好，所以没办法旅行，北京周围的地方我都没去过，上海周边也只到过无锡。

谢　新：您在大陆到过的地方是很有限的。

钱　复：很少很少。十年前我退休，再次返回北京、上海，都是因为小时候生活过，有感情，所以回去看看。以后的每一年大概都要回来个四五次，只是地点比较固定，像海南岛的博鳌，每一年都会去；老家杭州、上海、北京都常去，除这些地方以外，唯一走到最西边还是应邀到西安去祭皇陵。

谢　新：您回到北京，回到上海，回到您出生和生长的地方，有没有找到童年的记忆？

钱　复：很少。

我清晰地记得我在北京住的地方——从南河沿儿进去的南池子南湾子

13号。头一次回到北京，我住的是北京饭店。从北京饭店到南河沿儿，再步行不到5分钟就到南湾子。想回去找我住过的四合院，可好几进四合院已经不复存在，变成了办公室。

去年年初，我做梦都想不到，可以幸运地收到我在北京的母校——育英学校——现在改名叫北京市第二十五中学的校长给我来的信。信中写道，育英中学125周年校庆，邀请我以杰出校友的身份返校。我应邀回到北京，得以回到我的母校。

我在上海住的地方现在也没有了。

2005年，钱其琛先生约我见面，那个时候他的身体还好，我们谈了很久。我告诉我的这位学长："你念高三，我念初一，那时候常常罢课，你常到我们教室来说'小朋友回家去，今天不用上课。'所以你那时是我们很欢迎的人。"钱先生听了哈哈大笑，然后问我有没有回去，我说没有。他告诉我："这所学校现在还在，叫五四中学。如果你预备去，我来帮你联络。"三天以后，我回去学校，校长把我小时候的准考证，全班同学的名册，统统都拿出来给我。真的是感动。时隔将近57年，那些名字只有几个我还记得，绝大多数都不记得了。

谢　新： 当时您班上大概有多少同学？

钱　复： 大概四十几位。

谢　新： 其中还有记得的，不仅名字记得，连样子也记得是吗？

钱　复： 对，样子也记得。这次返校，校长也拿来了名册，但大概记得的只有四位。因为战争，没办法，在育英只念了一年半，也没有毕业。

谢　新： 这种同窗情谊十分珍贵。

钱　复： 可贵，可贵。

以包容之心看待两岸文化差异

谢　新： 钱先生，想请教您一个问题。在遭遇现代西方文明后，台湾

似乎一直在坚持一种将中华文化传统与西方普世价值相调和的折中方案，但同时保留了天下大同的朴素情怀和儒家的政治观念。有声音说，当代中华文化在大陆和台湾绽放出了两朵不尽相同的花，这个提法您赞同吗？

钱　复：我的想法是这样的。早期，由于太穷、太苦，台湾很大程度上依赖援助，直到60年代经济起飞，而那时的大陆正在文革时期。当时我在替蒋中正先生服务。1966年11月11日，他叫我去，告诉我第二天将有一个宣布，首先，有四个字要知道怎么翻译——那便是"文化复兴"，Renaissance；其次，要将每年的11月12日定为中华文化复兴节。我问他原因，他说，国父一直对文化很重视，一个是阳明山的中山楼盖好了；第二个，鉴于大陆现

126

在的遭遇，许多文化的宝物都遭到了破坏，我们要保护中华文化。

这是一个好的开端。在他的倡导下，台湾学术界开始更加留意中华文化。尽管此前"中央研究院"、台大、师范学院已经有很好的基础，到1967年后更加重视。然而我们不能到大陆来，很多东西想要研究却无从下手。那个时候，我们跟美国往来较为密切，所以很多人念完大学选择去美国深造。美国的许多高等学府，像哈佛、耶鲁、哥伦比亚、加州大学、密歇根大学，都藏有大量在台湾无法看到的中国典籍。很多年轻学者到那里去接受教育，再回来传授这些知识。

如今，大陆改革开放已30年有余，不论文化、社会、经济，进步十分迅速。大陆的出版物多得不得了，而且便宜，古籍的白话文译本也特别实用。我每次到大陆来一定逛书店，逛书店就买书。

论文化的发展，大陆和台湾都有各自的强项，两岸交往、交流就是互补的过程。请允许我肯定一个事实，在"互补"方面，台湾的受益远远多过大陆。

谢　新：您是如何得出这个结论的？

钱　复：基本上，我们可以提供给大陆的并不多，反而大陆可以为我们提供的内容很多。

谢　新：您说大陆的书便宜，其实从内心来说，我们感觉也很复杂。现在出版的途径、渠道丰富，难免引来价格竞争，图书的版权、内容、装帧等问题被轻视。知识得之不易，从某种意义上讲，并不希望书籍太便宜。

钱　复：现在全世界都在重视智慧财产权的保护，所谓IPR。IPR是一个非常重要的普世价值，这一点希望这边所有的出版业者尊重。

良心和责任成就教育

谢　新：近年来，台湾教科书对传统文化、国学知识的重视普及赢得了内地教育界的广泛关注与认同。在您看来，台湾对继承、推进中华文化做了哪些努力？

钱　复： 讲到这里，我心里很痛。2000年，台湾政党轮替。这期间课本被要求"去中国化"，学校里面古文不大教了，历史课不是完整的中国历史，地理课也不是完整的中国地理，导致小朋友丧失了对中华民族的正确认知。2008年以后，我们尝试把它改过来，但阻力大得不得了。台湾会有一些声音倡导课余读四书五经了解中国历史；同样，内地也出现了一些变化，如文促会主席高占祥先生用新时代的新思维、新价值观编写的《新弟子规》等等。

现在，台湾不少学生小学一二年级就能把一些经典篇目倒背如流。我的小孙女念小学二年级，她就会背《弟子规》。不可否认，这是一个好现象，在这个年龄打基础，坚持背诵，可能一辈子都不会忘。

台湾有一个老和尚设立的福智基金会，在台湾中部修建了一所涵盖小学、初中、高中的"福智学园"住宿学校。学校很大，四面没有围墙，但却没有一个学生跑出来。学园最主要的课程就是四书五经，从那儿出来的学生很多都非常优秀。这也证明了我们的经典教育十分重要。

谢　新： 非常庆幸如您所说，台湾的年轻一代也接受了中华文化当中的优良精髓。

中华文明与西方文明在相互碰撞中彼此受益。一直以来，文化外交是我们主打的一张牌。您外交家的身份为人们所熟知。那么，您能不能跟我们谈谈中华文化在哪些方面优于西方文化？还存在哪些差距？

钱　复： 教育是我们传统中华文化中引以为傲的。如同许嘉璐先生所讲，"德、智、体"，德育为主。西方国家的公共教育多侧重于智育、体育，教育为经济服务，让学生得以谋求生计，得以被老板赏识。但教育真正的目的是为了开启人的智慧，能够让学习持续一生，而不是一纸文凭，有碗饭吃。如果仅仅只是这样，那就把教育看得太低了。

教育是一个良心事业。从事教育的人，不求名、不求利、不求权，只是为了把智慧传授给下一代，这就是我们的教育了不起的地方，也是西方国家所不具备的。可是，我们要看到，包括中国大陆，我们今天的教育是在学西方，逐渐遗忘了教育的本源，都在为经济而做教育。

公益之心奏响社会和谐之音

谢　新：得知您退休后一直在做公益，现在担任国泰慈善基金会董事长，我们能不能了解一下您做的公益内容？

钱　复：我70岁退休，临退休之前半年，国泰慈善基金会的两兄弟找到我，告诉我他们二位的父亲，也就是基金会创始人，已经植物人状态六年了，现在，想请我接任。细致考察之后，得知老人家跟两位公子都是非常守法、非常正派的正经人。我考虑再三，答应了这个请求。我应后第二天，老太爷就走了。

正式上任后，我了解到基金会每年能够开支的数目对于公益事业来说十分有限，所以我能做的就是创造好先决条件，把先期工作做得非常好，比如设立奖学金。我跟两兄弟商议决定先设立一个纪念老人家的奖学金，高额资助最需要念研究所的困难学生，兄弟两人十分乐意，也填补了经费缺口。我们做捐学，在所有的捐学机构中，我们是表现最好的。

慢慢地，我在海外的朋友得知我做慈善事业就给我寄来好多国外的有关书籍和文章。我发现，外国的慈善事业不再叫"慈善"而叫"公益"。它跟从前的慈善事业有了四个大不同。

第一个不同，过去的慈善事业是我拿出一笔钱来作为经费，好比说一年拿出一千万，其中的35%～50%用于人事和行政，剩下的一部分用来做好事。现在的公益事业，你所拿出的所有经费都要用作公益，参与公益事业的人应该是义工、志工身份，不能够拿薪水，不能够有行政消耗。这一条，我们照改。

第二个，从前的慈善事业是以个人意志决定做什么项目，帮助艾滋病患者或教会等等。现在的公益不是"我"想做什么，而是取决于社会有什么需要，"我"来提供帮助。2005年，台湾社会最大的危机是男多于女，大概有5%～8%的男性娶不到太太。一个叫"帮你介绍外国新娘"的新事业产生了——从越南、缅甸、柬埔寨、印尼、菲律宾中介女孩子来与男方结婚。但其实这些未婚男性中，大多来自社会底层，有的是身心障碍，有的是家庭贫困，嫁来的新娘吃苦受罪，公公婆婆也心怀戒备。外国新娘度日如年，有的逃跑，部分人被打致伤，更有甚者选择自杀，酿成了社会悲剧。所以我选择面对这个问题。

在这个项目中，第一个阶段的工作是教她们中文。事实上，政府也有为她们开办教学班，但课程用的教科书是小学一年级的教材，她们很难有兴趣。所以，我专门请大学特殊教育系的教授针对这些外籍新娘编课本。在教室的安排上，我们借了三间教室：一间留给小朋友，请义工为他们分糖果、分点心、教唱歌、教跳舞、玩游戏等等；一间房为公公婆婆和先生准备，备有咖啡、茶、电视、围棋、象棋、桥牌、报纸、杂志，基本娱乐设施一应俱全；"外国新娘"在剩下的一间教室上课。三个月后，第一期班毕业，我们举行了毕业典礼。那一天我很感动，公公婆婆们为了这个大日子穿起了西装、制服和吃喜酒时的旗袍，因为是压箱底的衣服，多少年没穿过，都有褶皱，先生们拿着相机左拍右拍，小朋友都穿着新衣服上台表演。那个场面真的很感动，我也知道，这些家庭的问题都不复存在了。

第二个阶段，每到礼拜六，我们就在新娘家附近找一个公园，给每个新娘一些钱去买食材，让她们在室外做最擅长的烹饪。在此之前会张贴广告，告知附近居民：礼拜六下午3点到5点，免费品尝东南亚美食。我们的志工会为前来试吃的太太们介绍这些"外国新娘"，请她们下次出门买菜时带上"新娘"，帮"新娘"介绍朋友。

第三阶段，帮助这类人群的第二代走出自卑，重拾信心。现在，台湾部分较为偏僻、贫穷的地区，小学里有八分之一是这种孩子，八个小孩中就有一个。他们或者因为缺乏父母家人的关爱，或者因为被老师责备、被同学看不起而逐渐变得自卑，这些小孩不是很可怜吗？所以，我们开始做课后辅读。我们自己的志工没有这个能力，就请别的基金会有此能力的志工来帮忙课后辅读，车马费我们来付。

所以这就谈到第三个特点，不要单打独斗。慈善可能还存在"单打独斗"的情况，但现在的公益要的是networking，工作太多，单凭一己之力应付不来。

再说第四个阶段，叫"回外婆桥"。从前的儿歌唱"摇啊摇，摇到外婆桥"。这些孩子的外婆是外国人，所以寒暑假我们就组织小朋友、妈妈加两位老师，四人一组回外婆家。四张飞机票和老师住旅馆的费用都由我们负担。老师到当地后走访了学校等地，进一步深入了解当地的文化、历史、教育，一待就是两三个礼拜，回来后跟校长建议开设越文班，老师自愿教越南的文化、历史，妈妈来教越文，小朋友做助教。现在，我们已经开设了好几个这样的学校，前来学习的人也很多。它的好处在于，一方面让"第二代"有了自信，现在成了小老师，另一方面也为我们培养、训练了未来对外贸易，甚至于外交可以用的外语人才。所以，她们不是我们的liability，而是我们的asset，是我们的资产。

第四个特点，公益跟慈善不同，从前做慈善都躲起来，为善不欲人知，而现在，我们做的每一桩事情都要公开。一方面大家可以了解我们做得对不对、好不好，另一方面，企业也经过这样的途径树立了正面的形象。

谢　新：听您的这一番详尽介绍，为您感到高兴也深受启发。2014年7月，我们新华网湖北分公司开始做一个公益活动"光明与知识同行"，身边一些有爱心的人士经过了解后和我们一同参与。

2011年的夏天，机缘巧合，我认识了一位山村小学校长和两名学生，之后去了他们所在的湖北唯一没有通公路的小学，湖北鄂西的恩施新塘乡小学。问过这两个孩子才得知，他们连集镇都没去过。我就萌生了为他们做点力所能及的事情的想法。我问两个孩子，班上有多少学生，他们说有38个，我就给他们全班每个学生买了书包。我动员我的朋友们给学校捐助物资，带他们去看校舍，那里条件的确很差。孩子们说他们想上体育课、音乐课，我就从武汉最好的大学里挑选出一些愿意去支教的学生，让他们作为志愿者带着课程去山村的课堂教课；我一位担任民营医院院长的朋友，则带着她的医护团队为老师、学生们做免费检查，为患眼疾的师生们提供治疗。活动前不久刚做完第二期。我们在新华网湖北频道开设了一个专栏，告诉大家我们在做这样一件事情，如果大家觉得有意义，也可以加入、参与。您刚才所言，值得我们借鉴。

钱　复：太好了。我很诚恳地说，现在这个社会，贫富差距太大，大陆、美国、欧洲、日本、韩国都如此，台湾更是这样。所以，要想社会和谐，一定要顶层的人来帮助下层的人。肯帮是构建和谐社会的第一步。这也是我一直大力呼吁的原因，因为这些事情不能只靠一个人、一个基金会来做，一定要发动整个社会的力量。

十年前我接受采访时曾经说，大陆这些年成就特别大，但不在于建了多少高楼大厦、城市修到几环，最了不起之处在于脱贫。

改革开放前，大陆近12亿的人口中，贫困人口占了7亿，非贫穷的只有4亿；而十年前已经达到13亿人口中贫困人口只剩1亿的水平，至少6亿人在这期间完成了脱贫。这是我认为大陆最了不起、最大的成就。

谢　新：谢谢您接受我们的专访！

钱　复：谢谢！

苗圩："机电制造"搭起
互通、合作的桥梁

——中共湖北省委常委、武汉市委书记苗圩接受谢新专访

努力提升湖北的产业结构

谢　新：苗书记，这届机博会与前几届相比有哪些变化呢？

苗　圩：这次机博会已经是第七届了，湖北的发展，很大程度上是靠提高产业结构，因为你们知道湖北缺煤少油，自然资源除了水资源以外，其他方面大概没有太多的优势，这是一个不利的因素，但是坏事在一定程度上可以变成好事，我们要致力提升产业结构，改变重化工业为主的相对较重的重工业产业结构。重化工业再往上一提升，就是机械制造业，武汉也有一点优势。过去有很多中央的企业，后来下放给武汉市，像武船、武锅呀。装备机械制造业，再往下就是高科技产业，所有客观条件逼得我们必须这么做。另外，前几任领导已经意识到这个问题，在往这方面去发展。像我们的高新技术开发区，大概在全国五十几个高新技术区中是发展比较快比较好的。现在武汉的激光行业占到全国市场份额的40%。过去激光行业长春是最有优势的。温总理去年在中关村视察的时候还特地提到武汉光谷，因为在不久之前他才到武汉来过，视察了我们高新区。中科院在那里有一个光纤所。合肥、长春这些地方都是有优势的，但是这些地方产业链发展差一点。再比如光纤、光缆，现在已经做到世界第二，仅次于美国的康宁公司。从产量上来说，做到世界第二。下一步还要进一步调整产业结构，向更高的档次发展。湖北的出口也是这个情况，前些年是以农副产品出口为主的出口结构，现在农副产品仍然在出口，由于这几年产业结构调整，绝对额虽然在上升，比重却在不断下降。前几年调整到出口第一大类的是纺织服装。从去年开始，机电产品超过了纺织服装行业，今年的势头就更好了。今年肯定是超过了，船舶、钢铁、液晶的显示器、汽车零部件都有不同程度的出口。

谢　新： 跟第六届相比，第七届机博会增设桥梁船舶工业展，形成装备制造展、工业控制展、工程机械展、电子信息展、船舶工业展五大专业展区，武汉机博会展示的内容越来越多，影响越来越大，您认为突出船舶工业有哪些特别的意义？

苗　圩： 武汉是一个桥梁之都，中国所建的很多座桥，特别是长江上所建的特大型的桥，绝大部分出自武汉。去年大桥局举行庆典，我们了解到武汉还是一个桥梁之都。造船也一直是武汉的优势，虽然我们不像大连、上海、青岛等沿海地市能造成万吨以上的大船，但是我们有造船的优势，比如说游船、特殊物质的运输货轮等有特色的船，这个武汉还是有优势的。中船总公司有六个研究所，船舶从整体到零部件设计，在武汉全部都能完成，桥梁和船舶是武汉的一大优势。

谢　新： 第六届机博会"跨国采购高层论坛"被商务部副部长魏建国评为"一大亮点"，您认为本届机博会最大亮点是什么？

苗　圩： 今年来的客商比过去更多，去年播下的种子，今年已经开始结果了。比如说，联合国难民署在这里建了一个采购中心，湖北的好几百家公司已经通过它的认证。原来光认证不开张的担心没有了。联合国已经开始采购本地的产品，运用到国外救灾，在这方面我们还要进一步扩大宣传。今年跨国公司来的就更多了，除了去年跟我们当地的一个企业东星航空公司签了12亿美元的一个大合同以外，今年这些供货商希望通过这个机博会的平台与我们做一个交流，武汉需要发展的是什么，能够来这里投资的是什么。通过机博会这个平台搭建互通、了解、合作的桥梁。

谢　新： 本届机博会首次尝试在同一时间不同地点举行，武汉国际会展中心设置装备制造展、工业控制展、工程机械展、电子信息及桥梁展等，武汉东湖科技会展中心主要设置船舶工业展。这种两大会展中心的布局，您觉得是一种创新还是出于场地限制的一种无奈？

苗　圩： 这是一种无奈，我们要加速场馆的建设。现在已经有一个规划，设计也已经出来了，预计在下个月开始投入建设。大概一年以后，这个新的展馆可以建起来。开工以后马上规划周边的设施，也不能孤零零一个展馆，在餐饮、交通等各方面配套设施都要跟得上。

谢　新：去年初，中央提出了实施"中部崛起"战略，全球目光已聚焦中部，武汉居中独厚。市委、市政府在发展机电产业上做了哪些努力？今后会有什么样的政策？

苗　圩：机电行业最大的问题还是要引入竞争机制，提高各个企业的竞争力。靠保护或靠过去的一些陈旧的方式行不通。因为我们加入WTO，已经实现了同国际一流技术的对接，融入了跨国公司和联合国等国际机构的全球采购网和平面，按现在的说法，国际经济一体化是一个不可阻挡的趋势。虽然在这个过程当中有曲折有反复，但对我们当地的企业来说，一定要提高自身的竞争能力，特别是国际竞争力，要具备跟国外的这些大公司在中国的市场乃至在国际的大市场上去竞争的能力。

谢　新：机博会已举办了七届，您觉得这届机博会哪些方面做得比较好，哪些方面还有欠缺？您对下届机博会又有什么新的期待？

苗　圩：场馆的设施不足，这是一个欠缺。另外由于我们原来的工作比较局限于湖北，现在我们想把它做大，今年做了一些尝试，有两个省已经加盟。我们想在这些不足的方面进行修改、补充。另外还要开一些专业的研讨会，今年已经开始了，我们开设了一个"中部崛起与跨国采购·投资高峰论坛"，让本地企业了解外界情况，也让国外的企业了解武汉的情况，为武汉开启走向世界的成功之门，为世界了解武汉开一扇沟通之窗。

张昌尔：通过改革促进文化大发展、大繁荣

——湖北省委常委、宣传部长张昌尔接受谢新专访

八艺节精彩纷呈

谢　新： 非常感谢您接受我们的专访。第八届中国艺术节在湖北举行，各方面反映都很热烈。跟前几届相比，您认为有哪些亮点？

张昌尔： 八艺节还在进行当中，现在整个活动在顺利地推进，可以说是精彩纷呈，亮点不少。我觉得有这样几个亮点：

第一个亮点是盛况空前。八艺节在"十七大"胜利闭幕不久举行，全国和我们湖北全省都在学习贯彻"十七大"精神浓厚的氛围当中。"十七大"报告当中，有一个很重要的内容，也是"十七大"报告的亮点，就是推动文化的大发展、大繁荣，掀起文化建设的新高潮。这是总书记向全党全国发出的号召。

"十七大"闭幕不久，在文化方面举办这么一个全国性的大型活动，可以说，广大人民群众对文化建设的期待，在这里得到了比较充分的体现。国务委员陈至立担任艺术节主席并出席开幕式，全国政协副主席张思卿也出席了开幕式，文化部作为主办单位全力以赴。湖北作为承办省，省委省政府高度重视，精心组织，罗清泉书记担任艺术节副主席，三年筹备，可以说是"三年怀胎，一朝分娩"。应该说从现在的情况来看是成功的。

这次八艺节的展出内容当中，有总书记的作品——剪纸《回娘家》，万众期待。目前参观的人络绎不绝，每天一万多人。在这个浓厚的氛围当中，八艺节办节的宗旨"艺术的盛会，人民的节日"得到了比较好的贯彻，特别是"人民的节日"氛围很浓。

第二个亮点是水平很高。这届艺术节内容很丰富，54台9个艺术门类的最新成果，最高水平，"群星奖"还有系列的展览展示活动，应该是历届艺术节当中内容最丰富、水平最高的。

第三个亮点是开幕式很精彩。开幕式以长江为主题，长江主题、湖北特色、中国气派，表现得比较充分，得到了广大观众的广泛好评。

第四个亮点是开放度高。17个国家和地区的政府官员和嘉宾参加艺术节，有10个境外艺术团体，其中有好几个是世界顶级艺术团体，他们的参加使我们的艺术对外开放、对外交流，甚至对外合作，提高到了一个新的水平。

第五个亮点是各个省关注的程度高。全国各省共派了30个省代表团，其中22个由省委省政府领导带队参加，体现出全国对艺术节的关注。

第六个亮点是接待工作得到了广泛的好评。我们也应该当好东道主。

从不同的角度看，大家可能觉得亮点还有不少，我是从宏观方面说的。

创新首先是观念的更新，观念的更新是前提

谢　新：湖北省有八台剧目参评第八届中国艺术节最高奖——文华奖，创下历届艺术节省市参评数量之最。湖北省最近几年在文化建设方面做了哪些创新？

张昌尔：这是一个大题目。应该说"十六大"以来，我们整个国家在文化建设上是全面开创新局面的时期。湖北也是这样的。对湖北的文化创新，新华社参考报道、通稿都做过比较充分的报道。我今天再补充几个观点。

创新首先是观念的更新，观念的更新是前提。观念更新方面，"十六大"以来，湖北省在这方面做了很多有益的工作。在观念方面最重要的是发挥文化意识形态功能的同时，要强化文化的生产意识，文化的消费意识。

所谓文化的生产意识，是指文化也有生产，文化也是生产。文化既然是生产，它有生产的规律。比方说它应该有生产资料。湖北省以院团为例，四个省属院团，这几年实现了每个院团都有排练场所、演出的剧院，

作为一个固定的阵地，作为一个国有文化的重要生产资料。

消费的意识指什么呢？文化是通过载体来表现的，这种载体是产品，是活动，甚至是产业。它必须符合市场规律，要跟市场交换，你排了好戏在市场上既要叫好，也要叫座，真正有票房的，受群众欢迎的作品才有市场，才有生命力，这也是我们文化建设的落脚点。我觉得观念更新要把文化生产、消费意识强化出来。

在创新当中，最重要的、最关键的是体制、机制的创新。在体制、机制创新方面，湖北这几年首先把管文化、办文化分开，实现管办分离。通过管办分离来重塑文化的主体，做大做强国有文化主体，让社会力量参与到经营文化主体当中来。

推动体制、机制创新，政府要主导公益性文化，要增加公共文化的投入。从湖北来讲，财政状况在最近这几年有很大的好转，但在全国来讲还不是很宽裕，在这种情况下，省委省政府下了很大的决心，在公共文化设施方面，投入力度相当大。这两年直接财政投入的有三四十亿元，使得公益性文化设施的建设取得了明显的成效。这也是改革创新的结果。

推动体制、机制创新，要发挥市场的作用、发挥市场的力量。市场主体起来了以后，它的产品、它跟群众的消费怎么实现交换，就是要通过演出的票房收入以及一些市场的中介实现。同时文化生产也需要生产要素，这些生产要素应该通过市场来配置。资金的问题、剧本的问题、演员的问题，以及票务的问题，都要靠市场发挥作用。

推动体制、机制创新，要营造创新的氛围。这几年湖北省委省政府在这方面花了很大的气力，如每两年我们在全省开展文化创新奖评选。湖北文化创新最重要的因素是人才，所以湖北省对文化领域的领军人物实行岗位津贴，对拔尖人才实行岗位津贴。一些领军人物的岗位津贴比他的工资还要高。再比方说，湖北省在全国文化生产过程当中，如果作品能够获奖，省里面有一个非常详细的奖励办法，最多可以拿到50万元的奖励。茅盾文学奖已经发出去了，这次拿到文华大奖的也奖励50万元。通过这些办法在全省营造一个浓厚的氛围，不断努力推动创新。

文化应该说是湖北一个潜在的比较优势

谢　新： 前面听您介绍过，为承办八艺节，湖北省投资30多亿元，兴建和改造了一批文化设施，文艺创作和群众文化也掀起了空前的高潮。您认为承办八艺节将对推动湖北文化建设起到什么样的作用？

张昌尔： 应该说作用是很明显的。

首先是全社会关注文化，这也是"十七大"的重要精神。现在我们的社会发展到了这个程度，不仅要满足广大人民群众物质的需求，也要满足文化需求。文化的生产、文化的供给能力也要适应需求。通过八艺节，无论是政府部门，无论是专家也好，还是人民群众也好，也包括企业界，文化的关注程度大大提高。政府主导公共文化建设，社会力量参与文化建设，老百姓共建、共享文化成果，氛围非常浓厚。

其次，对湖北来说，增加了文化自信。湖北作为中部地区，由于国家有个政策倾斜，东部先行，我们经济上跟东部相比有个追赶的过程。文化应该说是湖北一个潜在的比较优势。湖北就"十六大"以来，我们感觉到，这个比较优势越来越明显，目前至少体现在这些方面：文化资源大省、科教大省、报刊大省、戏剧大省、文学大省等等。在国家贯彻科学发展观的过程当中，在兴起文化建设新高潮过程当中，湖北可以把这几个比较优势发挥得更充分，为湖北在构建中部崛起重要战略支点中发挥更加重要的作用。

第三，促进了文化建设的大发展、大繁荣。可以用"四个一"概括：一是促进新建了一批场馆，新建了10个场馆，改建了25个场馆，投资近40亿元。二是形成了一批群众喜欢的剧目、精品。全省新创作50台戏，其中8台入围文华大奖，占整个参赛剧目总数的15％。三是凝聚了一批人才，基本上是每个院团一台戏，有的院团几台戏，人才的积极性得到充分调动。同时全国的一些领军人物、拔尖人才，程度不同地参加到了湖北的剧目创作当中来，包括开幕式、包括我们参评的几台戏。四是文化建设创新的新机制、新办法，我们做了一些探索。如剧目怎么演出、演出权拿出来拍卖、促进市场营销、办节过程中怎么吸引社会力量进来等方面，都有一些初步的尝试，效果很好。

农村的文化、边远地方的文化是我们文化建设的重点

谢　新： 您在4日的记者招待酒会上透露的湖北省博物馆免费开放的消息现在已经变成了现实，湖北省在推动文化成果共享方面迈出了坚实的一步。在推动农村、偏远地区、进城务工人员共享文化成果方面，湖北省做了哪些工作，还有什么新打算？

张昌尔： 今年9月，中央政治局常委李长春同志视察湖北省博物馆时向湖北提出，能否免费开放，实现文化惠民。省委省政府认真贯彻了这个要求，财政拿了3000万元弥补门票。现在每天上万人排队参观，老百姓非常拥护。

农村的文化、边远地方的文化应该是我们文化建设的重点，近几年我们在这方面做了一些工作，主要是在保障老百姓的基本文化权益方面，在提供必要的文化氛围、文化服务方面做了一些工作，主要形式如"三下乡"，还有正在进行过程中的广播电视村村通工程、农村电影放映工程、农村信息资源共享工程、乡村文化站建设工程、农村书屋工程等。这些工程正在展开，有的工程取得了阶段性进展，像村村通，50户以上的村都完成了，20户以上的村正在展开。

实事求是地讲，这个方面也是文化建设过程中的一个薄弱环节，也是我们今后工作当中应该重点加强的工作。下一步我们准备从两个方面下功夫。第一，政府在提供公共文化服务的方面，要进一步加大力度。刚才说的五个工程都是政府主导，政府投入为主。在"十一五"规划当中，我们一方面要落实好，一方面还要加大力度。第二是创新体制。文化建设要

贯彻两个方面的要求，一个是社会主义精神文明的要求，一个是社会主义市场经济体制的要求，把这两个要求体现到我们的体制和机制中。那么，我们公益性的文化，政府要增加投入，政府主导。但我们也有一个改进服务的问题、增强活力的问题。经营性文化怎么使用市场配置资源，来促进文化的生产，来改善文化的供给，特别是使我们的文化生产和群众文化消费之间能够比较好地对接，这需要我们发挥市场的力量。所以从这方面来讲，应该说湖北还是任重道远的。

我们党对文化建设的认识达到了一个新的高度

谢　新："十七大"报告提出了一系列推进社会主义文化大发展、大繁荣的举措，湖北省准备如何贯彻，您能不能给我们简单介绍一下？

张昌尔："十七大"我也参加了，聆听了总书记的报告，很受鼓舞。特别是我们党对文化建设的认识，达到了一个新的高度，对文化建设提出了新的要求，提出了新的任务。

从湖北来讲，我们正在认真学习、领会"十七大"精神。从文化建设方面来讲，第一，是要深刻认识、领会"十七大"报告的精神实质。中央提出了文化的大发展、大繁荣，要兴起社会主义文化建设新高潮，中央把文化提到这么一个高度，我们的认识怎么样与之相适应，怎么样领会中央的要求，这个问题要解决。

第二是要深入调研。按照中央提出的新任务、新要求，结合湖北的省情，结合广大人民群众对文化方面的要求，我们在当前和今后一个时期，我们的文化建设怎么样增强针对性，怎么样按照广大人民群众的要求，进一步加大发展的力度、加大繁荣的力度？我们准备在明年适当的时候，在调研的基础上开一个专题研讨会，办研讨班。

第三是完善规划。我们在"十一五"全省社会经济发展规划中，对文化建设作了比较充分的考虑，我们也编制了一个专题规划——《湖北省文化事业和文化产业发展规划》，这是湖北省文化建设第一个专题规划。现在看来，按照"十七大"新的要求，我们的规划还要进一步完善，主要是围绕建设文化强省，满足广大群众日益增长的文化需求来完善。

具体来说，我想我们今后要在三个方面下功夫：

一是怎么样加强公共文化建设的力度，保证人民群众基本文化权益方面的设施、网络、内容的建设。

二是加大文化产业发展的力度，使我们这个资源大省，能够经过若干年的努力，逐步变成文化产业大省。八艺节当中也有这方面的活动，招商引资的文化项目有30多个亿，成交了一批大项目。

三是加大文化体制、机制改革创新的力度。八艺节当中好戏连台，湖北创作了50台剧目，参加比赛的有8台剧目。过去有个弊端，"获奖是目的，领导是观众，仓库是归宿"。怎么样改变这个局面？我们在剧目一开始创作的时候就考虑过这个问题。有的剧目是股份制，比如《家住长江边》是股份制，不是政府投入为主，而是股东投入为主，一共有五个股东。八艺节之后怎么样，不能还是"仓库是归宿"，要更好地走向市场。八艺节期间我非常高兴地看到，英国一个非常有名的公司，看了《家住长江边》以后，第二天就跟我们谈，要把《家住长江边》带到英国去，准备演20场，要签20场的合同。贵州、广东也都希望八艺节结束后，《家住长江边》到他们那里去演出。我们已经看到了这种良好的态势。下一步我们的院团会有很多形式，有的是事业体制，有的是企业体制，这个会在八艺节后逐步展开。

总的来说，学习贯彻"十七大"精神过程当中，我们文化体制改革要加大力度，通过改革促进文化大发展、大繁荣。

感谢新华社、新华网对湖北多年来的支持

谢　新：通过对您的专访，我们更全面地了解到湖北省委省政府为促进文化事业的发展，在文化体制改革方面采取的一系列举措和创新。再次谢谢您接受我们新华网的专访。

张昌尔：非常感谢新华社、新华网对湖北多年来的重视、支持。你们对湖北的宣传很充分、对湖北的文化建设宣传也很充分。这次八艺节新华社阵容之强大，报道之充分，令我们很感动。谢谢你们！

李宪生：修复"五大"会址
迎接党的"十七大"

——"十七大"代表、武汉市市长李宪生接受谢新专访

"五大"会址修复，擦亮城市名片

谢　新： 很高兴李市长接受我们的采访。党的"五大"会址纪念馆复原陈列展将在党的"十七大"召开前布置完成，这是武汉市人民向党的"十七大"献上的一份厚礼。武汉市是什么时候开始考虑或动议修缮"五大"会址的，您能不能给新华网的网友说说里面的故事？

李宪生： 党的"十七大"是一次具有历史意义的会议。迎接"十七大"，武汉究竟能做些什么？2006年10月，中央政治局委员、湖北省委书记俞正声同志参加完十六届六中全会一回武汉，就向我布置了修建"中共五大"会址纪念馆的任务，当天我们就组织了专班。第三天，受市委、市政府委托，市文化局就专程赴中央党史研究室汇报初步方案。经过近一年时间的努力，"中共五大"会址的文物建筑修缮、复建等工程将在2007年9月底竣工，"中共五大"会址纪念馆会场复原展可以在党的"十七大"前夕布置完毕。1949年中国共产党夺取全国政权前，一共开过七次全国代表大会，"一大""二大""四大"在上海，"三大"在广州，"六大"在俄罗斯莫斯科，"七大"在延安。除"六大"会址外都修建了纪念馆。我是学历史的，深知党的全国代表大会纪念馆不同于一般的博物馆、纪念馆，在修建之前，我就提出要更加珍重历史事实，更加珍重历史环境，更加珍重党的奋斗史。这一意见得到了中央党史研究室和湖北省委、武汉市委的认可。

谢　新： 在人们的印象中，历史上对"五大"宣传不多，"五大"会址对很多人来说很陌生，您能不能大致介绍一下"五大"召开的背景情况，"五大"在党的历史中处于一种什么样的地位，最近的党史研究有什么新发现？

李宪生： "中共五大"会址位于武汉市武昌区都府堤街，这是一条长405米、宽12米的街道。这条街很有名，因为在这条街上有毛泽东主办的武昌中央农民运动讲习所，有武昌毛泽东旧居，它们都是全国重点文物保护单位、首批国家红色旅游经典景区。每年国内外参观的人很多。"中共五大"会址就坐落在毛泽东旧居对面，是省级重点文物保护单位。

　　1927年4月27日至5月9日，"中共五大"在武汉召开，开幕式会场设在都府堤的武昌第一小学风雨操场。参加会议的八十多名代表，代表了全党五万多名共产党员。过去，一些党史学者认为，大会是在蒋介石发动上海"四·一二"反革命政变以后紧急召开的，但是大会仍然坚持了右倾机会主义路线，致使大会结束不久，汪精卫策动了武汉"七·一五"反革命政变，使中共遭受重大打击，许多杰出的共产党人壮烈牺牲。这迫使我们党在武汉召开"八七"紧急会议，在会上毛泽东提出著名的"枪杆子里面出政权"理论。

　　如何实事求是地评价"五大"。我们经过八次修改和专家讨论，拿出了《中共五大历史陈列方案》。中央党史研究室、中央文献研究室、国家文物局、国家博物馆的一批著名学者在北京较大规模地讨论了三次，中央党史研究室主任李景田、副主任李忠杰亲自主持讨论修改。不久，中共中央办公厅批准修建"中共五大"会址纪念馆，中央党史研究室批准《中共五大历史陈列方案》，国家文物局同意立项建馆。

　　经中央有关部门批准的武汉方案，对"中共五大"的定位和评价有新的突破，主要表现在：

　　1. 对"中共五大"的定位表述上："五大"是中国共产党历史上的一次重要会议，是幼年中国共产党探索中国革命道路艰难历程中的一个重要环节。

　　2. 肯定了"五大"在思想理论建设上，为大革命失败后党的工作重点的转移奠定了理论基础，如：提出了争取无产阶级对革命的领导权原则；建立革命民主政权的原则；实行土地革命的原则等。

► 即将竣工的"五大"会址修缮工程一角

3. 肯定了"五大"对党的组织建设的贡献及长远影响。比如说"五大"决定，将中共中央执行委员会改为中国共产党中央委员会，中央委员会设政治局，政治局设常委、总书记，这与现在的中央组织体系基本相同；在党的历史上第一次选举产生由10人组成的中央监察委员会，这是中纪委的前身。同时进一步完善了党的民主集中制原则，强调党的各级组织都要实行集体领导。

4. 肯定了"五大"在干部队伍建设上的贡献。陈独秀、蔡和森、瞿秋白、毛泽东、任弼时、刘少奇、邓中夏、李立三、李维汉、陈延年、彭湃、方志敏、恽代英、罗亦农、项英、董必武、陈潭秋等人，在"五大"上被选为中央委员、候补中央委员。"中共七大"选举产生的书记中，毛泽东、刘少奇、周恩来、任弼时都是在"中共五大"上被选为中央委员、候补中央委员，进入中央领导班子的（另一书记为朱德）。

在修建"中共五大"会址纪念馆的工作中，我一直十分感动。中央和全国相关单位都给予了许多无私的帮助。中央档案馆给我们复制了37份重要文献，其中有五大会议的英文速记，陈独秀的大会报告，周恩来、李立三等人亲笔签名的《迅速出师讨伐蒋介石》的檄文。还查阅了"五大"到"八七"会议前的中央政治局常委会议记录等等。此外，在中央党史研究室的帮助下，俄罗斯远东档案馆还寄来了当年共产国际对召开"中共五大"的14份文件和参加"五大"的共产国际代表多里奥、纽曼、米夫、拉祖莫夫等人的照片，这些都是在国内首次使用的珍贵资料。许多"五大"代表的亲属也给予了支持。多松年是蒙古族代表，22岁就惨遭杀害，遗体被反动派钉在张家口市城门上。他的儿子赛西（原呼和浩特市副市长）捐出了多松年参加"五大"时用的怀表。瞿秋白、蔡和森、罗亦农、李维汉、李立三等"五大"代表亲属都给予了无私的帮助。

谢　新：武汉的媒体一直十分关注"五大"会址的修缮工程。听说武汉市要把武昌都府堤打造成全国知名的红色旅游经典景区，您能不能介绍一下有关情况？

李宪生：我对武汉充满着感情。我一直有这么一个愿望，希望能把我们这个城市的名片一张一张地擦亮。其中红色旅游一块，是我们非常重视的一件大事，像武昌都府堤一条小街上聚集三个在党的历史上都有着重要地位的红色景点，这在全国大都市是少见的。

武昌都府堤聚集了一批清末民初的建筑群，有1904年清朝湖广总督张之洞创办的北路小学堂，1927年它成为毛泽东创办的中央农民运动讲习所所址；有1918年武昌高等师范学校修建的附属小学，1922年陈潭秋以教师身份在此从事革命活动，这里实际上成为湖北共产党领导革命斗争的指挥机关，1927年"中共五大"在这里召开。有毛泽东旧居，这也是清末民初风格的典型江南三进民居。武昌都府堤具备成为清末民初风格的红色经典旅游风景区的条件。武昌农讲所旧址和毛泽东旧居在1997年就被中宣部列为全国首批100个爱国主义教育示范基地之一；2004年，中宣部、国家发改委等七部委又将其列为全国100个红色旅游经典景区之一。

谢　新：修复"中共五大"会址武汉市花了多少钱，您能不能介绍一下整个修复工程的投资情况？

李宪生：五大会址纪念馆立项审批资金为6511.56万元，主要有四块。一个是搬迁武昌中华路小学潭秋校区和院内的教工宿舍，花费4717万元；由于校舍已有九十年的历史，设施较为陈旧，搬迁后新建的学校将有利于改善校园环境。另外三项花费1764.56万元，用于院内四栋文物建筑修缮；复原"中共五大"会场、共青团四大会场；复原教工宿舍用于"中共五大"历史陈列；修复院内古井、六角亭等辅助建筑和绿化。

此外，按照市政府年度建设计划安排，投资5000万元，对"五大"周边的武昌公园进行综合整治，拆除了一批违章建筑，扩大了绿化面积，优化了周边环境。

"五大"召开前后，也正是武汉市成立的时候。武汉市过去不叫武汉市，1927年之前是三个行政建制单位：汉口特别市、湖北省省会武昌市和汉阳县。1926年底国民政府从广州迁到汉口，在建制上把武昌、汉口、汉阳合在一起，称为武汉，作为京兆区，即首都。中国革命的中心由珠江流域转移到长江流域，武汉成为当时全国革命的中心。中共中央1927年也搬迁到武汉。今年，正好也是武汉建市80周年，这是历史的一种巧合。

谢　新：有的网民在网上看到武汉市投资几千万修缮"五大"会址的新闻，说这些钱应该用在医疗、教育、文化、就业等关系老百姓切身利益的事情上，您怎么看这种观点？

李宪生：在整个社会资金的分配中，用于社会事业、经济建设和其他方面的资金是有一定比例关系的。武汉市近三年每年的财政收入都增长100亿元以上，我们相当部分投向了与老百姓生活密切相关的社会事业中。近四年来，市财政共投入养老、医疗、下岗再就业、抚恤救济等补助资金132.04亿元，为解决民生之本提供了强有力的保障；投入74.42亿元用于科技、教育、文化、卫生、体育事业，为促进人的全面发展和社会的全面进步提供了物质保障。

▲ 毛泽东创办的中央农民运动讲习所

维修、保护城市的历史文物建筑，是历史赋予我们的责任。近几年我们启动了体现湖北武汉历史文化渊源和独特文化魅力的国家历史文化名城九大工程，如商代盘龙城遗址、辛亥革命武昌首义园、汉阳旧城风貌区、汉阳月湖艺术中心、中山舰博物馆等等，"中共五大"会址纪念馆是其中一项十分重要的工程。这些历史文化工程本身都是为老百姓服务的。有专家预测，五大纪念馆开放后每年接待观众将超过15万人次。我真诚地欢迎这位网民在方便的时候参观五大会址纪念馆，你会从心底里产生震撼，无数二三十岁的共产党人为了今天人民大众的幸福生活奉献了生命，他们牺牲时是那么年轻，我们应当心怀景仰，感谢他们、尊敬他们。

我十分感谢在建设"中共五大"会址纪念馆过程中给予支持的市民和单位。有的居民在都府堤已居住数代近两百年，他们搬迁了，临走之前还不忘给设计单位核实会址历史风貌。湖北省农垦局这样的省级单位也服从了大局。整个会址院内的搬迁工作很顺利，老百姓是支持的。武汉的老百姓好啊！

一座黄鹤楼，延伸了武汉的历史文脉；一座"中共五大"会址纪念馆，会让无数观众了解今天的好日子是革命先烈用生命换来的。

谢　新：您很快就会启程前往北京参加"十七大"，在这么一个历史时刻，您能不能谈一谈您此时此刻的心情？您对"十七大"有哪些期盼？

李宪生：这次能作为湖北省的党员代表参加"十七大"，我感到非常光荣，而且也感到自己肩负着湖北省党员的重托。

当前，为了做好参加"十七大"的准备，我们一方面认真学习胡锦涛总书记"6·25"讲话精神，进一步提高认识，统一思想，加大执行力度；另一方面，用更多的时间，深入基层，深入实际，真正做到下情上达，把大家的智慧集中起来带到"十七大"上去。

召开党的代表大会，是全党全国的大事。我们要把报告认真讨论好，把全党的智慧变成中央的决策。我们将认真学习、深入贯彻党的"十七大"精神，努力促进武汉在中部地区率先崛起。

麦守信："一对一"是
最好的交流形式

——联合国助理秘书长麦守信先生接受谢新专访

谢　新：您是第几次来武汉，能不能请您谈一谈对武汉的印象？

麦守信：90年代初期我到过几次武汉，但每次都很匆忙，都没有像这次待得时间这么长。我想可以这么说，以前看到的中国给我印象很深，但这次给我的印象更深。

今年来，我非常关注并经常阅读有关中国经济改革的报道。这次到中国，到武汉来，通过会谈和参观看到的一切，感到中国昨天已经取得了很大的进步。我感到中国更加有活力，生机勃勃。我同时看到中国领导人更加年轻化，更加年富力强。

在武汉，我看到了一些文艺表演，如杂技，昨天晚上在长江游船上看到了歌手的表演。他们的演出比以前更加精彩。可以看到，他们接受的培训更多了，水平更高了，整个社会的标准和要求提高了。

谢　新：这次2005年联合国采购年会放在武汉，同时联合国难民署选择在武汉设立采购信息中心，主要是基于什么考虑？

麦守信：首先，希望加强联合国与中国的联系。在商务部和中国国际技术交流中心董洪先生的支持下，我们在中国设立了几个采购信息中心，一个是浙江，一个是武汉。

我认为选择湖北设立这个中心很重要，可联络到周边的中部省份以及更多可以向我们提供所需要产品的企业。

中国幅员辽阔，我们还希望设立更多的采购信息中心，比如考虑北京和南方的广州，在南北都设立采购信息中心。

谢　新：据了解，类似联合国难民署武汉采购信息中心这样的机构，在中国已经有三家了，您能不能对这三家做一个比较，武汉在这三家中处于一个什么位置，有没有可能后来居上？

麦守信：我要澄清一下，武汉是第二个，不过其他地区也存在可能性。

我相信，通过武汉，很多产品可以进行采购。比如，武汉可以提供我们难民需要的帐篷。大家看报道可以知道，苏丹很多人背井离乡，流离失所，最后住到帐篷里。他们需要基本的生活物品，比如搭帐篷的铺盖、炊具等等。

这次在这里达成一些协议，联合国难民署采购信息中心会和其他联合国机构合作，协助其他采购机构进行采购，其他采购机构进来后，采购物品的范围会更大。

谢　新：您认为联合国难民署采购信息中心的设立会给地方经济发展带来什么样的发展机遇，您对中国企业如何抓住这些机遇有哪些建议？

麦守信：通过今天的联合国采购说明会，我们见到了很多潜在的供应商，下午我们正在举行本地企业与联合国机构间的"一对一"对口洽谈。

我在上午的采购说明会上讲到，通过联合国的采购，可以建立很好的商业联系，带来很多业务。虽然从经济数据看，联合国的采购与相关企业跟国外的其他合作项目比，金额不是很大，但我们可以建立很好的合作关系，通过合作，企业可以做好生意，联合国可以花更少的钱买到更多的商品。

同时，联合国同伙伴合作时，希望他们能关注整个世界。从我们的经验看，跟联合国合作的企业得知他们的产品可以帮助穷人时，他们都感到非常高兴。这就是我们所说的社会责任。

魏建国：出路——走出去就有路

——商务部魏建国副部长接受谢新专访

谢　新： 武汉机博会已经举行了五届，主题都是"机电制造，创新无限"。这次将机博会、武汉经贸洽谈会、国际汽车零部件展览会进行整合，实现"三会合一"，您是不是很欣赏这种做法？

魏建国： 很好，要这样做，必须这样做！这是一条新路，是一种创新，"三合一"不是简单的合并，这次有水平，有影响，办出了特色。第一届机博会的时候偏离主题，还有服装参展，是我要撤下的，专业会展应该体现专业性，越专越有生命力，这就能体现效益。这一次机博会我全力支持，大力促成，希望一年一年办下去，一年比一年办得更好。

谢　新： 九省通衢的武汉市，是中国中部最大的商业重镇，也是历史老工业基地，举办这种全国性的机电博览会跟其他城市比有哪些优势？

魏建国： 优势……嗯，优势很多。

第一，区位优势。没有哪个城市能和武汉相比，武汉有四通八达的水路，纵贯南北的铁路和高速公路，长江水道、京珠高速公路、沪蓉高速、京广铁路在此交汇，是中国内地最大的交通枢纽。武汉位于中国经济地理中心。

第二，行业优势。从清代到近代的汉阳造，现在有武钢、二汽、神龙、光谷，这个优势是非常明显的。

第三，科研优势。武汉高等院校和科研院所集中，是我国最重要的科教基地之一，科技教育综合实力位居全国大中城市第三位，关键还有一批专家型的人才。

第四，队伍优势。机械不像其他行业，是硬家伙，武汉有一支高、精、尖的队伍，光靠锻打锤造是不能出去的。

这四大优势起到了五大作用，一是示范作用，对中西部的示范作用。二是辐射作用，可以辐射到安徽、江西、河南，这些省也想搞，但是还没有办。三是桥梁作用，连接企业和政府、资金和技术、国内与国外。四是平台作用，各种行业外资、民营企业都进来了。五是促进作用，这是最重要的，能够促进武汉和湖北的发展。

谢　新： 除武汉自2000年开始举办机博会以外，最近沈阳也举办了制博会，您觉得武汉的机博会跟沈阳的制博会相比有何不同，有什么特点？

魏建国： 机博会、制博会有四大不同。首先，从行业看，制造业比较大，非常广，包括飞机、汽车、轮船等等，机博会主要以机械为主；其次，两个会，两个战略。制博会是振兴东北老工业基地，机博会是大力发展、开发中西部地区；其三，招商内容和引进外资方式不同。沈阳制博会以日、韩、俄为主，武汉机博会以东南亚、欧、美、非为主；其四，做事的人不一样。制博会是东北人做事，机博会是武汉人做事。

谢　新： 这次机博会分机电产品展和家用汽车及零部件展两大部分，武汉作为全国重要的汽车工业基地，举办这次机博会会给相关的企业带来什么样的机遇？

魏建国： 武钢通过技改，一年出口达3个亿，每个月完成3000万，压力非常大，但是它们完成得很好。二汽虽然从第一方阵掉到第二方阵，以前讲三大三小，三大就是一、二、三汽。但我相信汽车明后年会大上台阶，二汽三年就会有一个大发展，整个湖北汽车行业也会有一个更大的发展。

谢　新： 魏部长多次参加过武汉机电产品博览会，您对武汉有什么特殊的感受？

魏建国： 武汉应该成为一个中心区域，武汉有很多优势，但是没有完全发挥出来，武汉人很聪明，应该做出更多贡献，武汉的水域、区位优势，得天独厚。韩国人说他们的老家在武汉，他们有汉水、汉江。将来有一天，武汉一定会取得更大的发展。

谢　新：武汉开办机博会的背景是中国加入WTO，武汉作为一个内陆城市，跟世界的距离越来越近，本届机博会的国际性特点也越来越浓烈，您能不能对武汉机博会办成国际知名的机博会品牌的前景做一个展望。

魏建国：我在开幕式上没有用讲稿，我讲了三句话，第三句话就是机博会像一个五岁的小孩，充满朝气，一定会一年比一年办得更好。

谢　新：做强做大中国国际机电产品博览会这个品牌，对发展我国机电行业的意义何在？我们如何做得更好？

魏建国：对于机电行业，商贸部是想通过几个点的发展，让世界了解中国，让中国了解世界，通过这个会大家会知道目前机电产品的现状和发展前景。再者，机博会可以起到窗口作用，起到国内与国外、企业与政府、企业与银行的桥梁作用。这么多机电行业，飞机、车辆、轮船、IT行业，不要如数家珍，要走出去看世界，让企业了解外面的世界，一句话，出去就有出路。

茅永红：立足基层社会服务
推动社会治理创新

——全国政协常委茅永红接受谢新专访

谢　新：今年是您参加全国两会的第九个年头，作为"提案大户"的政协委员，您的提案内容事事不离百姓民生，请问九年来您一共提交了多少件提案？今年有几件，在民生方面有什么新的内容？

茅永红：我从2008年起第一次参加两会开始，一直以非常认真、非常严谨的态度来对待。截至今年，我一共提交了53件提案，包括社区养老问题、社区医疗问题、社区文化问题、社区管理与服务问题等。提案并不是坐在家里就写得出来的，为了能真实地反映老百姓的诉求，我每年都花至少三分之一的时间去老百姓家串门，倾听老百姓的心声。我觉得，既然我是全国政协委员，我就要履行好这个职能，就要认真负责地把社情民意带上去。而且许多提案，都切中了老百姓的脉，提出的建议也大都中肯、可行。2010年，我提出的关于加强保障性住房建设的提案，被全国政协作为第一个回复的提案，引起了中央和各个相关部门的关注，为推动全国的保障性住房建设贡献了自己的一点力量。

今年我准备了7个提案，内容主要还是以社区民生话题为主，比如发展社区服务业、事关每个家庭的全面二孩政策、未成年人合法权益保护、社区禁毒工作等等。

谢　新：随着人民群众对生活性服务需要的日益增长，对服务品质要求的不断提高，以居民家庭为主的生活性服务消费潜力越来越大，渐成市场"香饽饽"。百步亭在社区服务业这块儿也做了些探索与尝试，请您介绍一下这方面的情况。

茅永红：生活性服务业领域宽、范围广，涉及社区居民生活的方方面面。在供给侧结构性改革的前提下，社区服务业凭借它的适应性和灵活性，创新发展、引导消费，为社区老百姓提供了更多适销、对路、高质量的服务产品，更好地满足了广大人民群众的需要。

在百步亭社区特别是社区文化服务这块，经过多年的群众文化活动实践，总结出了一套"社区靠群众，群众靠发动，发动靠活动，活动靠文化"的文化建设理念，通过社区文化建设凝聚群众、发动群众，增强广大居民对社区的归属感和荣誉感，激发了广大居民共同建设社区大家庭的积极性，取得了较好效果，满足了百姓多方面、个性化的文化需求，真正增强老百姓的文化"获得感"。

比如由百步亭社区发起、连续五年承办的全国社区网络春晚，起源于春节期间社区居民的一次网上聊天提议，要办一场属于草根民星自己的春晚。五年来，这场全国性群众文化活动得到了越来越多人的喜爱，参与社区从2000多个发展到2万多个，参演居民从1万多人增加到20万人，收看人数也从一开始的1500多万激增到目前的3.3亿，荣获"中国互联网创新品牌奖"，广获群众"点赞"。全国社区网络春晚，从群众文化到文化服务的创新运作，是社区文化服务领域创新发展的一个很好案例。

有了活动，没有活动平台也不行，要加强社区文化阵地建设。百步亭社区多年来坚持"以人为本、以德为魂、以文为美、以和为贵"的核心理念，依托亭台、长廊、广场、楼栋和架空层等资源，建成了社区文化站、图书馆、文化室、文化中心、文化广场等公共文化设施，形成了结构合理、功能健全、实用高效的社区文化设施体系，有效促进了社区文化活动的开展。

光靠社区力量还不够，各级党委和政府，特别是宣传、文化、教育、科技、卫生等部门要加大对社区文化阵地建设的政策倾斜和资金投入，改善社区文化阵地建设投入不足的现状。各地社区也要积极谋求出路，自力更生，积极发展具有民族特色和地方特色的传统文化艺术，鼓励居民自己创造兼具思想性艺术性观赏性、社区群众喜闻乐见的优秀文化服务产品。

再就是居民和家庭服务业。社区引导服务资源向社区汇聚，推动居民

▲ 百步亭社区计生工作人员为居民办理生育服务证

和家庭服务业创新发展。比如社区可以利用公建场所，搭建众创空间，培育新型家庭服务业的成长。普及物业服务，开展物业增值服务，依托物业公司，把家政、维修、保洁、保安服务等增值模式做起来，形成大物业服务产业集群效应。依托医疗公司，大力推进社区医疗保健服务，探索医养结合的商业模式，形成大健康的服务产业。依托智慧社区建设，大力普及社区信息化服务。比如百步亭社区开发的"爱社区"APP，社区居民手机下载安装后可以实现一键找书记、找物业、找家政等，还可以第一时间知晓社区动态，参与社区文化活动。

谢　新：不仅仅是社区文化服务、居民和家庭服务，社区养老服务也是您一直关注的，而且百步亭社区在这方面的先进做法起到了示范性作用，这块儿请您介绍一下。

茅永红：我觉得还是要以提高老百姓生活质量为出发点，要全面建成小康社会就是要以人为本，要让老百姓过得更幸福。针对养老难这个问题，我觉得应该在社区居家养老服务上率先突破。居家养老是传统的基础模式，符合中国国情，是中国城市居民的一般选择，承担着90％以上老龄人口的养老重任，而且养老成本低，可以享受家庭和社区生活。所以在解决养老问题上，我觉得要整合社会资源，建立社区养老服务平台，走社区居民养老服务的道路。

百步亭社区发挥社区工作人员和志愿者的力量，摸清每个老年人在家庭、经济、文化、志趣爱好、年龄、身体状况等方面的情况，然后针对性地提供社区服务，完善社区居家养老服务内容，主要包括：上门医疗服务、基本生活服务、上门探访服务、外出陪伴服务、法律咨询服务等。再就是根据老人的个性化需求，提供多样性服务。比如针对不同身体状况的老人提供不同的卫生、医疗服务。针对行动不便的老人，提供购物、做饭、卫生清扫、洗澡、洗衣等家政服务。针对独居孤寡老人，定期派社区专业心理医生或志愿者到老人家中进行精神慰抚、心理疏导等。针对不同文化水平的老人设计不同的服务项目，如组织书画、音乐、文学、摄影、棋类、健康讲座和比赛等。现在，居家养老服务帮我们缓解了空巢老人的养老问题。

同时在社区建养老住宅，让老人相对集中居住养老也是一个解决问题的方向。比如在一个三千户左右的新建社区，让5％～10％的老人集中居住在一起，既可以让老人共享社区生活和配套服务，又便于发挥居家养老、社区生活、集中服务三大优势。政府要加强对公建公营、公建民营、民办公助等形式的社区养老服务业的监管，定期对其设施及专业人员配备、服务质量、政府投入资金的使用效益等进行评估和督导，不断改进经营管理和服务质量。

谢　新：除了关注社区发展，我们注意到您也很关注家庭建设。对于全面实施一对夫妇可生育两个孩子等相关政策，您怎么看待？

茅永红：实施"全面二孩"政策，是中华民族长远发展战略和促进人口均衡发展的重大举措。经过走访和调查，我们发现目前符合政策家庭生育意愿低的原因主要有公办托儿所、幼儿园、妇幼产科医院等公共配套服务设施缺乏；儿科医生、幼师人才缺乏；养育经济成本高，从怀孕到幼儿教育，经济开支庞大；幼儿父母面临巨大的工作压力、时间成本以及个人发展机会成本；相关配套政策有待严格落实执行。

问题存在就要想办法去解决，针对这个问题，我觉得需要社会各方力量，多管齐下，提升符合政策家庭的生育意愿。加大相关配套公共服务提供、公共设施建设的投入，增加孕产妇医疗服务设施，增加社区学前教育机构等配套设施，培养妇产科医生、护士、幼师、小学、中学教师队伍；大力实施对符合政策家庭生育二孩激励政策。比如政府在财力和物力方面多支持经济收入水平较差的人群，对0～3岁儿童的父母，可以通过减免个人所得税、提供子女生育补贴费等办法，来解决养育子女的费用压力问题。

另外还需要尽快落实"全面二孩"一系列配套政策。政策上要调整完善并落实执行生育产假和配偶陪产假制度。出台妇女公平就业及抚育相关的法律，保障妇女就业不受歧视，提高失业妇女的就业能力。

谢　新：孩子出生了，但是他们成长过程中的合法权益如何得到保障？日前，由最高人民法院与中央电视台联合评选的"2015年推动法治进程十大案件"揭晓，全国首例由民政部门申请的撤销监护人资格的案件入选其中。剥夺监护权之后，孩子怎么办？您怎么看待这个问题？

茅永红："撤销父母监护权"的案例，激活了沉睡近三十年的良法，让"下雨天打孩子，反正闲着也是闲着"的中国传统观念中的"家事"，变成了"国事、天下事"。这对保障未成年人的合法权益具有非常重要的作用。

剥夺监护权之后，孩子怎么办？监护权可以转移，但未成年人的生活、学习质量不能受影响，所以一旦父母失职，安置儿童是头等大事。我

▲ "好日子新风尚" 2015 全国社区网络春晚录制现场

建议尽快建立监护权转移后的社会保障体系，首先民政部门为救助主体责任单位，应尽快建立和完善未成年人救助保护机构，比如救助管理站、未成年人救助保护中心等，也可以大力发动社会组织参与爱心救助，对未成年人进行临时照料，并为未成年人提供心理疏导、情感抚慰等服务。未成年人的其他监护人、近亲属，关系密切的其他亲属、朋友，可以积极参与爱心救助。

被撤销监护人资格的父母应当继续负担未成年人的抚养费用和因监护侵害行为产生的各项费用。

谢 新： 日前，昆明七岁男孩被"后妈"命令传递毒品事件引起了广泛关注。目前，我国毒品来源和种类不断增多，吸毒人员呈增长趋势，累计登记在册吸毒人员超过250万名，除强制隔离戒毒外，大部分都回归社区进行戒毒和康复。开展社会禁毒工作，社区尤为重要，这块儿您有什么建议？

茅永红： 开展社区禁毒工作，是推进社区治理和社区建设的一项重要内容。面对严峻的毒情形势，当前我国社区禁毒工作还面临比如主体责任落实不到位、吸毒人员管理难度大、社区禁毒工作保障不足等方面的问题。

针对这些问题，我觉得首先要争取各级党委政府支持，加大对社区禁毒工作的重视，建立完善社区禁毒工作责任制，不断完善禁毒考核评估体系。进一步明确街道落实吸毒人员管控工作的主体责任和社区戒毒康复工作的具体责任，明确社区民警、专职社工、社区群干、网格员以及志愿者对吸毒人员管控救助的职责，形成"五位一体"的工作格局。

其次，创新吸毒人员服务管理。将吸毒人员纳入网格化社会管理服务体系，通过风险评估实施分类、分级管理和动态管控，对吸毒成瘾人员运用"大数据"建立吸毒人员分析模型，加强工作针对性。加强社区戒毒康复工作。健全完善强制隔离戒毒后出所评估和转社区康复的无缝衔接制度，推动禁毒工作各环节链条形成良性循环。建议政府出资建立收治病残吸毒人员的专门场所，特别是在强制隔离戒毒所，同时对吸毒人员就业安置也要考虑，比如加强对他们就业技能的培训等，采取多种形式促进其早日回归社会。

最后要充分发挥家庭、社区、社会禁毒宣传教育主阵地的作用。

谢　新： 2015年，中央下发《关于全面深化公安改革若干问题的框架意见》，对消防改革做出顶层设计，对改革消防监督管理制度作出部署，提出修订消防法，实行消、防分离与审、验分离等一系列改革任务。据我们观察，修订消防法也是您近些年比较关注的问题，今年您又针对这一块儿又提了什么具体建议？

茅永红： 近年来，消防工作面临一些新情况和新问题，现行消防法的一些规定已经难以适应新常态下消防工作需要。各地只能在现行消防法确定的制度框架下进行改革试点，因缺乏法律法规支撑而无法深入展开。所以我建议尽快通过修订消防法，从法律上予以界定。

政府部门消防工作职责要进一步明确，消防部门依法承担救火救援等"消"的职能，而将审批、验收等"防"的职能剥离出去。将建设工程消防设计、施工质量管理，并入建筑质量管理。将消防工程质量责任，纳入建筑工程质量责任，消防工程建设单位和人员的资质、资格认证，统一归口管理。消防部门专一从事灭火、抢险救援和消防安全监督工作。

建筑工程消防责任要严格落实。严格落实企业主体责任，制定完善并严格落实建筑消防工程质量安全终身责任制，落实建设、设计、施工、监理、消防产品生产等单位及有关人员的质量安全终身责任。同时要严格落实政府监管责任。

建筑设计审查和消防验收程序要进一步减少和简化。比如建筑设计消防审查交由具有独立法律地位的第三方专业机构。建筑工程质量合格验收和消防设施的合格验收，统一交由住建部门。建筑工程消防的日常监督检查，交由公安消防部门。

谢 新：谢谢您接受我们新华网的独家专访，希望您的提案逐条逐条得以实现。

茅永红：谢谢，谢谢你们，谢谢新华网。

周先旺：在合作竞争中
实现中部六省共赢

——湖北省商务厅厅长周先旺接受谢新采访

中博会招商 "三个一万" 的目标已经实现

谢　新：周厅长，非常感谢您百忙之中做客新华网，在中博会即将开幕前夕接受我们的专访。近年来，湖北开放型经济发展成效显著，吸引外资在中部六省一直都名列前茅。请问周厅长，湖北在解放思想、抓住机遇，加强对外开放与合作，积极推进贸易增长方面，有哪些优势？有哪些经验？能否结合具体事例给我们做些介绍？

周先旺：首先，感谢新华网给中博会的关注，感谢新华社、新华网为湖北的商务工作，为中博会在湖北举行做了大量的宣传工作，很高兴接受新华网湖北频道的专访。

湖北省发展开放型经济有得天独厚的区位条件、较好的经济基础和突出的科教优势等，并为大家所熟知。从我们商务部门的角度看，任何优势都是相对的，都只能在一定的时间和空间条件下存在，并且是在发展中变化的。比如，我国东南沿海地区的地理条件，是长期存在着的客观现实，但直到上个世纪70年代末80年代初，才逐步转化为地缘优势。又比如，世界上许多国家和地区在地理条件上都是相似和相同的，但发展道路和发展水平却各不相同。

就湖北省而言，我们的工业基础在中西部地区是比较好的，但这种状况在很大程度上是计划经济条件下打的底子，经济活力先天不足，体制机制的瓶颈制约长期困扰着我们。我们是科教大省，但受发展水平的制约，科教优势要想转化为产业优势，还有一个长期的过程，同时还伴生了一个就业压力的问题。因此将理论上的优势转化为物化的优势，还需要我们做出更大的努力，采取更为有效的措施。

近些年湖北省开放型经济取得了显著成就。2002年至2007年，进出口总额由39.5亿美元增加到148.6亿美元，增长了2.8倍，其中出口由20.9亿美元增加到81.7亿美元，增长了2.9倍；实际使用外资由17.6亿美元增加到35.02亿美元，增长了1倍；外经营业额由1.6亿美元增加到6.2亿美元，增长了2.9倍；口岸货运量从178万吨增加到2031.9万吨，增长了10.4倍。

这些成就的取得，最根本的原因和基本经验，就在于我们在湖北省委省政府的正确领导和大力推动下，坚持以开放促改革促发展，面向国际国内的两个市场，充分利用国际国内两种资源，在顺应并积极参与经济全球化浪潮的过程中，使自身的优势得到有效发挥，使自身的能量得到积聚和集中释放。

今年是我国改革开放三一周年，在这三十年的历程中，湖北得到快速的发展，这个发展也是一个解放思想的过程。最近，湖北省委省政府提出了进一步解放思想，加快湖北经济发展，通过解放思想，进一步加强对外、对内开放。这是湖北省成为中部崛起战略支点的重要措施。我感到湖北省委省政府在解放思想上，应该说花的功夫是很大的，特别是在对外开放上力度非常大。比如说今年的中博会。第三届中博会在湖北武汉举行，从湖北省来说，更多展示的是湖北对外开放、解放思想物化的一些成果。我们这次中博会招商有个基本的要求，"三个一万"，即邀请一万个境内的重要客商，一万个境外的客商，对接一万个项目。现在一万个境外的客商达到了，境内的客商大大超过了预期的一万个，至于对接一万个项目，截至昨天的数据已经是11500多个了。我想，世界500强企业，这么多外商和国内的这些客商这么关注中博会，这么关注湖北，说明中部崛起引人注目，也说明湖北通过解放思想，对内对外开放的进程在不断加快，大家把湖北看作是一块投资的热土。

在合作中竞争，实现中部六省共赢

谢　新： 在促进中部地区崛起、承接产业转移中，湖北如何抓住机遇与其他省份实现合作共赢？

周先旺： 近年来，中部各省都在努力创造条件、抢抓机遇，积极承接产业转移。如湖南提出了"敞开南大门，对接粤港澳"的战略部署；江西出台了《关于推进全省建设"万商西进"桥头堡建设的若干措施》；河南省研究起草了《关于承接加工贸易梯度转移工作的实施意见》等。同时，各省都面临着彼此间强大的竞争压力。中部六省同处祖国腹地，地缘相近，人文相亲，在资源、区位、产业等方面都有很多共同之处，都要加快发展，竞争是无可避免的。在竞争中合作，在合作中竞争，各扬其长，又携手并进，就能实现我们中部六省的共赢。

如何承接产业转移、加快湖北经济的发展，湖北省委省政府一直作为一个大的课题在研究。东部沿海地区经过三十年的发展，很多产业逐步向中西部转移，特别是一些加工贸易，转移进程还很快。这次中博会的主题也是承接产业转移。湖北承接产业转移，我们觉得具备很多优势。

第一是湖北的区位优势。我们过去说得中独厚，湖北处在祖国的中部，以武汉为中心，以千公里作半径画圆，那么全国80％的城市都画在这个圈里，区位是相当好的。在这种区位条件下，无论是发展制造业、物流业也好，还是把武汉打造成金融中心也好，都有很好的条件，这是第一个基础。

第二个基础是湖北的产业基础是很好的，新中国成立近六十年来，在重工业、制造业及轻工业上，我们的钢铁、纺织、造船、汽车，在全国都有重要位置。

第三个是科教优势。湖北这么多大学，接近200万的在校学生，这种科教优势在全国其他地方也不多见，在中部地区湖北是领先的。当然这种科教优势，这种高校的密集，也给我们带来了就业的压力。

第四个是我们湖北还是国家定点软件外包的服务基地。服务外包，特别是软件的服务外包，将成为我们今后经济的一个重要增长点。武汉城市圈是国家资源节约型和环境友好型"两型社会"建设的试验区，其中最佳的产业是服务业、高科技服务业，服务外包最具"两型社会"建设的特点。在服务外包的大背景下，时差都是很好的资源。我们天亮，美国天黑，他在下班之前，把他们需要的这些资料、软件，通过E-mail发过来，我们正好上班，我们来做，做好后我们传过去，他们正好上班，这种时差都是资源。过去我们GDP的能耗和资源的消耗量大，这说明我们的资源产业结构还是很传统的，我们现在有这么一个服务外包的基地，我们将加大服务外包建设的力度，使服务外包占服务业的比重不断提高，在整个GDP中的比重不断提高。

在过去的发展中，中部六省形成了各有千秋、各具特色的经济体系：湖北具有钢铁、汽车、纺织服装业、农业、食品、电子信息产业等国际优秀产业，产业链完整；江西对接长珠闽，劳动力密集，金属矿产资源蕴藏丰富；湖南具备良好的区位优势和产业基础，长株潭城市群被中央列为"两型社会"配套改革试验区；作为全国陆路交通枢纽的河南，劳动力资源丰富，具有广阔的市场投资环境；山西煤炭资源丰富，交通运输便捷，有发展工业的良好基础；安徽紧临长三角，具有人才优势，是全国重要的农产品基地、加工制造业基地。六省之间具有各方面的互补性，产业的合作，交通的合作，能源的合作，区域经济合作范围都相当广泛；合作的领域，合作的空间也越来越广阔。我们将以开放的态度与兄弟省份实现优势互补，在合作中竞争，在竞争中合作，共同发展，共同推动中部地区崛起。

产业升级的过程是湖北不断走向强大的过程

谢 新：您刚刚上任不久就对湖北的产业，中部省份的商贸情况如数家珍，超过我们的想象，让我们非常佩服。湖北省在推进产业结构调整和升级，实现区域经济协调发展和共同繁荣方面，有什么具体措施，成效如何？

周先旺：推进产业结构调整和升级，实现区域经济协调发展和共同繁荣，根本出路之一就是进一步扩大对内对外开放，正如湖北省委省政府反复强调的：开放的水平决定发展的水平，开放的空间决定发展的空间。改革开放以来，特别是近些年来我们走过的路子，以及下一步要走的路子，归根结底还是那句话，就是不断扩大对内对外开放，不断提高开放型经济发展水平，为全省经济又好又快发展，为产业结构的优化升级，提供有效的动力和支撑。

在产业升级上，应该说湖北省推出了很多新的举措，除了我们说的对传统的产业进行改造，走现代工业化道路之外，更多的是围绕钢铁、汽车、纺织和IT产业，把这些产业做成产业链。过去湖北是一个重工业省份，传统工业基础很好。有人认为传统工业比重不能大，比重大以后是一个包袱。其实按照现在湖北省委省政府确定的产业链思路，如果结合好的话，湖北发展就会更快。比如说武钢，一年这么大的钢产量，如果说只有钢，只生产钢，或者说下游产品产业链做得不长的话，它的GDP能耗肯定都显得过大，但是把下游产业链做得更长，情形就不一样了。过去我们有钢坯，有型材、线材，现在逐步生产板材，板材下面还有新型薄板。比如武钢这种薄板是生产汽车用的，填补了国内的空白。过去一直依赖进口，现在可以填补国内的空白，附加值是非常高的。

另外一个是纺织，大家都认为纺织这个行业非常传统，纺织这个行业怎么升级呢？它也必须不断提高技术含量，生产很多的新材料，更多地引进健康、环保这些理念来升级。从湖北目前的情况看，升级的情况是非常好的。

再说汽车，湖北汽车最终的发展目标是做到200万辆，规模不断做大。另一方面，要不断开发环保汽车，新型的燃料电池汽车。过去汽车工业采取的多是"尾追"的办法，就是你生产高档车，我也生产高档车，你生产奔驰的车，我就生产接近奔驰的车，这就是"尾追"。我们现在考虑，在怎么做大汽车业的思路之下，采取快速发展，迎头赶上的办法。我们现在新型的燃料汽车，新型的动力汽车发展非常好，它的环保、能耗达标，已经不是一个电瓶车的概念，它采用的是一种新型的燃料电池，这方面已经走在世界前面。我们发展新型燃料电池汽车，具备很多有利的条件。我听科技部的部长说，新型燃料汽车是今后世界汽车产业发展的方向，在美国做一台大概要10万美元，在欧洲做一台大概需要10万欧元，在中国做一台只要10万人民币。目前汇率相差这么大，我们具备很多优势。在汽车产业升级上，武汉、湖北就是重点发展新型燃料汽车，而不是把传统烧汽油、柴油的汽车做到精致。这样在今后的发展中，才能占领制高点。

另一个产业是石化，石化在湖北是一个大的产业，我们80万吨乙烯产业已经开工。围绕80万吨乙烯下游产品，下游的产业链是可以做得很长的。

每一个下游产业链延伸伴随的都是产业升级。这些产业链做长以后，整个湖北的经济规模就非常大了。现在湖北省全省GDP是9700亿，武汉市刚刚加入3000亿俱乐部。这些产业链做长以后，武汉市很快就会进入万亿GDP，湖北GDP就是两万亿、三万亿，甚至更多。我们整个省域的经济发展就会更快，产业升级的过程是湖北不断走向强大的过程。

自主创新，不断提高产品的核心竞争力

谢　新：近年来，湖北省在鼓励自主创新上，树立出口品牌方面取得了哪些成效？下一步将采取哪些措施，请您谈一下。

周先旺：大力发展出口品牌是我国贯彻落实科学发展观，转变外贸增长方式的客观要求。近些年，在自主创新、不断提高我们产品的核心竞争力方面，湖北是卓有成效的。

我就从一个侧面说，比如说广交会，我们过去参加广交会的品牌不多，在100届广交会的时候，我们的品牌展区只有51个，到103届的时候，我们达到94个。品牌摊位的大幅度增长一方面反映了我们创新能力的增强、科技含量的提高和产品竞争力的增强，另一方面反映出湖北省出口商品的结构正在不断优化。比如我们的光谷在全国，乃至全世界都是占领先地位的。前天中央台的新闻联播就专门展示了光谷最先进的防伪技术，过去打上去的防伪商标是单个平面的，现在是多层的、多维的动画图案，你要模仿就非常难了。

2007年湖北省评比出全省45个出口品牌商品，并向商务部申报了全国出口品牌商品。湖北省部分出口品牌商品已经完成了在国外尤其是发达国家的注册认证，取得了通向国际市场的通行证。下一步我们将以转变外贸出口增长方式为主线，积极推进出口品牌建设，力争使湖北省有更多的品牌进入全国出口品牌行列。

农业发展好了同样能壮大一个地方的区域经济

谢　新： 中部地区是我国重要的农业产区，湖北在农产品进出口贸易方面取得了哪些成果？

周先旺： 湖北是一个农业大省，过去好像农业比重高就是一个包袱，农业比重大也是一个地方工业化程度不高的一种表现。其实我们不这么看，在农业产业化、全球经济一体化的条件下，把农业产业发展好，同样能够壮大一个地方的区域经济，我们湖北走的就是这个路子。

五年前，我省农产品出口一直徘徊在1亿多美元。2003年开始，我省农产品出口突破2亿美元，2004年农产品出口达到2.73亿美元；2005年出口达到3.11亿美元；2006年出口达到4.06亿美元；2007年我省农产品出口达到历史最高水平4.68亿美元。这几年我省农产品出口一直呈上升势头。

湖北省的部分特色农产品的出口在全国名列前茅，如我省的蘑菇罐头出口位居全国前列；我省的蜂蜜出口连续五年居全国第一；我省的小龙虾出口过亿美元，居全国第一；我省的鲜鸡蛋出口居全国前列；我省的活大猪出口居全国前列。湖北有一批农产品出口优秀企业，如食用菌出口方面有裕国菇业、中兴食品、吉阳（广水）食品等；酵母类有安琪酵母；水产品出口类有德炎、华山、莱克等。湖北省的食用菌、水产品等成功地进入了准入门槛非常高的欧美日等发达国家市场。

在农产品出口方面，我们下一步将加强农产品质量安全生产，实行源头控制，大力推进GAP建设，提高农产品的国际竞争力。此外我们还要加强农产品出口的公共平台建设，为湖北省农产品出口企业提供全方位服务。将来我们外向型农业的发展前景还要好，出口量将会更大。

湖北外贸出口增长势头强劲，没有出现很明显拐点

谢　新：我们都知道人民币已经"破7"了，湖北的进出口贸易如何应对人民币不断升值的这种状况？

周先旺：人民币对美元的升值对我们的出口确实带来一定的压力，这是一种新的挑战。我们正在积极应对，应该说应对是很及时的。

到3月底，我们的外贸出口同比增长50％，在中部六省我们增幅第一，全国排名过去是16位，到今年一季度末，我们就提升到13位了。在人民币对美元升值的大环境下，在压力很大的情况下，我们积极应对，外贸出口目前还没有出现很明显的拐点，而且增长势头还很强劲。

加工贸易是两头在外的贸易方式，即来料加工，原料是国外客商提供的，销售也是国外客商提供的，国内企业只收取加工费，因此，受人民币升值的影响不大。一般来讲，一般贸易对人民币升值比加工贸易要敏感。

我们采取的主要应对措施，一是选择多样化的贸易结算方式。充分利用人民币对美元、欧元、日元有升有降这一特点，选择不同币种结算，并充分考虑结算时间，有效规避汇率风险。二是提高卖价。出口企业在与客

户签订合同时，将人民币升值这一因素考虑进去，提高卖价，消化人民币升值带来的亏损。人民币升值了，过去的合同坚决执行，新签订的合同我方要调整我们的卖价，这样保证我方合理的利润空间，形成稳定的竞争力。

比如说兴发集团的六偏磷酸钠的出口，过去美国反倾销，说我们有倾销嫌疑，后来他们也对兴发集团实行了一些制裁措施。兴发集团一方面积极应诉，另一方面开拓新的市场，注重结算方式，新开辟的市场主动把价格提起来。兴发集团今年一季度的出口不仅没有减少，而且还上升了。它的结汇不仅没有减少，反而提高了。这就是积极应对的成果。

第三个要注意向内挖潜，我们本币升值了，出口压力变大了，我们就想办法，进一步降低成本，提高竞争力。人民币升值以后，我们通过降低成本同样还有竞争力。

当然，面对本币升值对出口带来的一些新压力，我们要研究怎么扩大内需。过去我们内需不旺、内需不足，现在正好可以把内需扩大，所以我们在农村搞农村超市对接，在城市提高超市的覆盖率，增加低温冷链运转的品种。通过这些办法，我们把内需搞上去，减轻我们生产企业面临的压力。

中博会要办出特色办出水平办出实效

谢　新：还有几天我们的中博会就要开幕了，我们想请您谈一下中博会进展的情况。中博会是中部六省轮流坐庄，在湖北举行的中博会在您的想象当中应该具备一个什么样的特点？

周先旺：中博会是国务院为促进中部崛起创造的一个重要平台，是湖北省对内对外开放、承接产业转移的一个重要机遇。机遇抓好了，对提高我们的知名度，对扩大湖北的影响，对我们承接更多的产业转移项目是非常有意义的。

中博会2006年开始开办，第一届在湖南长沙，第二届在河南郑州，应该说这两省都举办得非常成功。湖南举办第一届中博会为中部地区的崛起吹响了号角，河南去年吹得更响，创造了很多经验。我想我们今年办中博会，不仅仅是为湖北人办的，更多的是为中部六省办的，所以说我们使命在肩，责任重大，但机遇也难得。

中博会是中部六省的盛会，我们要举全省之力，把六省的盛会办好，我们预期第三届中博会无论是邀商，还是项目的对接，还是作为会展经济产生的影响，都会超过前两届，因为我们有前两届的基础，我们有其他五个省的支持，有中央30多个部委的参与，世界的500强对中部地区也非常看好。湖北省委省政府提出本届中博会要办出特色、办出水平、办出实效，中博会要造势，蓄能、得益，这些目标都是能够实现的。

谢　新：非常感谢您在百忙之中接受我们的专访，我们也预祝中博会办得成功、办出特色。

忠诚勇敢善良：
湖北子弟兵用生命守护新藏线

——武警交通八支队湖北籍官兵接受谢新专访

谢　新：听周兵副支队长介绍你们两位是湖北人。在海拔四千多米的高原碰到湖北老乡太高兴啦，请给我们做一个自我介绍吧。

张光武：我是湖北枝江人，1986年12月服役，02年武警交通八支队接养新藏线时我就来到了阿里。

金　波：我是湖北仙桃人，1989年3月入伍，我也是02年来到阿里的。

谢　新：这里条件这么艰苦，环境这么恶劣，武警交通八支队接养新藏线有什么重要意义？

张光武：2002年4月，遵照党中央、国务院和中央军委的命令，武警交通八支队正式组建，挺进阿里，担负起新藏公路从界山达坂到西藏拉孜1375公里的道路养护保通任务。

我们护养的线路要穿过多玛、班公湖、日土、狮泉河、巴嘎、霍尔、神山（岗仁波齐峰）、圣湖（玛旁雍错）、仲巴、萨嘎等地，平均海拔4663米，最高海拔6700米。新藏线是入藏最为艰难的一条线，地质情况复杂，过去车辆陷在泥沙、河流中几天是常有的事。上级指示我们八支队要"上得去、站得住、干得好"，经过几年的奋斗，我们做到了。

实现武警总部首长为我们提出的"上得去、站得住、干得好"的奋斗目标，这是第一个重要意义。

第二个重要意义是我们以专业技术和专业设备树立了武警交通部队不可替代的形象。阿里有解放军、边防部队、内卫部队等武装队伍，老百姓最初非常惊讶和怀疑，身着军装的战士怎么还会修路、管路、养路？随着道路逐步通畅，老百姓认识到了我们武警交通八支队很强的专业性及不可

替代性。我们除了用专业技术及设备履行养护、保通的职责，还要参与抢险救灾、维稳处突。在我们管辖的线路范围内，没有出现人民生命财产受到重大损失的情况。

第三个重要意义是我们为当地的藏民带来了优秀的医护人员和大量的医疗设备，组织医疗队定期为藏民检查身体，送医送药。

"守一方水土，建一方家园"是武警交通八支队建设西藏、发展西藏的奋斗目标。在完成好养护保通任务的同时，我们坚持把驻地当故乡，视人民为亲人，认真履行人民军队为人民的宗旨，想群众所想，急群众所急，开创了军爱民、民拥军、军民团结一家亲的良好局面。

第四点，我们通过不同形式解救遇险群众，挽救了不少生命。

新藏公路横跨昆仑山脉10多个雪山达坂，冬

▲ 守护新藏线的武警交通八支队战士

季积雪，夏季洪水、泥石流翻浆泛滥，粉土、塌方频繁，被称为公路灾害的"博物馆"。尽管我们具备了很强的公路维护力量，但由于滑坡、泥石流等自然灾害时有发生，还是会遇到不少险情。在新藏公路上，你们随处可以见到"您已进入武警交通部队管养路段！""有困难请找武警官兵！"等巨大的标语牌。司乘人员的求助都能及时得到武警交通八支队的援助和解决。

七年来，支队累计出动兵力6480多人次，车辆、机械1945台次，清除积雪路段1840公里，抢运各种物资600多吨，解困遇险群众3700多人，解救被困车辆1500多辆。

谢 新：我们了解到八支队倡导"海拔高吓不倒、条件差难不倒、任务重压不倒"的"三不倒"精神，战士们是如何做到的？

金　波： 如果从狮泉河到界山达坂走一遭，你们沿途会在公路上、帐篷中、军营里看到我们八支队战士们被紫外线灼黑的脸、被狂风吹裂的唇、被沙砾磨出血的手，这就可说明一切。这几年下来，没一个战士有怨言，没一个战士想退缩，没一个当逃兵。军人以服从命令为天职，这就是我可爱的战友们。他们唯一的愿望就是报纸上、电视里有他们的消息和形象，好让家乡的亲人们知道他们的情况。

谢　新： 一路上我们的摄影记者用镜头记录了战士们那一张张青春、质朴、帅气、腼腆的脸庞。能不能给我们说一下最令你们感到欣喜的事？

金　波： 那就是听到藏民和过往的百姓说路走得快了，路好走了！

谢　新： 守护这条"铺在天上的国道"，让八支队的官兵付出了很多，你们心底最不能触碰的是什么？

金　波： 最让我痛惜的是为了养护这条公路献出生命的战友。"如果我死了，就把我埋在新藏线，我要永远守护天路。"在海拔5200米的黑卡孜达坂，我们一个士兵倒下了，他的临终遗言成了每一个护路官兵忠诚的承诺。

每次经过战友牺牲的地方我们都会送上两瓶酒，点上三支烟，祭奠年轻的生命。一年中有七个月见不着老婆孩子，最怕接老婆电话问何时回家……

谢　新： 如果上级能满足您一个心愿，您最想干什么？

张光武： 回家。我的妻子也是一名军人，我俩曾经是战友，她对军人职业的特殊性有感受，能理解，没有她的支持我走不到今天。

谢　新： 军人的家属把长夜的孤寂留给了自己，把挺立的背影留给了你们。

张光武： 是的。我最大的缺憾是对家庭尽的责任太少，作为父亲、儿子、丈夫，我要做的事情太多。

谢　新： 八支队有多少名湖北籍官兵？请你们简单地概括一下湖北籍官兵的特点。

张光武、金　波：武警交通八支队大约有三十多名湖北籍官兵。湖北籍官兵的特点是忠诚、善良、勇敢，具有强烈的责任感！

谢　新：我们眼前这两位英武的湖北籍军官同八百八十名八支队来自全国各地的战友们一道，辗转炫目高耸的雪山、渡过蜿蜒宁静的湖泊、穿越凄迷苍凉的沙漠，坚持"建养结合、以养为主、保障畅通、逐步改善"的原则，改变了219国道路况较差、冬季不通车的历史，于2003年实现了新藏线的全年通车。

崔讲学：深化气象服务，为湖北经济发展保驾护航

——湖北省气象局党组书记、局长崔讲学接受谢新专访

做好气象长期预报工作

谢　新：崔局长，您好！欢迎您做客新华网。气象与我们每个人的生活密切相关，武汉的春天似乎很短，脱下了冬装不久就要换上夏装。近几天的气温上升也很快，请崔局长介绍一下，与往年相比，今年以来我省的天气气候有什么特点？

崔讲学：湖北的气候特点是夏冬长、春秋短。今年以来，我省大部地区气温偏高、降水偏多，气候比较反常，主要表现在四个方面：一是气温总体偏高、冷暖变幅较大。与历史同期相比，大部偏高1.0℃左右，其中1月、3月和4月上旬气温明显偏高，2月、4月下旬由于降水较多，气温略偏低。二是极端高温事件频发。1月份全省有1／3以上的站点最高气温或平均气温排历史同期首位。今年以来，气象卫星遥感共检测到全省197个林火热点，远高于历史同期。三是降水北多南少，时空分布不均。一般来说，我省的降水是南多北少，但近年以来的降水有些不同，与历史同期相比，鄂北地区偏多1～7成，其他地区偏少1～2成。从时间分布来看，降水主要集中在2月和4月。四是持续较严重阴雨寡照天气。4月中下旬我省出现持续阴雨天气，雨日数南部达15～17天，北部达11～14天。降水虽然缓解了北部地区旱情，但诱发了农业病虫害的发生。

谢　新：从五月份起到今年年底的气候发展趋向将会怎样？跟往年相同，是不是比较容易出现极端气候现象？崔局长能否预测一下。

崔讲学：今年的气候趋势我们已经做了预测，并向相关的领导、生产部门提供了服务。但是气象长期预报在理论上还有很多不完善的地方，所以准确率比较低。总体说来今年大的趋势是跟去年差不多，但是有几个特殊点跟去年很不一样。首先跟去年不同的地方，今年春季的冷暖温差很大；第二，从气象角度来说今年南海季风到来特别早，比往年提前了几天，大量水汽会从印度洋方向输送过来，因此空气中水汽含量会增加；第三，今年太平洋可能会出现厄尔尼诺现象，赤道东部水温偏高。这几点会给今年夏季的气候造成不可预计的影响。由于湖北处于长江流域，降雨将出现总体偏少、局部偏多的情况，也有可能出现极端天气，进而造成灾难。

谢　新：今天崔局长的到来同时也带来了一场及时雨。这次武汉以及全省大部分地区都会有为期几天的明显的降水过程。请问这次的降雨是不是意味着湖北正式进入汛期了呢？

崔讲学：从气象业务来说，湖北的汛期每年从5月1日开始，9月30日结束，这次降水过程是今年入汛以来首场强降水天气过程，标志着我省正式进入汛期，防汛工作已经开始。这次湖北省中部及中北部大部分地区都会有大到暴雨，局部可能会超过150mm，可能对当前的春播、油菜收割等农业生产造成一定的影响。所以前几天我们一直在密切监测天气变化，及时发布了预警信息和决策服务产品，并提醒相关部门关注防范强降水对农业生产的不利影响和加强防御局地强降雨引发的城市内涝、滑坡等灾害。

目前天气形势比较复杂，赤道中东太平洋海温开始上升，正在酝酿一次厄尔尼诺现象，使得汛期气候趋势预测的不确定性和难度加大，这些不确定因素给我省气象服务工作带来了挑战，今年汛期防汛和抗旱工作都不能掉以轻心。

谢　新：与全国其他省市相比，我省的汛期气象工作有些什么特点？

崔讲学：总的来说，我省汛期是暴雨、冰雹、雷电、大风等强对流天气多发季节。由于湖北处于长江中游，是一段"洪水走廊"，又处于南北过渡地带，长江、汉江在此交汇，还有遍及全省的大中型水库，汛期天气形势十分复杂，梅雨期多暴雨，容易形成洪涝灾害，山区则可能出现的山洪、滑坡、泥石流等灾害，加上近几年城市化发展出现的内涝、风灾，都会对人民群众的生产、生活和社会稳定造成威胁。这是我省防汛的重点和特点。

我省汛期天气形势复杂，梅雨期多暴雨，出梅后则常有伏旱或伏秋连旱，所以每年都会出现局部洪涝和干旱灾害并发的现象。

准确的预测预警机制是防灾减灾的关键

谢　新：对于这些气象灾害，我们采取了哪些减灾、防灾措施？

崔讲学：防灾减灾以预防为主，准确的预测、预警机制是关键，对于可能出现的极端天气首先要在思想上、工作上做好充分准备，把损失降到最低。另一方面，近年来我省结合省情实际，在坚持做好长江及其支流的防汛气象服务的基础上，主要采取了两方面措施：

第一，大力推进气象暴雨灾害预警服务向基层延伸。湖北省山区多，地形复杂，遭遇局地强降水发生时易产生泥石流、滑坡等山洪地质灾害。2013年我们加强了气象灾害风险预警服务，中小河流洪水风险、山洪灾害风险预警命中率达到90％，为各地政府安全转移避险人数14余万人提供了科学依据。同时，气象灾害风险预警还支撑了民政部门迅速掌握灾情、防汛指挥部门及时进行分类指导，大大降低了气象灾害造成的经济社会损失。

第二，完善了高温干旱防御气象服务措施。针对近年来我省区域性干旱灾害连续发生的情况，我们充分利用多种途径发布高温、干旱预警信息，提醒公众谨防异常高温的影响，引导公众全面了解、科学应对当前高温天气，有序开展生产生活，同时我们还加强了决策气象服务。2013年夏季我省出现了大范围严重旱情，由于我们决策气象服务切入早，提供了科学的对策建议，在省委省政府的部署下，我们及时实施飞机增雨作业17架次、地面作业534次，有效地保障了群众生活和粮食生产稳定。

防灾减灾的工作成果不仅仅是气象部门的成绩，也有全省相关部门积极配合的功劳。

落实《湖北省气象灾害防御实施办法》，保障人民生命财产安全

谢　新：最近，省政府常务会议审议通过了《湖北省气象灾害防御实施办法》，该办法将于今年7月1日起施行。请崔局长介绍一下这个办法的出台背景，以及对我省防灾减灾将有什么帮助。

崔讲学：省委省政府对气象灾害防御工作非常重视，希望通过这个办法提出应对极端气象灾害的有效措施，提高我省应对气候变化的能力。这个办法出台历时两年，在省政府法制办的组织下，经过了省内外调研、专家论证、征求各相关厅局意见、向全省公开征求意见等程序，最终在2014年3月31日省人民政府常务会议审议通过，4月18日公布，自2014年7月1日起施行。

《湖北省气象灾害防御实施办法》共25条，是对2011年12月1日湖北省人大出台的《湖北省气象灾害防御条例》的细化和补充，重点在"政府主导、部门联动"上做文章，细化了各级政府、各相关部门面对不同类型的气象灾害应采取的措施。

办法提出了进一步整合现有的防灾资源的理念，对形成气象防灾减灾社会合力有较强的指导作用。办法主要明确了三个"整合利用"，一是开展跨区域、跨部门的气象灾害联合观测，建立气象灾害监测信息共享平台，加强气象灾害应急处置会商。二是充分利用政府各部门现有的信息传播渠道，传播气象灾害预警信息。三是充分利用现有的避险场所，要求制定学校、体育馆、人防工程等作为气象灾害应急避难场所。

《湖北省气象灾害防御实施办法》一方面将我省实践中的成功经验以制度的形式予以固化，一方面学习了外省的先进经验，具有较强的操作性。主要体现在针对我省多发易发的暴雨、高温、干旱、大雾、霾、低

温、大风等七类气象灾害，明确了有关部门、单位和个人在相应级别的预警信号发出后，应当采取的专门性应急处置措施。

我们下一步也将以抓好这个《湖北省气象灾害防御实施办法》贯彻落实工作为契机，加强与有关部门的合作，大力提高社会方面的气象防灾减灾意识，努力保障人民生命财产安全，减少极端气象灾害带来的各种损失。

城市运行管理对气象服务提出新要求

谢　新：5月12日是防灾减灾日，今年的主题是"城镇化与防灾"，我们也感受到气象服务在城市生活中出现的频率越来越高、服务范围越来越广，刚才您也提到一个"旱"、一个"涝"，是气象防灾减灾必须应对的挑战，请崔局长给我们介绍一下我省城市气象服务开展的情况。

崔讲学：防灾减灾日是国家高度重视的提醒防灾减灾的日子，旨在唤醒人们对防灾工作的重视。今年的主题是"城镇化与防灾"，与农村相比，城市人口更加密集、用水用电的需求更大，经济要素较为集中，居民出行活动更多，更加关注道路交通运行是否通畅。最近几年城市气象灾害有所增加，比其他灾害形式造成的损失更大，暴雨等极端恶劣天气往往造成城市渍涝，从而引起人员伤亡和经济损失。比如去年的北京、前年的济南，我们武汉也出现过"到武汉看海"的说法，这些都是城市渍涝所造成的。这种情况给城市的运行管理带来了新的挑战，所以近年来针对"城市运行管理对气象服务提出的新要求，城市居民日常生产对气象服务精细化需求更高"的情况，我们加强了城市气象服务。

首先，我们加强了暴雨引发的城市内涝风险预警服务研发，努力降低不利天气对城市交通产生的不利影响。2013年武汉市气象局与水务局建立了城市排涝应急联动机制，为城市排水提供气象技术支撑，联合发布了精细化的城市渍水预警信息，有效保障了城市安全运行。当前，我们正在将

▲ 武汉市气象部门在武汉南湖社区建成了湖北省第一个气象防灾减灾示范社区

这项业务向其他市（州）推广。

其次，我们加强了高温热浪、雷雨、大风及其次生灾害预报预警服务工作。其中，我们重点加强了电力气象服务。2013年高温期间我局向有关部门提供气象咨询服务20次、各类专业气象服务产品73份，为全省电力科学调度、用电量实现四次刷新历史纪录提供了有力支撑。

第三，我们加强了与有关部门的合作，努力拓展城市气象服务领域。例如，我们与国土部门联合开展地质灾害气象风险预警工作，与环保部门建立了雾霾应急响应联动机制，与交通部门联合开展了高速应急气象服务等。去年为改善武汉城市空气质量，气象部门还开展了人工增雨作业除尘试验，取得较好结果。

我们认为，做好城市气象防灾减灾，一方面是气象部门要提供更专业、更精细化的服务，另一方面是城市居民能及时根据气象灾害预警信息采取有效的防范措施。在生活中掌握一些避灾、自救技巧，能够在灾害来临时进行有效的防灾自救。比如大雨洪水后，车站是较易出现人员伤亡的地方，这个时候应该格外注意，尽量避开事故易发区域。掌握这些防灾技巧有助于在灾害来临时从容不迫，可以减少人员、财产损失。

去年底武汉市气象局在武汉南湖花园中央社区建设了我省第一个气象防灾减灾示范社区，由社区组织开展日常的气象防灾减灾科普活动，并在收到气象灾害预警信息后指导做好有关防范工作。我们希望这种形式也能得到普及和推广。

谢　新：崔局长为我们网友提供了一些有效的预防气象灾害的方法以及保护自己生命财产安全的措施。雾霾是现代城市生活中无法避免的问题，气象部门在为净化城市空气方面有些什么好建议？

崔讲学：雾霾是近几年较为突出的城市灾害，引起了社会的广泛关注。从本质上说这是一种环境灾害，但是与气象的关系也很密切。雾霾的形成包括两点，一是空气的颗粒物的含量，二是大气扩散的条件。这种颗粒物往往由我们的工业生产、生活中使用的有机染料产生，如汽车尾气、工地扬尘等等，当大气较为稳定时就容易形成雾霾，而空气扩散条件较好时，比如大风天气，空气质量就会明显改观。因此雾霾的防御也与我们的经济活动密不可分，需要我们在发展经济的同时尽量减少大气排放，降低大气中颗粒物的含量。另一方面，大气活动可以由气象部门进行预报、预警，在大气稳定、不利于扩散的情况下可以提醒公众注意雾霾天气。解决雾霾问题需要相关部门通力合作，齐心合力才能把这项服务工作做好，这也是为我们的子孙后代造福。

创新农业气象服务新模式

谢　新：湖北是农业大省，俗话说"湖广熟，天下足"，表明湖北农业占有很重要的地位。我们常说"靠天吃饭"，说明农业与气象的关系非常密切。请崔局长介绍一下我们省气象为农服务的情况。

崔讲学：农业直接受到天气条件的影响，和气象的关系非常密切，因此气象部门自成立以来，主要的职责也是为农业服务。改革开放以后我国农业得到了巨大发展，尤其是近几年现代农业的发展出现了很多新的生产方式，对气象工作提出了很多新的要求。因此我们面向农村经济社会发展需求，大力推进为农气象服务"两个体系"建设。

第一，加强农村气象灾害防御体系建设。目的是出现气象灾害时能够及时、有效地将气象灾害信息传递给农民，使农民采取必要措施，尽量减少损失。近年来我们构建了有效的基层气象应急减灾组织体系，目前全省有一千多个气象信息服务站，农村气象信息员三万多人，实现了村村覆盖；进一步建立完善了气象预警信息发布网络，农村气象减灾防御能力得到有效提升。另一方面，我们开展了分灾种的气象灾害风险区划，向广大村民发放了"气象防灾减灾明白卡"数百万张，发放科普宣传手册、农业气象服务手册近十万册，通过这些方法宣传普及气象灾害防御知识。

第二，加强农业气象服务体系建设。湖北省农业形态丰富多样，粮食生产、淡水渔业，这些对气象条件非常敏感，因此我们开发了乡村气象信息服务网站、县级农业气象业务系统、市县级气象服务平台；针对每个县的农业特色，集中开发了35种农用天气预报、22种农业气象灾害指标，13种精细化农用天气预报和7种精细化农业气象灾害监测产品。同时我们还针对种粮大户、涉农企业、农业生产合作社提供"直通式"农业气象服务，为保障我省粮食生产"十连增"发挥了重要作用。

下一步，我们将结合湖北实际，寻找推进两个体系建设的突破点。一是依托于全省农村网格化管理建设，进一步提升农村气象灾害预警信息传播及时性和覆盖率，提高农村气象灾害防御能力。二是依托社会力量，培育农业气象服务社会组织，探索农业气象服务社会化，创新农业气象服务新模式。

谢　新：听了崔局长的介绍，我们了解到，气象部门不仅在提高预报准确化、精细化上采取了很多措施，还在完善气象灾害防御体系、推进城市气象服务、深化为农气象服务方面做了很多努力。我们相信，在气象部门的努力下，气象将更多地融入经济社会的发展，服务百姓生活。我省的气象防灾、减灾能力也会有新的提升，我们也希望湖北省气象局能够为湖北的发展做出更大贡献。非常感谢崔局长接受新华网的专访。

闫春亚：从历史和艺术的角度
品鉴纸制品收藏

——武汉收藏品市场董事长兼总经理闫春亚接受谢新专访

近万件展品亮相第二届纸博会

谢　新：闫总，您好，非常感谢您接受新华网的独家专访。第二届全国纸制品收藏博览会将于4月24日正式开幕，请闫总介绍一下这次博览会有哪些亮点、主要特色是什么？

闫春亚：第二届全国纸制品收藏博览会可谓亮点纷呈、特点突出。主要有五大主题活动：第一是全国纸制品精品展，将有八大展区、近万件展品在纸博会亮相，这些展示精品很多是目前国家博物馆、军事博物馆没有的展品；第二是高层论坛，我们将组织中国票证、中国书报刊和中国扑克等三场高层论坛，这在全国收藏界也很少见；第三是专家讲座，这次博览会邀请了四位在纸制品收藏方面资深的理论家、学者、收藏大家现场进行专题讲座，在了解纸制品收藏发展史的同时，市民还可以零距离与他们互动；第四是免费鉴赏，将有42位专家亲临现场，为市民免费进行纸制品、古玩、珠宝、艺术品鉴赏，可以算是国内目前最强大的专家队伍，市民可以把宝贝拿到现场给专家进行鉴赏，从中体验收藏的乐趣；第五个主题活动是大型拍卖会，权威的拍卖机构、种类众多的藏品，必将成为这次纸博会最大的亮点。

近千件拍卖品中，很多是国内拍卖品市场首见的孤品，且价格较低。其中文物艺术品拍卖亮点很多，尤其是瓷器类，都是经过国家文物局备案的精品。纸制拍品中有民国元年的军券，目前国内这是孤品；20世纪60年代毛泽东为日本工人运动的题词邮票，当年发行后由于一些客观原因进行了销毁，存世量非常少，前两年国内拍卖价格为一枚130万，本次上排价格

80万，升值空间很大。这些藏品形成了"多元并存"的艺术格局。书画类作品中有张大千、徐悲鸿、黄胄、柳亚子、左宗棠等人的作品，价格非常适中，升值空间很大。并且这次拍卖作品全部保真，本市有实力、有鉴赏水准、有投资眼光的收藏爱好者都可以参与到拍卖中，一定可以淘到宝贝。藏品中包前孕后，文脉传承，可以满足广大群众日益提高的文化需求。

举办本届纸制品收藏博览会，我们按照武汉市城市精神，"敢为人先，追求卓越"，力争把这次博览会举办成规格最高、水平最高、在全国影响力最大的收藏盛会。

从历史的见证中生发回忆与感怀

谢　新：据了解，第一届纸制品收藏博览会于2013年9月在上海举办，博览会展示了书报刊、票证、烟标火花、地图海报、邮票画片、连环画、扑克牌、文献史料等各类展品。提起第一届纸制品收藏博览会，至今还有人津津乐道。请闫总介绍一下，本届纸博会有哪些浓重的本土艺术特色？

闫春亚：这次纸博会主题是"博览楚风汉韵，传承中华文化"。首先，我们专门设置了荣获国际国内集邮大奖展区，由湖北省收藏家协会和省直机关集邮协会主办，此展区有"德国通货膨胀时期函件邮资（1920－1923）"展集，该邮集展示了德国恶性通货膨胀时期的邮政史，曾获得2013第三届东亚邮展大镀金奖，还有印花税票、日本生肖邮票等七部专题40个国际标准展框展集。集邮专题展技术含量较高，能够办这样的展览，本身说明在集邮方面已经上了一个台阶，达到了一定水准。

其次，我们举办了"百年大武汉城市记忆展"，展示的藏品包括清代武昌府科举考试"身份证"、卢汉铁路征地契约、委任黎元洪为鄂军政都督的《湖北公报》、辛亥革命十八星条指挥刀、武汉战事纪念章、北伐时期郭沫若的《武昌城下》、武汉抗战中日部署地图、武汉抗敌会传单、日军战地拍摄的"武汉沦陷"影集、武汉解放情报地图、武汉解放纪念邮票、第四野战军三年战绩大画册、武汉长江大桥施工照片集、民国初期驻鄂步兵花名册、武汉解放时留用水警名册、1950年熊辉致湖北省人民政府临时救济辛亥首义同志名单等等，这些展品由市收藏家协会专门提供，部分藏品曾经在武汉解放60周年纪念活动中展出，当时引起了中央电视台的注意，现场拍摄并制作了180分钟的专题节目。这次我们进行了认真总结归纳，多方面丰富了藏品，"百年大武汉城市记忆展"对文化内涵和城市发展将起到一定的影响。

　　第三是"关公和水文化"展，此展区收有荆州12部收藏作品，荆州古城在三国时期是兵家必争之地，这次展示也是对荆楚文化的一次总结，非常有地域特色。

　　所以这次博览会也是我们贯彻武汉市政府"建设文化五城"所作的主题工作。本次纸制品收藏博览会在提供艺术鉴赏的同时，也将推动各地藏友与专家的交流、探索、研究和思考。

　　谢　新：我们了解到第二届全国纸制品收藏博览会的候选城市众多，武汉成为举办地来之不易，在争取主办这次博览会的过程中发生了哪些令您印象深刻的事情？最终得到第二届纸制品收藏博览会的主办权，我们的优势在哪里？

　　闫春亚：第二届全国纸制品收藏博览会有五家省会城市申办，武汉的优势我个人认为有以下几个方面：第一，武汉市文化底蕴厚重，收藏品丰富，武汉收藏品市场在全国纸制品收藏市场中名列前茅；第二，武汉市有丰富的全国性活动举办经验，我们曾经在2008年举办了第七届全国票证交流展示大会，到会近千人，全国95％以上的"票王"云集武汉，当时也举办了精品展和理论研讨，全国影响力大，大家受益匪浅，也为全国收藏界留下了一个情节；第三，第二届全国纸制品收藏博览会得到了硚口区政府和武汉市供销合作总社的大力支持，武汉市供销合作总社是武汉市收藏品

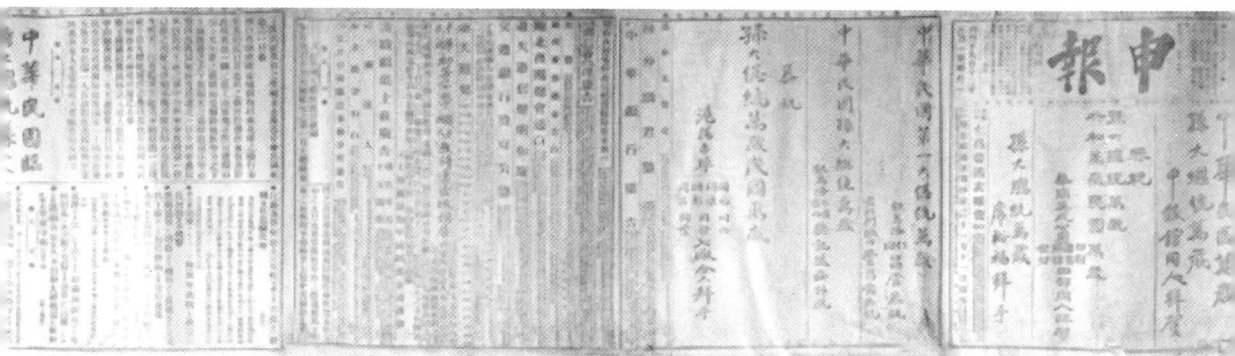

▲ 1912年1月1日《申报》，清朝灭亡民国建立的见证者和记录者。国内仅存两件，一件在上海博物馆，一件在世纪阁报馆。顶级珍品。

市场的主管单位，为了举办本届纸博会，从人力、物力、财力上给予了大力支持，并且专门组织青年志愿者为大会提供服务。这次博览会有强有力的组织、领导基础，是我们申办成功的主要原因。

谢　新：为了保障本届纸博会顺利举办，武汉收藏品市场做了哪些准备工作，在硬件、软件等方面有怎样的提升？另外举办这样的大型博览会人流量将会比平时多得多，组委会是否有相应的应急措施应对突发状况？

闫春亚：2013年获得了第二届全国纸制品收藏博览会主办权后，我们精心策划、精心组织、精心设计、精心实施，目前准备工作已全部就绪。整个博览会设主会场和分会场，主会场在武汉国际会展中心，为了做好主会场的准备工作，我们成立了六个工作组，为了保障博览会安全有序地进行，我们采取"安全区域网格化"管理，通过市公安局的组织协调，安全工作已经做好预案，将确保这次参展的精品、拍卖品和参观人员的安全。同时，现场安排了志愿者，将对参观人员提供细致服务，构筑本届纸博会新亮点，由武汉市供销社团委发起征集志愿者70名。

在珍品中探索社会、经济、文化发展的巨变

谢　新： 有了这些安全措施，相信这次纸博会一定能够安全、圆满地进行。

本次博览会设有学术研讨会及纸制品收藏专题讲座、收藏品免费鉴赏等环节，我们想了解一下，讲座是针对专家的有深度、广度的艺术交流，还是给玩家和藏友普及艺术品鉴赏知识？通过这样的活动，对武汉乃至全国纸制品收藏市场会有怎样的推动和促进？

闫春亚： 本届纸制品收藏博览会内容非常丰富，我们在4月26日上午安排了四位专家进行现场讲座，讲座将紧扣每个类别的主题采取图文并茂的形式进行讲解，并且将进行现场互动，对于有一定水平的藏家可以提供所需要的专业知识，对于一般爱好者或新手也可以现场与老师们进行互动答疑。

本次展品中有1912年1月1日的《申报》，是顶级珍品，是清朝灭亡民国建立的见证者和记录者，国内只存有两件。从这些珍品中可探寻中国的社会、经济、文化发生的巨大变化，兼具专业性、学术性价值。

谢　新： 我们想请闫总做一个预测，这次纸制品收藏博览会拍卖活动的市场估值将会是多少？

闫春亚： 这次拍卖会拍品近千件，总价值在40000万，根据我们目前对国内艺术品拍卖现状的了解，预计成交大约在2000万左右。

谢　新： 通过闫总的介绍，第二届全国纸制品收藏博览会是否可以视为武汉纸制品展会史上展品最多、涵盖面最广的一次博览会？

闫春亚： 是的，可以这样理解。第二届纸博会不仅有湖北本地的展品，也有来自北京、上海、福建、台湾等地的收藏爱好者携宝而来。本次展会的主会场武汉国际会展中心展览面积4700平方米，现场共计340个

国际标准展板和287个展柜，将为全国的纸制品收藏爱好者带来一场精神盛宴。

向中华供销合作社成立六十周年献礼

谢　新：我们期待在这次展会中一饱眼福，也希望有眼光的藏家能够在拍卖品专场上有所斩获。

我们了解到，这次博览会中有900余件关于全国供销经济发展史的藏品，从中折射了供销社六十余年的发展轨迹。这次纸博会为什么要设置这个环节？请您介绍一下。

闫春亚：本届纸博会设有全国供销经济展区，有两部展集17框，分别是"合作社股票"和"供销合作社经济"，展品近千件。这是全国首次以中国供销合作经济活动为内容的展集，展品涵盖了全国各省、市、州、县。展集以供销社经济活动为经线，以供销社经济活动中遗留的股票、票证、社员证为纬线，力图勾勒出供销社经济发展的脉络，展示供销社在国民经济中的重要作用。举办全国供销经济展区的初衷是考虑到我国是农业大国，农民占有主体地位，现在农民在经济方面的活动正在逐渐被人们遗忘，我们希望"供销合作社经济展览"能尽量还原供销社六十年的发展历史，让大家有所了解，探索农民在我国政治经济中的演变轨迹。其中合作社股票是从1949年延续到改革开放，从一张股票中我们可以发现，当我们国家经济稳定、没有自然灾害时，农民分红就多一些、收入好一些，一旦有动荡或自然灾害时，农民的收益就会减少，这也反映了社会现象。此外，今年是中华供销合作总社成立六十周年，我们也想借此次展览进行庆祝。

谢　新：可以从多元的视角看到我们国家的创新和探索。

自成功举办首届纸博会后，上海聚奇古玩城的知名度得到了极大提升，大家对展出的藏品收藏价值和认知度也达成了一定共识。通过举办本届纸博会，将为武汉市收藏品市场带来什么改变？

▲ 供销经济展区展示的广
西自治区浦北县第九区供销
合作社股票

闫春亚：这次纸博会的举办对
武汉收藏文化产业的健康发展将起到
巨大的推动作用。纸制品收藏目前已
经引起了馆藏的高度重视，民间藏品
在近几年都得到了一定升值，这种升
值要感谢藏家和经营者，他们也是在
为全社会保存传统物件。通过举办这
次纸博会将引起政府和更多行业的关
注，有利于产业对接、信息畅通以及
民间与行业的互动，对于保护我们的
珍贵历史物件有更大的促进作用，一
件件收藏品可以准确反映各个时代的
风貌，让我们看到文化的价值。

为藏家和爱好者搭建畅通的平台

谢　新：通过这次纸博会的举办，相信藏家会越来越多，武汉市收藏品市场下一步发展规划是什么？也请闫总为藏家和玩友支支招，提一些好的收藏建议。

闫春亚：举办本届纸博会后，武汉收藏品市场将继续按照武汉市供销合作总社的要求，在市场发展上将寻求规模拓展，在办市场的同时将更注重收藏文化活动的开展，真正为收藏家和爱好者们搭建一个畅通的平台，促进产业健康有序地发展。

关于收藏，我认为有三点很重要：第一是爱好和兴趣，第二要有闲钱，第三要有闲时。三个方面结合，使"收""藏"兼而有之，在"收"中体会乐趣，在"藏"中提升内涵。此外，可以比照专家的点评以及拍品展示，以此判断藏品的收藏价值和升值走向。

谢　新：我们怎么防止收藏市场中鱼目混珠的现象，如何让藏家和玩家擦亮眼睛，收藏到真正的精品？

闫春亚：收藏的魅力之一就在于真真假假，俗话说得好，"水至清则无鱼"，收藏就是考验玩家的眼力。现在收藏类别很多，收藏关键在于爱好者的兴趣在哪方面。我建议可以从纸制品入手，目前纸制品收藏还是一个投资洼地，市场上真品达到90％以上，假东西非常少，另一方面，纸制品承载的信息量很大，不一定能很快理解透，通过交流、研究，慢慢发现其中的信息，能够享受到更多乐趣。

谢　新：谢谢您的专业建议。最后我们祝愿第二届全国纸制品收藏博览会圆满成功，也谢谢闫总接受新华网的专访。

王斌：武汉剧院是武汉
演出市场的历史见证

——武汉剧院总经理王斌接受谢新专访

谢　新：王总，您好，欢迎您做客新华网！我们了解到您非常熟悉武汉市的演出市场，您觉得现在的武汉市演出市场和过去相比有什么不同呢？

王　斌：十分感谢新华网对我们武汉市演出市场的关注和大力支持。武汉市的演出市场近十年可以说是日新月异的一种发展。坦率地说，十年前在武汉市看演出，半个月一周可能找不到一场演出；而今天武汉的文艺演出市场，已经达到了一天有五六个剧场同时都有演出。我记得去年在中南剧场，一天有四台文艺演出，证明武汉的文艺演出市场今天是十分活跃的。在之前，也就是十年前，武汉演出市场一年的营业收入只能到3000万，如今估计接近3个亿，这是一种发展趋势。

武汉剧院是武汉人民心中的"人民大会堂"

谢　新：我们知道武汉剧院已有五十多年的历史，在老武汉人眼中是占有非常重要地位的，现在整个武汉也有大大小小各种各样的剧场、剧院，包括刚才我们也聊到的琴台大剧院、琴台音乐厅，武汉剧院在整个武汉市的剧场当中应该处于怎样的水准？

王　斌：武汉剧院成立于1959年，应该是有五十多年的历史，武汉剧院应该是武汉演出市场历史的一个见证。五十余年，当时武汉就这样一个独家剧院，武汉所有的演出、所有的好的节目都是从这个剧场走出去的，是武汉的文艺演出的一个见证。

谢　新：武汉人有一个口头禅就是"武汉剧院是武汉的人民大会

堂"，因为除了有这么多精彩的剧目在武汉剧院上演以外，还有武汉市的人大、政协会议，各种讲座和大型活动都会选择在武汉剧院。我知道王总有一个新设想，就是想把武汉剧院打造成"中国最美的花园式剧院"，是什么促使您萌生这个想法？

王　斌：我们讲"武汉的人民大会堂"，可以这样说，某种意义上是会议的中心，当然更应该是我们人民的家园、人民的花园、人民的乐园。因为一年的会议只有大约不到一个月的时间，那么更多的时间应该给市民从事文化娱乐活动。

谢　新：昨天晚上我刚刚在武汉剧院看了一场大型的新编越剧《董小宛与冒辟疆》，在进剧院之前，我听到一帮票友说：如果武汉剧院有好的演出，愿意天天来。您也希望武汉剧院成为市民休闲娱乐的好去处，武汉剧院的得天独厚的优势体现在哪里？

王　斌：因为武汉剧院有五十多年的发展历史，在五十多年前，武汉剧院这个地理位置都是很优胜的，是武汉市的心脏。那么今天依然是武汉市的中心，武汉市的心脏。包括它在步行街的旁边，包括今天地铁时代的发展"坐地铁，看演出，武汉剧院独一家"，这也是大家熟悉的宣传语。

谢　新：我看了武汉剧院的全年演出的剧目单，不但有传统的戏曲剧目，也有一些国际顶尖演出团体的经典剧目，同时还举办了一个戏曲节。武汉剧院全年的演出剧目，是如何规划的？

王　斌：我们主要是从全年的情况，根据各个层次，青年人、老年人、中年人、文艺青年、娱乐青年，多种角度来考虑全年的节目，那么我们应该说所有的类型，高雅的、通俗的、儿童的、白领话剧的都有。

谢　新：在剧场看演出，肯定是和进影院看电影不同的，因为舞台有布景、灯光、配器等等，它的演出成本可能也会要高一些，演出的票价也会相应的较高一些，我们武汉剧院是用什么样的方法吸引观众走进剧院观看演出的呢？

王　斌：毕竟一个是市中心，一个是武汉市有五十多年历史的剧

▲ 武汉剧院老照片

院，所以我们正在力求把身份放下来，把票价放下来，让老百姓都能承受，我们相信未来的票价一年会比一年低。

国有剧院要肩负社会责任

谢　新： 我们在设定这些演出剧目的时候，有些剧可能叫好不叫座，而且不是每一场演出都会有盈利。那么对于王总来说，挑选这些剧目的标准和初衷又是什么呢？

王　斌： 讲实话，我们是一个国有剧院、国有公司，我们的角度还是和民营的公司有所区别的，民营公司主要以盈利为主，他们看上这个节目一定要有盈利，是不能亏损的。我们因为是国有剧院、国有公司，有一种社会责任，我们希望把各种类别、各种形式的演出都引到我们剧院。坦率地说，我们上半年的节目时常是赔多赚少，下半年的市场会好一些，我们基本上能够扭亏为盈。

谢　新：我想问一问王总，不知道您方不方便透露，武汉剧院目前哪些场演出既有社会效应又有经济效益，而且又赢得了老百姓的口碑，请您给我们做些介绍。

王　斌：经典的剧目，大投入、大制作、大影响，像我们09年演的《大河之舞》，像我们07年演的美国百老汇《42街》，像我们去年演的《妈妈咪呀！》，是老百姓欢迎又有盈利的。

谢　新：我们也希望更多这样的剧目能够走进武汉剧院，剧场有一个好的收益，也让老百姓也能够享受精神的盛宴。武汉剧院自制了汉味十足的喜剧《海底捞月》，目前也进行了两轮的巡演，这个剧目的演出效果怎么样？

王　斌：这个剧目很适合武汉市甚至湖北省的老百姓，他们非常喜欢。坦率地说，我们湖北包括武汉的观众，他们也非常可爱，北京上海的观众一到岁末年初，他们组织活动，大多看高雅艺术，交响乐、芭蕾舞，他们都是在这样一种高雅艺术的熏陶下迎接新年的。我们湖北省武汉市的观众有独特的欣赏角度，他们喜欢由轻松、愉悦、雅俗共赏的方言喜剧陪伴着迎接新年，所以我们就推出这样的方言喜剧，十分受老百姓欢迎，同时取得了非常好的票房。

"双零"模式走向全国

谢　新：我们也希望更多这样的剧目能够涌现。我们知道武汉剧院正推出一种"双零"模式，也请王总给我们具体介绍一下这个"双零"模式是怎么回事？

王　斌：我们这个"双零"模式是针对今天演出市场的"三高"来设定的，"三高"就是高演出费、高场租、高票价，让老百姓看演出，他会说：你演出票这么贵，我一辈子不看，我生活得也很好。我们必须要向这种演出市场的"三高"宣战，所以我们就大胆地提出"双零"模式，"双零"模式就是"零演出费、零场租"，把整个成本降下来，更重要的就是把实惠给老百姓，把票价降下来，让老百姓买票能够买得起，能享受观看演出的愉悦。

谢　新：推出了这种"双零"模式以后，目前剧院是不是有一些改进？

王　斌：通过"双零"模式，我们的演出十分活跃，但是我们武汉剧院的经营是十分良好的，而且剧院是盈利的。推出这样一种新的模式并走向全国，目前是一个探索，也希望"双零"模式能惠及更多观众，但经济效益方面效果不佳。

▼ 武汉剧院

谢　新：但是这种方式还是应该继续推进。每次我们来看演出的时候，市民把观看演出当成一种很高雅的生活方式，包括他们的着装、他们的谈吐，都感觉到一种很浓的文化氛围，是和剧院融为一体的。我们想知道您对未来的演出市场有什么样的看法和展望？

王　斌：我们希望未来做一个复合型的演出市场，复合型的剧院的打造，这个就是刚才谈到的我们想把武汉剧院打造成中国独家的花园式剧院，让老百姓走进来不是来看演出的，走进来看到的是小桥流水，闻到的是花香鸟语，听到的是莺歌燕舞。到武汉剧院不是来看演出的，是喝一杯咖啡，享受周末娱乐休闲、花香鸟语的一种氛围，那么在这样的氛围下，再来观赏一场演出，相信老百姓得到一种综合的复合型的收获，才会有越来越多的人走进剧场。

走进剧院是通往梦想的途径

谢　新：现在已经是我们全年的第四个季度了，在这里也想请王总给我们透露一下明年武汉剧院将还有哪些精彩的演出？

王　斌：我们明年还会继续举办戏曲文化艺术节，把更多更精的中华传统戏曲经典作品带给武汉观众欣赏；我们每年都将引进一到两部百老汇经典剧目来剧院演出；同时我们还计划引进威尔第的歌剧《茶花女》，有人说有歌剧演出的城市才是最有文化的城市。我们主要是希望把武汉剧院先打造成汉派百老汇的发源地。百老汇模式——美国几条大街上有30多家剧院，等于就是这30多家剧院吸引着全世界的游客，吸引着纽约的观众，把娱乐的形式做到了极致。所以我们也希望把武汉剧院打造成一个汉派剧场，用武汉人的一种轻松愉悦的方式打造汉派文化喜剧，让更多的人走进剧场观看演出。

谢　新：听您的介绍是不是明年将会有更多本土的戏曲剧目来登上我们武汉剧院的舞台？

王　斌：我们要自己打造我们自己的剧团，做我们自己的剧目，做老百姓喜欢的剧目，这样我们的成本就会大大降低，我们的票价会让老百姓都能接受。同时，我们明年还有一个新的设想，就是我们的每张票能够含餐，我们除了花香鸟语、小桥流水、莺歌燕舞以外，还能够有创意美食。如果我们一家三口，我们亲朋好友走进剧场，能够在享受美食的同时再能观看演出，这个可能就会给大家带来更多的愉悦之感，让大家更愿意走进剧场观看演出。

谢　新：那我们也期待着武汉剧院有更新更好的发展，也希望它能够成为武汉市民生活中不可或缺的重要的一部分，同时我们也祝愿武汉剧院成为真正的汉派百老汇发源地！

王　斌：非常感谢，我们一定努力为武汉观众提供最精彩、最美好的娱乐享受！

谢　新：谢谢王总接受我们新华网的访谈。

李发平：武当山离世界旅游
目的地近在咫尺

——武当山旅游经济特区工委书记、管委会主任李发平
接受新华网、秦楚网联合专访

武当山大兴六百年，十个甲子玄妙轮回

谢　新：李书记您好，感谢您接受新华网、秦楚网的联合专访，我是新华网湖北频道的主持人谢新。公元1412年明朝的永乐皇帝开启了两项大的国家工程，就是"北建故宫、南修武当"。今年武当山将举行一系列的庆典活动来纪念武当大兴六百周年，我们想请您给我们介绍下相关情况。

李发平：好的。今年是武当大兴六百年。六百年前，明永乐皇帝北建故宫，南修武当，同时开启了两个国家级工程，圆了一个帝国的太和梦。六百年后，又是十个甲子的玄妙轮回，世纪工程南水北调即将完工，武当山下太极湖（丹江口水库）的水也将送到北京。我们武当山特区决定举办系列活动庆祝这个重要时刻。这项活动也得到了湖北省委、省政府和十堰市委、市政府的高度重视。

武当大兴六百年庆典活动，现在已升格为由湖北省人民政府主办，也得到了国务院批准。这是一个伟大的历史事件，非常具有纪念意义。为了把这个庆典活动做好，我们将举办十大活动，包括武当大兴六百年盛典和"盛世中华·太和武当"大型纪念晚会、玉虚宫等十大工程落成典礼、第九届中国摄影艺术节暨第二届"太极湖杯"中国武当国际摄影大展、中国紫禁城学会年会、"和谐之道"文化论坛暨中国道教名山联谊会、第四届世界太极拳健康大会暨第六届武当国际太极拳联谊大会、中国艺术名家"书画武当"等等。通过这些活动来宣传武当，宣传十堰，宣传湖北，使中外嘉宾更多地了解湖北，了解十堰，了解武当，让武当走向世界。

谢　新：这样的一系列活动会吸引更多的游客来关注武当山。武当大

兴六百周年的纪念盛典和全国第十二届村长论坛是十堰市确定的今年五件大事中的两件，我们也想请您介绍一下这两项活动的筹备情况。

李发平： 武当大兴六百年纪念盛典已被列为湖北省的一次重大活动，活动将围绕"盛世中华·太和武当"这个主题把武当的"太和"思想宣传出去。现在我们国家是太和盛世。原来武当山叫太和山。"太和"就是最高的和谐，是人与自然的和谐，人与人的和谐，人与自身的和谐，与我们当前提倡的和谐社会、科学发展观是一脉相承的。

第十二届全国村长论坛，是全国村社协会组织的，这是针对三农工作、关注三农工作的论坛，是全国高规格的一次盛会。参加论坛的村官，来自全国各地发展比较好的一些村，像江苏的华西村、山东的沈泉庄村、福建的龙岩村等等。这些村，很多都是上亿资产甚至几百亿的资产。为什么选择武当山举办第十二届论坛呢？我想主要是考虑到武当山有与旅游结合比较紧密的村庄，叫"文旅农三位一体，天地人和谐共生"。村长论坛去年在山东沈泉庄村召开，沈泉庄村发展不错，经济实力非常强，有三个上市公司，有几百亿的产值，年税收十多亿，是全国学习的榜样。今年论坛在武当山举办，主要是看中了这里的生态、和谐、文明等特点。

谢　新： 我们也希望通过十二届村长论坛活动的推动，在武当山地区涌现出与华西村齐名的知名村落。

李发平： 从经济上讲，我们跟别人还是相差很远的。但是从文化角度、自然资源角度、和谐角度看，我们这个地方生态非常好，人与自然天人合一的这种景象非常好，所以村长论坛选择了这个地方。

武当山有山有水，还有文化

谢　新： 2011年的5月25日，国家旅游局在北京举行了国家5A级旅游景区的授牌仪式，武当山旅游区荣升为国家5A级的旅游景区，那么在这么多的5A名胜景区中，您觉得武当山与其他5A景区相比有什么不同，它最独特的地方在哪里？

李发平：武当山这个5A景区应该说是名副其实。因为武当山这个地方，有山有水有文化。有山有水堪称为风景，况且它还有博大精深的道家思想，中国的国学——道家文化让这个仙山更加有灵气了。俗话讲，山不在高，有仙则灵。武当山品牌很多，它有十个头衔。一个是"世界文化遗产"，1994年武当山和布达拉宫、山东的"三孔"还有承德避暑山庄一起列入世界文化遗产，它代表了中国的儒释道三家；它同时又是国家"两园"，地质公园、森林公园；它也是"三区"，国家首批公布的风景名胜区、国家5A景区、欧洲人喜爱的中国十大风景名胜区；武当山还有"四地"，中国避暑胜地、太极拳发源地、中国道教圣地、海峡两岸交流基地。

武当山春季山花烂漫，夏季绿树成荫，秋季层林尽染，冬季玉洁冰清，自然风光非常美。武当山还有一个"七十二峰朝大顶"的壮观美景，它所有的山峰都朝向一个主峰，地质状况很奇特。一般的地方没有这样的场面，这是个世界奇迹。美国一家电视台拍的"中国七大奇迹"就把武当山列入其中了。

武当山下的丹江口水库，大家都知道这是南水北调的水源地。这个亚洲最大的人工淡水湖水域面积超过了1000平方公里，蓄水量达到了300亿立方米，相当于千岛湖的3倍。严格意义上讲，水位蓄到168米之后可以形成万岛湖。我们把丹江口水库起了一个更有文化、国学味道很浓的名字，叫"太极湖"。中央电视台，还有各大媒体经常出现的"问道武当山，养生太极湖"指的就是我们这个地方。

武当山有山有水，还有文化。鲁迅先生讲，中国的文化根底在道教。武当山应该是中国最大的道场，它延绵140华里，整个建筑群有27000多间，而故宫只有9999间半。武当山和北京的故宫出自同一个设计师——蒯祥。为修武当山，永乐皇帝及明朝下了将近四百道圣旨。永乐皇帝对武当山的管理、建设、发展非常关心，他提出了一个理念，其山本身分毫不能修动，所有的建筑要依山就势，巧妙布局，若隐若现。武当山现在的九宫八观、三十二庵堂、七十二庙宇都是依山就势、巧妙布局的，蔓延在崇山峻岭之中，非常自然，天人合一。

武当山还有道家思想、太和思想。道家讲"中和、葆和，太和"，武当山叫太和山，太和就是最高的和谐。北京故宫里有太和殿，这里叫太和山，寓意就是天下太和，用和谐思想治理国家。我们还有一个玄岳门的门牌坊就叫"治世玄岳"，当时皇帝的意思就是用道家的和谐理念来治理国家。道德经里讲"治大国若烹小鲜"，就是不折腾。一个好的政策，要坚持下去，小平同志也讲过"一百年不动摇"。所以道家这种博大精深的思想跟我们当今的科学发展观应该是一脉相承的。

▼ 武当山风光

武当山常年仙雾飘飘，"武当山灵"深入人心

谢　新：听您盘点武当山的诸多名胜后，感觉到您不仅仅是武当山特区的工委书记，而且是一名优秀的导游。

李发平：谢谢。

谢　新：您曾经说过，"没有一流的宣传就没有一流的旅游"。"武当山灵"这一句广告语已经深入人心了，一个"灵"字就使整座山活起来了。在这里我想问问您，您觉得是山灵还是武当山的签灵？

李发平：为什么我们把武当山诠释为"灵"呢？中国的名山很多。我们知道华山险，庐山秀，黄山奇，泰山雄。武当山我想的一个字就是"灵"，那么怎么灵呢？我们的诠释是，武当仙境，神秘空灵；武当武术，玄妙飘灵；武当文化，华夏魂灵。这就是我们说的"武当山灵"的本意。

武当仙境，就是七十二峰这种自然景观形成了武当山独特的山势。过去皇帝把他最大的神权所在地放在武当山，说明了它的自然风光是很好的。武当山处在中国的腹地，华夏的中心，属于鸡心位置，这里的生态资源很好。秦岭和华山在这里相遇，形成了独特的地势地貌，山清水秀非常有灵气。武当山一年四季气温非常好，夏无酷暑冬无严寒，四季无大风，风调雨顺。武当山常年仙雾飘飘，非常有仙气，非常有灵气。

武当武术，根植于道家文化沃土之中，讲中、讲和、讲九宫、讲八卦，就是"四两拨千斤、三寸取一丈"那种理念，"绵似香灰硬如钢"。它所表达的一种道家思想就是"得道多助，失道寡助"。武术最低层次是手里有剑，第二层次是手里拿木剑，第三层次是手中什么都没有。什么都没有就是"道""道德"，以"德"来征服别人，就是"不战而胜"那种理念。我们有一首歌曲《天下太极出武当》歌词写得很好："水之阴，山之阳，天下太极出武当。有极无极成太极，一缕真气胸中藏。追风的腿，

219

拂云的掌，八卦神游走四方。慢似闲云快如电，绵似香灰硬如钢。宽袍大袖随风舞，紫发长须任飞扬。有容乃大，无欲则刚，至真至善乐无疆。人生取舍静中动，世间进退柔克刚。雄心壮志随风舞，大海长天任飞扬。"它把道家的形、太极的形讲出来了，也把太极的思想讲出来了。这种伟大的思想，证明了武当的这种灵气，也是武当的活化石。

还有一个"灵"就是武当文化，华夏魂灵。鲁迅先生讲中国的文化根底在道教。道家思想讲究"厚德载物""天人合一"，"道生一、一生二、二生三、三生万物"，就是说万事万物都要遵循规律。什么是道？道就是规律，道就是万事万物的规律、自然的规律、做人的规律。经商要讲诚信，做干部要勤政廉洁，这就是规律。做教师就要为人师表，所有汽车都靠右走。遵循规律才不会乱套。

比如我们的一个道廉文化基地，它就讲守住一口"井"的道理。"井"就是规矩，形成一个方格，限定你在这个地方活动，你不能超越这个范围，超越这个范围就违规了。如果你违规，做出不廉洁的事情，井水就泛红了，泛红就喝不成了，就会失掉这口井。

不让一个游客受委屈

谢 新：据了解，今年1~4月武当山风景区接待了中外游客140余万人次，比去年同期增长了33.6%，创出了历史的新高。随着游客的蜂拥而至，景区是如何保证服务水平的？怎么样增加旅客对武当山的愉悦度和对武当山评价的美誉度？

李发平：这也是我们非常重视的一项工作，我们提的标准是"不让一个游客受委屈"。我们在三个方面加强这项工作。一个在硬件上我们加大投入。我们对景区索道进行了改造，花了两个多亿引进了奥地利的索道，现在我们索道的安全性在全国是数一数二的。今年的索道年会就在武当山开，就是因为这个索道比较好。在旅游乘车上，我们采用了环保车。为了安全，所有游客把车开到景区门口以后，乘坐我们的环保车进山，车上还有一些武当山的风光介绍。游客中心建设，游客的乘车、购票，包括网上购票，包括自动讲解机，包括景区的卫生间、景区公路，全部提档升级。

我们投资了一千多万，对整个景区的卫生间进行了改造。曾经有一位领导看了我们的卫生间后说，这是他见过的景区比较好的厕所之一。我们还实行了景区卫生"八分钟"保洁制，对山上搬迁的农民，每家安排一个护林防火工人或者一个环卫工人，一个人负责两百米或五百米，他就不停地在这个路段走，打扫卫生，做些保洁工作。

在软件建设上，我们成立了"小红帽"，统一着装、统一管理、统一培训，都是新招的大学生，有一支100多人的队伍管理景区。景区的标识标牌都进行四种文字——英文中文日韩文书写。最主要的是对景区的个体经营户进行严格管理，明码标价，不准拉客宰客，为广大游客提供一个舒适的硬件软件环境，提高了武当山的知名度和美誉度。

"焦点之下蚂蚁变成大象，热点之中沙子变成黄金。"我们在宣传上投入的力度也比较大，在中央一台、四台一天12次的广告宣传，在《半月谈》《中国旅游报》等媒体进行宣传，在武汉和西安等客源地进行推介，既影响有影响力的人，又影响大众，所以今年的旅游人数、综合收入、经济收入提升很快。

谢　新：通过这一系列的举措，使旅客感觉更安全更舒适更便捷了，来武当山的人会更多。

李发平：对，让武当山更加有吸引力。

古建筑群是武当山的生命

谢　新：武当山是举世闻名的世界文化遗产，恢复古建筑的完整性，对保护风景名胜资源，加速旅游资源产业的开发，推动武当山旅游经济的发展，具有十分重要的意义。那么武当山特区成立之后是如何处理和把握遗产保护和旅游开发两者之间关系的？武当山特区政府在古建筑的恢复与保护方面又做了哪些工作？

李发平：对于武当山古建筑的恢复我们是慎之又慎的，我们严格按照"保护为主、合理利用、科学规划、严格管理"十六字方针来进行管理。古建筑群是武当山的生命，武当山是因为古建筑群才被列入世界文化遗产的。旺盛时期，武当山的房间有27000间，绵延140华里，应该是世界上最大的宗教建筑群。27000间房，比故宫还要大三倍，故宫是9999间半。27000间房一个人一天住一间的话，要住到老，住到八九十岁。所以我们提出的口号就是"要像爱护眼睛一样爱护世界文化遗产"。

古建筑是不可复制的，我们这几年根据抢救性保护规划，对南岩宫、五龙宫、玉虚宫、净乐宫、古神道等进行了抢救性保护，其中有些是恢复，通过这种恢复工作使武当山世界遗产的完整性得到了加强。这几年仅这块就投资了两个多亿。这两个多亿是不包括遇真宫的。这次遇真宫单个项目国家投资了1.8亿元，遇真宫主要是进行抬升，就地抬高，特别是几个碑亭要就地顶升，这是个新科技项目，中央电视台计划对它进行一个月的追踪报道。这也说明了我们国家对文化遗产保护的决心，投入这么大的资金在一个单项项目上面，是很少见的。一个遇真宫抬升就投入了1.8个亿，这充分说明了我们党和政府对文物保护的力度。

谢　新：是不是可以这样理解，单靠武当山政府来对文物进行修复和维护的话可能有些力不从心，但是有了国家的支持，有了大家的支持，我们就可以把这项工作长久地进行下去。

李发平：我们自己投入是一个方面，省里市里以及国家每年都会有资金支持对这些项目进行保护。这方面有严格的审批制度，武当山62处古建筑群已全部列入国保单位了，我们在维修过程中每一项都必须报国家文物局审批，批准后才能实施，有严格的修复程序。

谢　新：其实武当山特区的管理是一件很有趣的事情，您一方面要管

理梳着发鬏插着发簪的道教人士，另一方面也要管理行政部门那些靠纳税人供养的公务员，那么这个关系您是如何来协调的？

李发平：国家公务人员也好，宗教人士也好，目的都是一样的，就是守好这片山，守好这片人类留下的宝贵遗产。特区公务员这方面是按照国家的政策对全区进行保护。在宗教人士方面，按照国家的宗教政策有几个庙观是由道人来管理的，他们也管理得非常好，没有欺客宰客的现象发生，而且增进了以庙养事。在这一块，我们尊重他们的习惯，按照国家的宗教政策进行管理，不是强制性地管理。武当山是道教名山，首先要和谐，我们的宗教局和道教协会在全山的管理上还是非常和谐的，没有

▲ 2009年10月26日，武当山静乐宫玄帝殿复修竣工举行重光仪式。静乐宫始建于明永乐十六年，1958年因兴修丹江口水库被淹，宫中的牌楼、龟驮碑等一批文物搬迁至丹江口新建建筑中。

发生不愉快的事情。

谢　新：也就是以一种更人性化的管理方式来管理。

李发平：是的，大家互相关心，互相帮助，互相支持。它就像中国的太极图，中国人都追求圆满，中间一个S线，可以理解为委曲求全。人与人之间是和谐的，黑眼睛里面有白点，白点里面有黑眼睛。你中有我，我中有你。

好的影视作品对于宣传一个地方能起到很大的作用

谢　新：近年来武当山特区政府在旅游文化的推广上做了不少的工作，有影视作品，有网络展示，还有交流活动。我曾经到西藏旅游，在山南地区，那里的湖北援藏干部随身带的影视作品光碟中就有李若彤版的《武当》。武当山特区政府是不是会继续打造这方面有影响的精品力作？

李发平：这是我们一直以来关心重视的事情。一部好的影视作品对于宣传一个地方是能起到很大的作用的。少林寺就是靠一部《少林寺》电影，占了改革开放的先机，利用香港人来拍摄，加上李连杰很好的武功，使少林寺一下子走红了。

武当山也拍过武当的电影、武当的电视剧，张纪中版的《倚天屠龙记》就是在这里拍的，还有尤小刚的《猎人笔记》。最近我们也拍了两部电影，一部是《武当少年》，还有一部是《大武当》。《大武当》将于7月6号公演，主演是杨幂和赵文卓，是炙手可热的影视明星，内容属于寻宝系列，这个片子拍得很不错。

还有一部是电视剧《大武当》，有30集，它里面穿插有一些和谐理念。就是通过寻找建文帝这样一个线索布局谋篇，最后故事的结局是一个大和谐的结局。冤冤相报何时了，天下还是姓朱嘛，你何必要赶尽杀绝！编剧编得挺好的，最后侄子与朱棣相认。故事虽然是虚拟的，但是情节很有意思，很离奇，追求的是一种人与人之间的和谐。

当今世界，和平与发展是两大主题。世界要和平，国家要和谐，家庭要和睦。遵循道家这样的一种思想、太极的理念、和谐的理念，人与人之间的相处就会和谐一点。当然，更重要的一点就是人自身的和谐。金木水火土，心属火，遇事多冷静少发火，不在急躁的时候决策，自身心态好，对身体健康也有利。

谢　新： 希望通过这些影视作品能够更好地推广我们的武当文化。

李发平： 对。

武当山离打造成世界旅游目的地目标近在咫尺

谢　新： 十堰市政府提出要把武当山打造成世界旅游目的地。我想请问一下李书记，您觉得我们现在的状况离这个目标还有多远呢？

李发平： 我们离这个目标应该是说远也远，说近也近。如果我们把武当山山上这一块儿保护好，把山下太极湖生态经济示范区这一块儿建设好，打造世界旅游目的地也是近在咫尺。

为什么这么说呢？武当山的资源太好了，有山有水有文化，也可以说是大山大水大人文。在同一个地方有这么好的东西复合型地聚集在一起是很少见的，所以我们这次跟台湾的千岛湖、阿里山义结金兰。武当山、阿里山，太极湖、日月潭，都结为友好景区。当然我们也在向国内的一些先进景区，比如九寨沟、峨眉山、黄山，不断地学习。

武当山目前的状况，仅从旅游的人数和景区管理看在中国景区应该是前十名，应该进入了第一方阵。中国旅游专家魏小安先生讲，武当山的资源太好了。他说，你们是一流的资源，把市场再做大，不得了。他说在中国很难找到武当山这样的复合型景区，资源是绝对一流的。他希望我们把景区的管理、市场做好，争取成为"世界旅游目的地"，成为"世界知名、国际一流"的风景名胜区。

谢　新： 我们也期待着武当山变得越来越好。"白云黄鹤道人家，一琴一剑一杯茶"，相信这是很多人追求的一种意境。在访谈即将结束的时候我也和李书记一块儿邀请大家到武当山来。也谢谢李书记在百忙之中接受新华网和秦楚网的联合专访，谢谢您！

李发平： 欢迎各位中外游客到武当山来！我祝各位游客福寿康宁！以武当的名义欢迎大家！

李洪敏：旅游和文化结合起来
才有持久生命力

——巴东县委书记李洪敏接受谢新专访

巴东是巴楚文化、土苗文化、长江文化、红色文化、抗战文化等在三峡地区的交汇点

谢　新：李书记，您好！非常荣幸应邀来参加第三届巴东·中国三峡纤夫国际文化旅游节，也感谢您在百忙之中接受我们新华网的专访。我们知道，巴东·中国三峡纤夫国际旅游节今年是第三届，和前两届相比，这届的亮点是什么？

李洪敏：中国三峡纤夫国际文化旅游节在巴东举办了三届，每一届都有每一届的主题、不同的特色和亮点。第三届的主题和亮点在于我们主打文化品牌，我们提出了"文化高铁"这么一个口号。

通过这次的纤夫文化旅游节，我们要深度挖掘巴东丰富的文化资源。巴东的文化资源非常丰富，而且底蕴也非常深厚。巴东建县已经一千五百多年，叫"巴东"这个名字，就已经一千四百多年了。

为什么叫"巴东"呢？古代有一个巴国，我们是巴国的东部地区；同时我们又处在大巴山的东部，所以叫"巴东"。单从"巴东县"这个名字一千四百年的历史来看，就能说明我们巴东历史文化的积淀是非常深厚的。所以巴东是巴楚文化、土苗文化、长江文化、红色文化、抗战文化等在三峡地区的交汇点。

巴东最具特色的文化亮点，就是纤夫文化、寇准文化。纤夫文化形成于过去那个贫穷时代，交通不发达，长江有一大批纤夫拉纤，来保证轮船通行。这些人为生活所迫，靠拉纤来维持生活。现在，随着新中国的建立，随着改革开放的深入，人民群众的生活都已经很富裕了，拉纤已经不

是谋生的手段了。

纤夫文化的内涵在于团结、坚韧不拔、顽强拼搏

谢　新：如果不是举办这个纤夫旅游文化节，我们在长江边就看不到拉纤的纤夫了。

李洪敏：对！它已经不是一种谋生的手段了，它已经成为一个文化的项目，一个旅游的项目。

我们为什么要主打"纤夫文化"这张牌呢？"纤夫文化"它的内涵就在于团结、坚韧不拔、顽强拼搏，它的团队精神。因为拉纤是要几个人一块拉的，所以说它需要齐心协力的团队精神。同时，拉纤是很辛苦的，所以，它需要一种不畏艰难险阻的拼搏精神。而且它是一直往前走，所以它需要力争上游的进取精神。同时，长江是我们中华民族的母亲河，海纳百川，纤夫文化也包涵这么一种精神。

为了深度挖掘巴东地域文化的特点，打造我们的文化品牌，所以打出"纤夫文化"这张牌。我们设计的口号是"世界纤夫在哪里，三峡巴东神农溪"。在一定意义上说，全世界目前只有在我们巴东，在我们长江三峡的神龙溪上活跃着一大批纤夫的身影，这就是纤夫文化。我们举办中国三峡纤夫国际文化旅游节，在于弘扬"纤夫文化"，弘扬我们巴东丰富的文化。

第二个方面，这次文化节我们主打文化牌，安排了一系列的文化事业和文化产业项目活动。其一，就是与湖北红色世纪文化旅游公司合作，以它们为主要团队投资兴建巴楚新时代文化广场。这个广场建起以后，在这里可以进行文化影视作品的放映、文化作品的推介、文化休闲以及文化产品的市场拓展等等，可以丰富巴东人民群众的文化生活。其二，我们与他们将合作拍摄电影《情漫巴东港》。这是一部在巴东港发生的，以巴人、巴风、巴山、巴水为背景的情感大戏，演员的阵容是非常庞大的。通过这部电影的拍摄，来展示巴东的风土人情。其三，我们将与北京红色世

▲ 纤夫在巴东县神农溪畔拉纤，牵引游客上行

纪影视文化传播公司签订一个大的合作项目，这就是要建设巴国古城文化旅游产业园。按照这个框架的构想，有巴国城、唐宋城、土司城、巴东老城以及巴东不夜港、古城堡式国际休闲度假示范城、三峡国际游艇俱乐部、三峡移民博物馆等七大板块。通过产业园的建设，一个方面很好地展示巴国古代的文化，将它与现代文化完美地结合；另一个方面以此为创作、拍摄的基地，创作更多的文化影视精品，推动文化产业的发展。通过文化产业的发展，带动巴东经济社会的全面发展。我们有理由相信，这不仅将是文化产业的大"草坪"，更是经济社会发展的大"草坪"，而

且，它应该是我们巴东打造中国旅游强县，打造全国民族文化传承保护示范县非常好的基地和平台，或者可说成是一个孵化器，一个放大器，一个推进器。这是一个很好的项目。其四，我们将在县城神龙溪小区新建一个影视文化活动中心，投资应该是两个亿。以此，把我们巴东的地域文化、民族文化很好地进行展现。同时，把它打造成人民群众喜闻乐见的文化的展示平台，打造成人们休闲娱乐的一个好场所，丰富、提升人民群众的文化生活水平。

从这一系列的文化活动当中，应该看得出来，我们这次纤夫节的一个主题，就是土家族文化。所以说，这也是我们巴东提出要打造"文化高铁"这么一个口号的一个依托。

这些项目都只是一个具体的载体和平台。我们巴东要打造中国的旅游强县和全国民族文化传承保护示范县，我们还将展开一系列的活动，还要采取一系列的措施。首先，我们在思想上要认识到文化对经济社会发展的重要性。文化是一个民族和一个地方的灵魂，是人类思想的根，也是一个民族的根。文化品位的提升对一个地方经济社会发展，对一个地方人民群众文明开放的程度和人口素质的提高，包括人的智力的提升，作用和意义都是非常重大的。所以，我们在思想上要充分认识到文化的重要性。其次，就是文化和旅游怎么样很好地结合的问题。我们的这个纤夫节叫作国际文化旅游节，是文化和旅游融合在一块儿的节日，我们要把文化和旅游充分地融合起来。

按照景区的标准来建设巴东

谢　新： 越是民族的就越是世界的，通过这种融合把巴文化充分地对外展示。

李洪敏： 对！就是这样！因为我们的文化资源非常丰富，而且正如您所说，越是民族的就越是世界的，就越是永恒的，越是有生命力。我们的民族文化资源很丰富，底蕴非常深厚，怎么样向世界展示，向社会展示呢？

我们要借助旅游这个平台，所以，我们的节庆就定为纤夫国际文化旅游节。就是要把文化和旅游很好地融合起来，以文扬旅，以旅助文，实现它们的良性互动。只有旅游和文化很好地结合，才是永恒的，才有持久生命力。

基于这几种考虑，同时也是结合巴东的实际情况，想把我们的资源很好地利用起来，所以我们提出来建"文化高铁"，用文化和旅游统领经济社会的发展，按照旅游的理念发展经济和社会事业。按照景区的标准来建设巴东，把文化融合到经济社会发展的各个方面。这次纤夫节非常鲜明的主题、非常突出的亮点，就是主打我们巴文化、纤夫文化这张牌，高扬我们巴文化旗帜，把我们巴文化更好地推向社会、推向世界。

文化搭台、经贸唱戏给巴东创造了无限商机

谢　新：您的介绍为我们勾勒出一幅巴东未来文化发展的蓝图。节庆活动一般都是文化搭台、经贸唱戏。在这次巴东的中国三峡纤夫国际文化旅游节当中，签订了哪些大的经贸项目？

李洪敏：这届纤夫节当中，安排了一些经贸项目，同时，一大批的经贸项目通过节庆的举办也正在洽谈和拓展当中。这次活动安排的项目，比如说，深圳市津龙腾实业发展有限公司投资兴建的支井河水库电站的开发，今天举行了奠基仪式，投资是五个亿。再比如说，我们开发区同时有好几个项目在开工，这都是纤夫节活动的一个重要内容。

依托纤夫节，有一大批客商、一大批投资商来巴东进行投资考察，进行投资洽谈。所以说，我们一系列的活动正在洽谈和沟通当中。比如中百集团就准备在我们巴东建一个大型的购物中心，重庆的民生集团准备投资实施巴东的天然气项目，瑞阳实业有限公司准备投资老年公寓项目等等。

从这次节庆举办的效果来看，不管是已经谈成的，还是正在洽谈的，都充分说明了文化搭台、节庆搭台、经贸唱戏的方式在这次节庆活动中收到了很好的效果。

谢　新：文化搭台、经贸唱戏给巴东创造了无限的商机。

李洪敏：对，带来了很多新的发展机遇。

充分地利用人脉资源为地方经济社会发展服务

谢　新：我们了解到著名导演郑克洪是湖北巴东人。他曾经导演过许多电影、电视剧作品，在国内外都获得了诸多的殊荣。巴东县委、县政府有没有想到利用好这张名片，更好地扩大巴东的知名度？

李洪敏：充分地利用好各种资源，特别是人脉资源，为地方经济社会发展服务，这既是地方党委政府工作的责任，也是很好的工作方法。巴东具有得天独厚的条件，可以说是一个机遇。

郑克洪导演是我们国家知名的中青年导演，他导演、创作的作品获得过国家"五个一工程"奖。比如《朱德元帅》《沉默的远山》，这都是国家大力扶持的、高度肯定的精神上的大片。他导演和创作了很多优秀作品，他是我们巴东人民优秀儿女的一个杰出代表，我们深深地为有他这样优秀的人才而自豪。这是巴东非常难得的人脉资源。

郑导还有一份热爱家乡、回报家乡、建设家乡的赤子情怀。他表示要把他的才智，把他的能力，乃至把他的资源和他的财富，用到家乡的建设上，投身到家乡建设当中来。我觉得这是巴东更为难得的机遇，我们要非常珍惜它。

在第三届纤夫节上，郑导与巴东县委、县政府将签订一系列的协议。比如说，拍摄《情漫巴东港》电影、新建巴东时代文化广场、投资新建巴国古城文化时代产业园等等。这一系列项目的实施，一方面是郑导个人对文化事业执着的追求；另一个方面，他通过采取这种方式，让巴东能够有更好的发展平台，通过文化事业、文化产业的发展带动，推动巴东经济社会的全面发展。通过一系列的大手笔，为巴东转变经济社会发展方式，落实科学发展观，实施武陵山区试验区建设战略，以及从实施长江经济带和鄂西生态文化旅游圈"一圈一带"的发展战略等方面助力。

通过与郑导一系列文化产业的合作，为我们招商引资、扩大巴东的影响、引来更多的名人和实业家、让更多的朋友来关注巴东建设巴东提供帮助。

巴东旅游要"从看景点，向品文化转变"

谢　新：我们在这里也祝愿郑导能够为巴东锦上添花。通过前面您的介绍，我们了解到巴东县委、县政府在旅游方面的一系列的举措。我们还了解到您还提出巴东旅游要"从看景点，向品文化转变"，请您介绍一下这方面的内容。

李洪敏：看景点应该是我们旅游发展几个层次中的一个阶段。一般我们谈到旅游，可能首先想到的是出去看，看些什么东西，主要是看景点，景点更多的是体现在自然资源上，或者是人为的景区上。我个人认为这应该是旅游的一个初级阶段。

随着社会的发展，随着旅游业这个朝阳产业在国民经济社会发展中地位的提升，旅游业如果还是单纯停留在原来比较浅显的看景点上，那么旅游业发展就不可能上一个更高的层次，人民群众的需求也会受到制约。

所以说从旅游更高层次的发展来看，从人民群众更高层次的需要来看，从经济社会发展，从优化经济结构的趋势来看，从提升人民群众内在的生活水平，特别是满足人们的精神追求来看，旅游业必须赋予文化的内涵，文化应该成为旅游的灵魂。

旅游真正发展的高层次应该是品文化，这才是旅游真正发展的方向和真正的归属。

那么怎么样来品文化呢？这应该是一篇大文章，一篇应该做好，但不太容易做好，又必须做好的一篇文章。品文化，它重在一个"品"字，品的是什么东西？是文化这个东西。

首先必须要有文化让人家品，然后你的文化才能够让人家品出味，你才有鲜活的生命力和持久的生命力。我认为，文化首先是依托本土文化资源，其次是挖掘、开发好这个文化资源，最后是创造好文化资源。

我们说高举文化大旗，这个文化应该是民族的文化、地域的文化。具体到巴东，这就应该是纤夫文化，还有寇准文化、土苗文化。我们应该把巴东鲜活的地域文化、民族文化这张牌打好，把这张大旗高高地举起来。

我们在纤夫节上，结合红色世纪文化旅游公司投资的一系列项目，提出巴东要迎来一个新的"文化高铁"时代。为什么叫"文化高铁"呢？就像恩施打破交通制约瓶颈，走上经济社会发展的高铁时代，"文化高铁"是一个借喻。文化对于一个地方，对于一个民族，在思想上，它是根，是魂。我们要充分认识到文化本身的重要性和它的地位，应该把文化这面大旗好好地举起来，高高地把它举起来。

巴东山不再高，地不再远

谢　新：今年是"十二五"的开局之年，巴东要进入一个崭新的五年了，那么巴东在未来的五年有些什么具体的计划，你们有没有一个具体的打算？

李洪敏："十一五"时期，是巴东的经济社会发展比较好的时期，尽管我们起步晚，基础比较差，底子比较薄，而且移民的搬迁安置、安全生产等各方面任务都非常重，但是我们取得了经济社会快速发展的好的成效，为"十二五"的发展打下了一个比较好的基础。

"十二五"时期将是我们国家快速发展的一个好的时期，国家出台了一系列利于人民群众，也利于地方经济社会发展的好政策，也给我们提供了好的机遇。湖北省委、省政府提出"十二五"时期湖北省要实现跨越式发展，巴东同样也提出了巴东要跨越式发展的目标。我们发展的战略就是生态统领，产业兴县，科学发展，和谐包容。这次博鳌论坛的主题就是包容性发展，我们很荣幸巴东也提出了这个口号，正好不谋而合。

我们同时还提出了奋斗的目标，就是经济发展，生态文明，富裕和谐，开放包容，具体的目标是要创建中国的旅游强县，创建国家的民族文化传承保护示范县，然后就是建设三峡库区生态明珠县和武陵山区试验区建设的示范区。提出这个口号，我们经过了认真地思考。首先，只有明确目标，才能激励斗志，引领发展。只有有明确的目标，才会明确工作的措施。

其次，巴东已经有了一定的好的发展基础。"十一五"时期，我们发展的速度高于恩施州全州的平均水平，与湖北省的平均水平相同，这应该为我们"十二五"的发展打下了好的基础。

第三，我们在"十二五"也面临很好的发展机遇。国家推出一系列利民利地方发展的政策，巴东在恩施州，在湖北省占有先机。在三峡库区我们要建设三峡库区明珠生态县，三峡已转入后三峡时代，巴东是三峡库区县之一，而且有北京市委市政府对口支援，同时湖北省委的长江经济带的建设和鄂西生态文化旅游圈的建设，巴东都是其中重要的战略节点，武陵山区试验区的建设，巴东乜是重要的战略节点，在各方面我们都有政策优势，占有先机。随着宜万铁路、沪蓉沪渝高速公路的开通，我们这里山不再高，地不再远。我们还有长江、清江，地区优势更加显现。怎样在"十二五"时期抓住政策的优势，抓住区位的优势，踏上经济社会发展的高铁时代？我们认为我们应该有明确的目标，应该向比较高的目标和高的水平迈进。

通过抓产业、抓开放、抓项目实现跨越式发展

谢　新： 你们准备通过什么方式来实现这些目标呢？

李洪敏： 在"十二五"时期实现跨越式发展，我们主要是依托以下几个方面。

第一个方面是产业支撑，培育巴东的优势产业、支柱产业和主导产业。我们提出的发展战略当中，其中之一就是产业兴县。巴东主要是打造四大支柱产业：第一大支柱产业是以水电为代表的清洁能源产业。第二大支柱产业是矿产开发，比如说我们已经引进了中央企业新兴际华集团开发我们的新型矿业。第三大支柱产业是农副产品加工业。巴东是农业大县，绿色食品非常丰富，农业资源非常丰富。我们的农业资源有三大特点，绿色，有机，生态，这是非常难得的。怎么样把我们众多的农产品转化为农业商品，然后再把它转为附加值高的、市场效益好的工业品，这就要大力发展农副产品加工业。第四大支柱产业，是生态文化旅游业。我们的旅游资源和文化资源都非常丰富，而且我们已经有很好的发展基础。比如在文化方面我们在创建全国民族文化示范县，我们已经有三个乡镇是全国民族民间文化艺术大乡，我们的电视春晚节目连续七年获得湖北省的金奖，撒尔嗬组合得到全国青歌赛的奖励，我们的纤夫号子等都是全省一县一品精品。还有全国的非物质文化遗产保护，湖北省非物质文化保护，巴东榜上有名的很多。巴东文化产业发展的基础也不错，巴东县文化产业占GDP的比重已经达到10％，这在全省是比较高的比例。

第二个方面是抓开放，大力招商引资。我们搞开放是项目开放。湖北省实行开放先导战略，巴东也是同一个目标，就是开放包容。通过思想的解放，通过扩大开放，优化我们的发展环境，提升我们的思想，开拓我们的视野，积极地走出去，引进来，广泛地吸引社会资本来投资巴东的建设。我们准备在招商引资方面做大手笔大文章。我们有巴东经济开发区承

接产业转移的平台，我们行政活动中心和公共资源交易中心在湖北省的县一级当中起步是最早的，水平也是最高的，得到了多方面的充分肯定。不管是软环境，还是硬环境，我们都在为扩大开放打基础。

第三个方面就是抓项目，以项目为支撑，争取国家各方面的政策支持、项目的支持、资金的支持。比如说在项目的储备上，我们为后三峡时代储备了2000多亿的项目，为长江经济带我们储备了1000多个亿的项目。现在湖北省正在抓紧实施武陵山区试验区的建设，我们又储备了1000多个亿的项目。这些项目的储备和项目的争取使巴东的发展显示出强劲的活力。另外一个方面，我们在产业项目的储备上，利用巴东的优势资源，大力引进一些实力强的企业，投资巴东的建设。比如说前面我提到的央企新兴际华集团，投资差不多100个亿，建设100万吨的铁矿的项目，它带给我们的产值每年将是100多个亿，税收是10多个亿。这个建起来对巴东经济的拉动是非常大的。

我们通过抓产业，抓开放，抓项目，抓文化旅游业的发展，来确保巴东"十二五"时期实现跨越式发展的目标。

谢　新：现在已经到了晚上10点多了，明天第三届巴东·中国三峡纤夫国际旅游节即将开幕，在这里我们也祝愿明天的纤夫节开幕式取得圆满的成功，再一次感谢您在百忙之中接受我们新华网的专访。谢谢您！

李洪敏：非常感谢您的肯定，您的鼓励，您的支持！欢迎你们多到巴东来，支持我们的工作。祝愿你们在巴东期间工作愉快！

谢　新：谢谢，非常感谢！

谭文骄：发挥资源优势
打造鄂西生态文化旅游圈核心区

——中共恩施市委书记谭文骄接受谢新专访

天时地利人和，目前是恩施市最佳的发展时期

谢　新：谭书记，您好！感谢您抽空在美丽的恩施接受我们的专访。

谭文骄：你们好！

谢　新：恩施市地处鄂西南山区，境内奇峰异石、溶洞飞瀑、佳林名卉，形成了"雄、奇、秀、险、幽、绝"的旅游资源。湖北省委、省政府目前正在着力打造"鄂西生态文化旅游圈"，您认为这给恩施市的旅游、恩施市的经济发展带来了哪些机遇？

谭文骄：省里建设"鄂西生态文化旅游圈"对我们恩施市来讲，是一个很好的发展机遇，因为我们恩施的特色、资源最大的优势就是生态旅游文化这一块。

首先是生态优势，这是我们恩施市也是恩施州最大的优势。我们森林覆盖率是60～70％，被称作是鄂西林海，植被比较好，特别是我们的气候环境，恩施处于北纬31度，适宜人类生活、动植物的生长。因此，我们这里资源生态优势是比较明显的。

其次是我们的旅游景观、观光资源也比较好，比如说恩施大峡谷。华中科技大学教授张良皋来考察后认为，它可以与美国的科罗拉多相媲美。我们觉得两个大峡谷各有特点，恩施大峡谷应该说是一个世界级的景区，有五大特点：一是清江升白云，一是绝壁绕峰丛，再一个是暗河接飞瀑，另外一个是天桥连洞群，还有一个是地缝配天坑。

目前来看，世界上集上述五个特点于一身的景区是很少的。比如说张家界，它的峰丛比较多，但是没有绝壁。一般来说，很多景区有峰丛，但

没有绝壁；或者有绝壁，但没有峰丛。但是恩施大峡谷全部都涵盖了。

大峡谷通过我们近两年的开发，现在已经对外试营业了，一年多时间接待了12万游客。目前为止，没有一个人说大峡谷不好的。

谢　新： 都是满怀期望而来，满意而归。

谭文骄： 是的。有的还说要到这个地方来投资、开发旅游。除了大峡谷以外，我们还有清江画廊，也是非常漂亮的。清江是我们的母亲河，景观非常秀丽。还有我们梭布垭石林，它是奥陶纪石林，它的范围比云南石林还要大，现在也正在开发之中。我们是喀斯特地貌，其他的溶洞、山水的景观也比较多，所以说观光旅游的资源是比较丰富的。

第三个是生态休闲旅游。因为我们的生态比较好，所有的农村都是比较漂亮的。在抓好以大峡谷为核心的景区开发的同时，我们狠抓全市生态旅游的开发。我们现在已在城市周边开发了10个生态休闲旅游村，与新农村建设、扶贫、民族文化相结合。现在已经有五六个地方对外开放进行接待了，无论是本州的还是州外的，都反映比较好。比如说我们的枫香坡，它是以茶园和生态休闲旅游为主题的，现在每天至少有几百人到那个地方去。

我们的生态休闲旅游的市场群体主要是外面旅游的团队，到大峡谷景点去看了以后，然后利用空闲时间到乡村生态旅游景点去吃、去住、去玩，这样就形成了我们旅游的产业链。还有个群体就是城里人，近30万人口的城市，市民周末和节假日要有去处，这个市场也很大。我们的枫香坡、柳州城、莲花池、望城坡，这些地方已经初步建成了，也已经对外进行接待了，效果是比较好的。

第四个是民族文化。我们是全国最年轻的自治州，主要是以土家族和苗族为主体的少数民族，土家族的特点就是民族文化的底蕴比较深厚，特别是能歌善舞，这是比较有名的。有的人开玩笑说，土家族能走路的就能跳舞，能说话的就能唱歌，这个一点也不夸张。很多客人对我们民族文化非常感兴趣。民族文化这一块我们是以恩施女儿会为载体，来开发我们的民族文化。

我认为，从整个生态旅游文化来讲，我们有这四个方面的资源。在湖北鄂西生态文化旅游圈里面，我们这个地方就是圈的核心了。资源决定我们应该是核心区。

过去我们这方面的开发不够，加上交通不便，现在我觉得我们开发生态文化旅游条件比较成熟。一个是恩施市的社会发展水平到了一定的阶段，可以开始发展旅游了。过去我们主要是解决农民的温饱问题，没有精力，也没有财力来开发旅游。目前这一个条件已经具备了，因为经济发展了，这是发展的基础。第二个是交通改善了。我们现在高速公路、铁路、机场都有了。机场改造后现在飞的都是波音737飞机。再一个是沪蓉西高速公路，前天（12月19日——编注）已经全线贯通了，从上海到重庆全部贯通了。铁路明年可以开通。大交通基础设施的改变，为我们开发生态旅游提供了很好的条件。第三个条件是省委、省政府和州委、州政府的高度重视，这个也为我们开发生态文化旅游和加快旅游的发展提供了非常重要的保证。除了省里实施鄂西生态文化旅游圈的重大战略给我们带来了机遇外，省委、省政府的高度重视，也给我们提供了机遇。特别是省委罗清泉书记，我们恩施市作为民族地方经济发展的联系点，他对我们的旅游业非常重视。罗书记每年至少到我们市里来现场办公一次，他到大峡谷已经三次去进行实地调研和考察。当时公路还没修好的时候，他就去进行过调研，然后支持我们修建旅游公路、桥梁以及景区的开发、绿化、新农村的建设、土地整治、村庄的改造等。在很多方面，罗书记都亲自去调研，然后召集省里有关部门开现场办公会，主题就是把我们的旅游开发搞好。所以我觉得由于有这几方面的条件，应该说我们发展生态文化旅游的条件已经成熟，天时地利人和，是最佳的发展时期，所以我们要加快发展。

谢　新： 通过谭书记的介绍，通过网络的传播，我想会有更多的人被吸引到恩施这块美丽的土地的。

谭文骄： 我们有信心。我也相信恩施人会伸开双臂欢迎所有人的到来。

打造"三张名片"，符合科学发展观的要求

谢　新：据我们了解，早在几年前，您就提出恩施市要着力打造恩施大峡谷、恩施女儿会、恩施玉露茶"三张名片"，以此为抓手推动恩施经济发展。恩施市打出"三张名片"的历史背景是什么？

谭文骄：打造"三张名片"的历史背景从大的方面来讲，就是按照胡锦涛总书记提出的实践科学发展观，走可持续发展之路。从我们恩施市来讲，前面我介绍了我们的生态资源、旅游资源和文化资源比较好，应该说是我们省里面的一块宝地，也是国家的一块宝地。

在我们这样一块地方，我们时刻要想着可持续发展，不能牺牲大局的利益。特别是我们处于长江的中上游，也属于清江流域，保护好环境，特别是对整个长江流域生态环境的保护，既是国家的战略，也是我们应该尽到的义务。如果我们这个地方也像珠三角和长三角，发展一般性的工业，对这些环境的破坏是比较大的，这是一个考虑。

第二，工业也不是我们的优势，我们的交通区域位置以及资源的状况，使得我们与发达地区相比，工业不是我们的优势。比如昆山、江阴，这些县市我们也考察了，它的GDP、财政收入相当于我们六七个州，相当于我们20个恩施市，同样都是一个县级市，如果我们都用GDP来衡量，我们可以说是永远赶不上它的。

在这种情况下，我们从可持续发展的角度考虑，另外从我们的自身优势来考虑，我们就提出了要发挥我们自己的优势。我们有这么好的资源，而且这种发展符合科学发展观的要求，因此我们就提出了打造"三张名片"。

一个是恩施大峡谷，因为这个资源是不可复制的，其他的地方是没有办法做的，它再有实力，再聪明也是做不出来恩施大峡谷的。

第二个是恩施玉露茶。之所以把它作为名片打出，我们考虑一个是我

们全市有20万亩茶叶基地，我们是湖北省的茶叶大县，三个茶叶大县之一。全州有50万亩茶，但是农民的收入还不是很高，茶叶的附加值还比较低，最主要的原因是什么呢，就是说我们的茶叶档次还不高，特别是没有形成自己的名优品牌，外面人还不知道，这样收入就比较低。恩施玉露是一个很有文化底蕴的品牌。在唐朝的时候，已经有这种工艺，而且是比较流行的，因为它是一种蒸气茶。日本现在全部工艺都是用的我们这种工艺。日本有位茶叶专家叫作清水康夫，他对日本的玉露寻根问祖就找到我们这里来了，还在这里题了一幅字。恩施玉露的历史文化底蕴比较丰厚，我们中国所有的茶叶教科书上都要写到恩施玉露，所以这个是非常宝贵的资源。60年代恩施玉露被评为湖北省的十大名茶，去年还被评为"湖北第一历史名茶"。更可贵的是，恩施是一个富硒地区，我们所有的食品里面都含硒。硒是人体必需的微量元素，我们现在全世界70％的人都缺硒，但是我们这个地方是一个富硒地区，我们茶叶里面也含硒，我们觉得这个优势比较大。所以我们提出了第二张名片是打造恩施玉露茶，这既是我们的一个产品，也可以作为旅游产品的一个品牌。

第三个是恩施女儿会。恩施女儿会是土家族的一种民族文化。在四百多年以前，有一个财主，姓薛，他在外面做生意发财了，回到恩施以后就很高兴。他有九个女儿。过去土家姑娘是不能随便出去玩的，是非常封闭的。他一高兴就说你们可以出去玩，就让她们出去玩了三天，三天以后一人带回一个男朋友，这样就找到女婿了。薛财主也很高兴。从那时候开始，每年的七月十二日，三天时间，我们土家族的女孩子可以出去玩，出去玩就是到集贸市场去赶集，进行商品交易，实际上是以这种形式谈朋友。通过商品交易、讨价还价、对歌，最后就谈上朋友了。土家族文化从那时候起，就比较开明、开放，婚姻自由也是一种雏形。从那时候起几百年来慢慢就形成了一个传统文化。这样我们市里就有两个时间，一个是农历七月十二，一个是农历五月初三，在两个不同的地方，形成了一种节庆活动。活动内容非常丰富，以对歌等各种形式进行交流，这样就形成了恩施女儿会，现在称作"东方的情人节"。我们觉得有开发的潜力，一是进一步挖掘女儿会的文化内涵，形成文化产业和品牌。我们现在每年至少有一次大型的文化节庆活动，开展民族文化的交流，男女青年的交流，商品的交易等等节庆活动。第二个是围绕我们旅游的发展，把女儿会艺术化，搬上舞台，为旅游服务。每天都要有一台大戏演出，像"印象刘三姐""丽水金沙"这种大戏，我们正在做前期工作。女儿会核心的东西就是相亲，我们初步设想就是把恩施打造成中国的"相亲之都"，让全国甚至全世界的青年男女都来恩施相亲。现在有很多大龄青年都没有谈朋友，工作的压力也很大，我们提供这样一个平台以后，把全国的男女青年用女儿会这个载体请到恩施来，大家在这个地方相亲。可能有很多人会相到自己的意中人，就是没有相到意中人也没有关系。恩施这么好的旅游资源，这么好的风光，来看一看、玩一玩也不会后悔，我们正在做些前期工作。女儿会活动以前完全是舞台化、艺术化，我们考虑到恩施女儿会核心是相亲，从2008年开始，我们就把舞台的艺术和实际的生活结合起来。去年有3000多对情侣来相亲，今年又试探了一下，就有8000到10000人相亲。当时共青团上海市委和一家旅游集团准备合作，已经有1000多人报名了，由于时间比较紧，包机没有谈好，没来成。他们说明年再来。这说明这个市场是很大的，需求也是很大的。当初这个启示是我们在武汉考察，武汉开发区搞了一个单身青年手牵手的活动，在武汉就是一个比较单一的活动，还没有我们这么好的旅游生态资源，搞一次一天就是10万人，说明这个市场很大。这样我们就想把女儿会作为我们的文化名片来打造，我想应该是非常有生命力的。

"三张名片"，不仅是恩施市的，也是恩施州的

谢　新：恩施大峡谷、恩施女儿会、恩施玉露茶这"三张名片"中您觉得哪张是最亮丽的？哪张是最有特色的？目前用得最好的是哪张？这跟您当初的设想距离有多大？

谭文骄：这"三张名片"是我们经过充分的调研和论证以后提出来的。提出来以后，从市内来看，包括恩施州的领导和州内外的群众都认为，"三张名片"不仅是恩施市的，也是恩施州的"三张名片"，应该说定位是准确的。

从目前打造的情况来看，应该说这"三张名片"都有了一定的影响力，相对来说影响力大，或者说进度相对快一点的是恩施大峡谷。恩施大峡谷一是资源状况更具有独特性，在其他地方是不可比的。二是我们通过招商引资，开发的进程要快一点，再加上宣传、推介的力度也相对大一些。中央电视台的10套节目在《走近科学》里面就专门作了半个小时的专题节目。再就是《欢乐中国行》走进恩施，也专门宣传了恩施大峡谷。外

面来的旅游人都比较看好，相互宣传的力度也比较大。

目前影响力最大的就是恩施大峡谷，恩施玉露茶和恩施女儿会，也有了一定的影响。这一块儿我们下一步还要进一步加大工作力度，它的生命力也是很强大的。

通过三年左右的努力，使"相亲之都"形成大的品牌

谢　新：浪漫女儿会，东方情人节。我们曾经多次参与恩施土家女儿会的报道。每届女儿会都是盛况空前。女儿会以其独特的民族文化形态，越来越受到民俗专家、文化学者和各族人民的青睐。恩施打造女儿会的终极目标是什么？恩施市现在离"中国相亲之都"的目标还有多远，还有哪些事情要做？

谭文骄：把恩施市打造成"相亲之都"这个工作才刚刚开始，也就是说才起步。从起步的情况看，它的生命力是非常强大的，效果是比较好的。我们还没有正式推出"相亲之都"这样一个概念，像我们今年8月份的女儿会就有10000人参加这个活动，这是我们没有意想到的。

要打造"相亲之都"我们还要有一个过程，可能要通过三年左右的努力，才能真正形成大的品牌。需要做的工作一个是要挖掘女儿会的内涵，包括我们要把它形成一台大戏，在全国、全世界作为旅游的一个重要的项目。第二是办好我们每年的节庆活动，这种活动每年一次是必须要完成的，以后如果办得好，我们做两次都有可能。第三我们要营造与女儿会"相亲之都"相配套的东西。比如说有些东西实行公司化来运作，我们要办专业的女儿会网站。打造"相亲之都"就不能满足于舞台上的表演，更不能满足一年一到两次的节庆活动，就是说一年365天，天天都可以来相亲，天天都是情人节，天天都是女儿会。

所以，除了政府主导以外，我们将通过招商引资，由专业的公司来运作，建立专门的网站，可以通过网站报名、推介、联系、协调、参与，依

托中介公司和网站这种形式进行运作。然后还要有一些配套的东西，比如我们"相亲之都"做得很好以后，一个是外面一些地方要有办事处、旅行社，通过他们来帮助你承担、来牵线搭桥、帮助你组织这些男女青年到恩施来。

我们将把打造"相亲之都"作为一个重要的目标，所以我们下一步要从这些方面多做工作。

谢　新：通过您的描述，我们对未来的女儿会也有所期待。我们期待下次来恩施的时候，随时都可以找到东方情人节的感觉。

谭文骄：对，天天女儿会（笑）。

在金融危机冲击下，生产总值首次实现两位数增长

谢　新：年底都是各个行业盘点数据的时候。去年以来，全球经济遭受到金融危机的巨大冲击。但在全球金融危机的大背景下，恩施市经济稳健发展，工业经济呈现出逆市上扬的势头。据了解，今年1~11月，恩施市完成工业总产值同比增长54.4%，实现工业销售产值同比增长50.5%，地方一般预算收入增长15%，财政收入质量居全省之首。恩施市是怎么应对金融危机的，这方面有哪些经验可以总结？

谭文骄：今年恩施市经济的发展总体的形势还算比较好，从我们现在的经济形势来分析，经济危机对我们还是有一些影响，相对沿海和经济外向度高一些的地区，影响虽然小一些，但影响还是有的。比如说我们出口的企业，我们的一些产品，包括我们的房地产，很多方面都有一些影响，当然，相对沿海还是要小一些。尽管影响小一些，我们还是采取了很多的措施。

首先是抓住国家应对金融危机出台的有关宏观政策的机遇。我们积极争取中央、省里应对金融危机的一些措施，特别是适度宽松的货币政策和积极的财政政策，我们争取了一些项目，这对我们整个经济是一个拉动。

第二是加强了我们市里的"四大重点"工作。首先是以工业园区为重点的工业化。去年以来我们抓开发区的建设，加大工业园区的基础设施建设，加大招商引资的工作力度，引进了一些企业，今年我们全市新投产的工业企业有16家，我们规模以上的工业企业增加了15家。所以我们整个工业的产值，工业的增加值、增长的幅度都在50％以上。因为工业是带动地方经济发展的一个重要的因素，这是一个。其次是我们加大项目推进的力度，增加了固定资产的投资。我们今年的固定资产投资比上年预计可以增长23％，这个速度是比较快的。这些固定资产的投资和基础设施的建设，对于改善我们整个经济发展的条件，促进招商引资，增强我们的发展后劲，作用都是非常重要的。最后是加大我们第三产业的发展。因为恩施资源优势、旅游的优势加上我们交通的改善，所以我们把第三产业的发展作为我们的重点。旅游景区的开发，如大峡谷、梭布垭石林、一些生态休闲旅游的开发，力度也是比较大的。今年游客增加的幅度也是比较大的。

从这些方面来说，我们应对金融危机应该是比较好的。我们预计全年国内生产总值增长13％。过去几年都是一位数的增长，都在9％以下，今年是13％。我们的工业增加值增长了57％，固定资产投资增长23％，财政收入达到7.5亿元，增长14％，这个应该说速度是比较快的。我们的财政收入在全省来讲，在100多个县市来讲，大概在10名左右。我们税收占财政收入的比重，我们去年是85％，今年肯定在80％以上，这个在全省应该是名列前茅的。这说明我们经济发展的质量和经济发展的结构都是比较好的。今年省里考核县市委书记其中有一个内容就是应对金融危机的单项考核，从反馈的情况来看，考核情况还比较好。

谢　新：沪蓉西高速公路已于19日全线通车，宜万铁路明年底也有望全线开通运营，恩施市对外联系的交通条件有了较大改善。祝愿恩施市在以您为班长的带领下，新的一年取得更好更大的成绩，恩施市人民有一个更加美好的未来。也谢谢您接受我们的专访。

谭文骄：谢谢！

李国璋：废物是放错位置的资源

——全国人大代表、兴发集团董事长李国璋接受谢新专访

诚信给我们带来了巨额的财富

谢　新： 八年前您刚上任时，兴发集团还是位于秦巴大山深处的一家县办企业，时至今日已跻身中国化工500强第97位，年销售额30亿元人民币，利税近4亿元人民币，出口创汇1亿多美元。您经营管理企业的理念是什么？

李国璋： 近几年来，我们兴发的管理团队，主要是把诚信摆在第一位。在兴发这几年整个发展过程中间，诚信给我们带来了巨额的财富，也取得了意想不到的收获。这包括我们获得了国内的很多荣誉，如去年9月份兴发集团技术中心被国家发改委等五部委联合认定为"国家企业技术中心"，"兴发牌"三聚磷酸钠获得"中国名牌产品"称号，兴发楚磷工业园跻身"国家科技兴贸创新基地"等，这些荣誉都是靠诚信取得的。我们将进一步深化诚信理念，完善相应的措施，围绕这个目标进一步推进企业的进步和发展。

富矿精用　贫矿巧用　废矿活用

谢　新： 党的"十七大"报告中提出"节约资源和保护环境关系到中华民族生存发展"，兴发集团拥有的矿产资源足够开发使用一百年却惜矿如金，开创了一系列节约资源的新模式，请您介绍一下这方面的情况。

李国璋： 兴发近年来在湖北省委省政府和宜昌市委市政府的支持下，在兴山、保康、神农架林区占有了部分磷矿资源。我们拿到资源后，到目前为止，没有做很多开采，只在保康的合作项目按照现代开矿的理念，一年采矿100万吨，目前正在基建期。我们在兴山生产基地设计了一个单体矿，矿区按照100万吨开采量设计。其他矿区的开发，我们只是修路，做前期准备工作。虽然市场这么好，但是我们没有开。

这样是基于多方面考虑。第一，我们是磷化工深加工企业，从资源的可持续利用考虑，原则上我们加工多少，就开采多少。由于我们加工能力受到限制，所以我们的开采量受到限制。我赞成你们说的，我们磷矿资源开采一百年以上完全有保障。开矿过程中，我们始终把握一条基本原则，资源对我们来说是非常有限的，开一吨就少一吨，资源科学开发利用摆在我们工作的首位。怎么利用这些有限的矿产资源，是一门很深的学问。

国家有关部委指出，磷资源是21世纪17种最紧缺的资源之一，我们更加要把资源保护放在最优先的位置，怎么样保护资源，既保护又利用，关键要找到平衡点。首先来讲，我们的资源要进行分类使用，我们提出的目标是富矿实行优用，贫矿要综合利用。

在贫矿综合利用的过程中，我们采取了一系列的措施。我们过去制造的精细化工产品，对资源的利用还没有达到最大化。这一方面的利用如何达到最大化呢？我们准备上磷复肥，磷复肥是磷资源中低品位矿很好的一个出路。从精细化工来讲，我们真正很高端的产品，也没做多少。现在我们准备上电子级磷酸和食品级磷酸盐，把化工园做成磷酸盐世界加工基地，规模最大，附加值最高。如果我们把电子级磷酸和食品级磷酸盐做到一定的规模，这对我们来讲是一个很大的推动，对这个产业在湖北乃至全国都是一个很大的推动，这是现在我们要着力做的一个事情。

在资源利用的过程中，也面临很多问题，要想把资源做到"吃干榨尽"，将是一个很漫长的过程。我们最近和葛洲坝集团在兴山建立一个年产120万吨的水泥项目，它主要是利用我们在黄磷生产过程中产生的磷渣。这实际上是一个配套项目，这个项目在国家政策鼓励下，我们和葛洲坝合作，可以使我们的废物——"三废"全部得到利用，这对我们来讲无疑是一个很大的支持。对我们化工行业来说，磷化工是一个高污染行业，如果三废得到综合利用，无疑对我们是很大的鼓励和帮助。

没有绝对的废物　只有放错位置的资源

谢　新： 我们听说兴发集团花巨资引进24小时在线监测排污装置，兴发提出"没有绝对的废物，只有放错位置的资源"的理念。请您谈谈兴发人如何推行循环经济以达到节能、减排、降耗、高效目标的？

李国璋： "三废"在我们这个行业来讲，影响特别大。国家讲的七个重污染行业，黄磷是一个，而且我们又是国内最大的生产基地，早在几年前污染的问题给我们带来很多烦恼，客观上讲也给社会带来很多负面的影响。相关媒体，特别是很多领导对我们都加倍关注，在这个状况下，我们怎么看待这个事情，我们怎样应对这件事情，不仅是我们，也是整个行业必须面对的一个很现实的课题。

兴发从2003年到现在为止，在这个行业中，我们切切实实投入了巨额的资金，对"三废"以及废热进行了综合治理。这些年，"四废"的综合利用给我们带来一个很明朗的思路，也取得了很好的成果。这种成果不仅仅是经济上取得了效益，客观上对社会也做出了积极的贡献。

具体来讲，第一个问题是固体废弃物的问题。磷泥、磷渣，这两项东西是废物中的主体。现在我们通过做水泥，把废渣做到了百分之百的利用率。磷泥也是废物当中很大的危险物，过去磷化工企业出现一些污染，主要是这些东西。它含剧毒物质，它的污染特别严重，因为它含有单质磷，鱼类和人类使用污染水源会对生命造成威胁。这几年我们通过技术革新、技术进步，引进消化，包括自己的创新，现在对磷泥这一块儿我们处理得是非常理想的。去年我们在磷泥的处置上，单提取磷酸盐价值就近2000万。磷泥在溶泥状态跟糨糊是一样的，把精华提出来以后，就是把磷酸盐提出来以后废物就卖给肥料企业，我们周边很多肥料企业都从我们那儿买磷渣，用它作掺合料，这是我们在废物利用中做得非常理想的产品。我们从2003年开始利用，真正取得最大成功是在2007年。从去年到现在为止，公司没有一吨磷泥作为废物抛弃。我们在2007年还有一个很重要的成果就是在废物利用中，我们在生产次磷酸钠中产生的废渣得到了有效的利用。次磷酸钠残渣样子像溶泥状的石灰水，也是含有剧毒的物质，含有单质磷、氟化物等这一类的东西。这类东西如果流入水体去，无论对人或对水生物都会产生很大影响。过去采取什么办法呢，就是掩埋，找块空地埋掉。实际上它含有的东西是非常宝贵的东西，我们经过提炼、处理后，我们现在做出了磷酸钙，是动物饲料的主要添加剂。过去我们把它埋掉后进行封闭，再在表面植土，一吨要花费400元。现在经过加工处理以后，出口一吨可以卖2000元钱，产生2000元的利润。这对我们有很大的帮助。所以现在我们提出废物是相对的概念，对某种企业来讲，是位置放错了。如果我们加上一些技术的含量，用其他的方式处理就可以变废为宝，这是固体废弃物的问题。

第二个问题是废水。三峡库区是非常敏感的区域，社会真正最关注兴发的是水。因为我们这个企业在三峡库区香溪河的支流，影响面非常大。2003年环境失误很大程度上是因为洪水期间出现问题。后来引起各方面的重视后，我们对水的问题进行了深入的研究。国家支持我们，我们仅水处理系统就花费了六七千万的投资，但真正做到了零排放。三峡库区安排24小时监控监测的工业企业我们是第一家，整个三峡库区是第一家。国家支持我们以后，也在逐步推广。我们经过处理以后，第一个是不排水，处理后没有水排放，水是大封闭循环。第二个是控制水的出处，采取了一些措施，得到了一些保障，这对我们也是一个很大的帮助。

第三个问题是废气。我们的废气主要是黄磷生产排出的二氧化磷、一氧化碳。近几年我们把一氧化碳回收了，作为燃料对热能的补充，每年为公司节约标煤大约7万吨。二氧化磷对公司来讲影响还是非常大的。我们在生产过程中，不可避免地对空气有一些负面贡献。这些年来我们付出了很大的努力来改进，改进主要从大的工艺上，在废热回收上面做文章。我们过去在传

▲ 兴发集团污水处理系统

统工艺上，在黄磷转化成磷酸的过程中，放出了大量的热量，热量过去被水蒸气释放到空中了。黄磷在溶凝的过程中，要利用400度的蒸气，蒸气会产生巨大的热量。这个热量在过去由于技术和各方面跟不上，加上磷酸是强腐蚀，容易产生污染。过去就是朝空中直排，产生的后果首先是视觉污染。我们经过几年的努力，和清华大学、云南磷化工研究所共同努力解决了余热回收问题。余热回收带来了积极的成果。我们在生产过程中需要排放蒸气，我们是用燃煤锅炉生产的，燃煤锅炉烧煤产生的二氧化硫气体就直排了。在生产黄磷的过程中，我们用溶磷炉，蒸气也直排了，两者找到了结合点，在溶磷过程中，溶磷炉通过转换机制把蒸气全部回收。在这种情况下，就靠热能的自然转换，仅这一项，就节约标煤9万吨。去年作为1000家节能企业，我们得到了很高的荣誉和评价，顾秀莲副委员长9月7日在全国节能减排会上，对兴发的这项技术专门进行了表彰，希望全国所有化工企业在这方面进行推广和利用。

整体来讲，在资源的综合利用上，兴发取得了很好的业绩，已经有了一个很好的起步，但是这不是终点，只是开始。我们认为，如果运用现代的先进技术，三废的综合利用还有很多的潜力，除了给公司带来效益以外，同时可以给社会带来贡献。这也是国家赋予我们企业的责任和使命。

通过培训使员工素质不断得到提升

谢　新：兴发集团地处库区，移民安置任务比较重。在深入贯彻落实科学发展观，以人为本，着力构建和谐企业方面，你们做了哪些尝试？

李国璋：我们公司是湖北省在三峡库区最大的搬迁企业，是在三峡库区优惠政策的扶持下，一步步走出来的。在这个过程中，也相应地承担了一些社会责任。这个社会责任最大的问题是什么呢？根据我们公司的实际情况，我们理解，主要是三峡库区过去受到一些基础环境的影响，国民整体教育水平较低。我们现在进入工业化时代，我认为我们的发展速度稍慢，我们整个国民的单个素质和整体的水平与现代化大生产要求有很大的差距。在这种状态下，一方面要建立现代化的企业，同时又要消化这么多人，这是一对矛盾。

现代化大生产要求员工高素质，但是我们面对的群体又是这么一种状态。我们很多人才放下锄头，拿起扳手，就是这么一种状况。如何改变这种状况，公司在运行过程中，如何使这些障碍逐步消失，这是公司这些年遇到的最大的难处。

我们公司接近三分之二的人是移民背景，公司现在4000多员工，高中以下的包括初中和小学这样文化程度的人占一半，主体是过去的移民队伍。怎么办，我们既不能通过关闭、清算"一改了之"，同时企业又需要发展，需要进步，不能停滞。我们探索出几条路来走，化解这些矛盾。

首先需要适应大生产的需要，我们引进一些外来人才，充实到这个队伍，增加新鲜血液。这是一支很重要的力量。通过这支力量培养公司的合同职工，培养我们的管理团队、技术团队，使员工整体团队适应现代化生产形势。

第二，根据我们现在的情况，放弃过去简单清退、简单解散的办法，和湖北省内大专院校合作，对有发展潜力的员工进行大规模培训。这也是我们感到最得意的，也是对社会最大的贡献。我们和武汉工程大学、湖北大学、三峡大学、三峡职业技术学院合作，对我们的员工进行分类，不断地进行培训，我们有硕士培训班、本科培训班、专科培训班、普通员工培训班，对员工进行一系列的培训。我们大约每年培养500人，国家也给了我们一定的资助。

我们现在具有专科以上学历的1100名职工，大约有700人是自己培养的，另外我们招收引进了400名高素质职工。在未来四年内，公司已制定了很明确的目标，消灭初中及初中以下文化程度的。35岁以上不培训了，35岁以下的必须进行培训达到大专学历。我们现在有短训班，如函授，也有正规的、全脱产接受培训的，学制三年。我们目前在三峡大学、三峡职业技术学院，武汉工业大学，大概有300人脱产，单位规规矩矩发工资，管理军事化，学习、考试都非常严格。还有，我们把具有高中以上文化程度，如中专文化程度、大学文化程度的员工，选拔出来放到合适的地方进行培训。其中包括著名的上海会计学院，就是朱总理题词"不做假账"的那个学校，层次比较高。我们还把员工送到中国地质大学、河南地质大学进行专业技术培训。

我们认为通过这个办法，虽然公司增加了相应的工资成本，但是最终对社会确实是一个帮助，因为我们不能一改了之。我们走出来到宜昌以后，我们在夷陵区三峡坝区招了一批适龄青年，我们专门在三峡大学办了一个专科班，经过三年培训，他们即将于今年八九月份毕业，走上新的工作岗位。

作为三峡库区的企业，从中央到湖北省、宜昌市，都给了我们很多很好的政策扶持和帮助，我们将充分利用这些政策的支持和帮助，大家共同努力，使公司队伍日新月异，每一年都有一个大的变化。我们也认为今后他们能够不断地适应新的环境。在未来几年中，我们要大规模进地行装备自动化培训。公司在规模扩张的过程中，我们在引进、增加员工的过程中，要改变过去劳动力密集型的概念，实现产品的升级换代。我们将通过装备的自动化，提高公司的现代经营理念，提高我们的劳动生产率，在这个过程中也不断提高员工的自身素质。我们对员工的培训和再培训过程是匀速的，而不是一个找替代品的问题。过几年以后，我们可能找到一个新的课题，进行新一轮的培训。给我们公司下一轮发展带来剧烈变化的可能是装备自动化，我们将通过培训使员工不断得到提升。

从无机化学向有机化学跨越

谢　新：兴发集团是中国最大的磷酸盐生产企业，世界最大的六偏磷酸钠生产企业。去年您提出打造百亿兴发的目标，这意味着兴发最近几年必须以几何级数的速度发展才可以实现这一目标，能不能请您具体谈谈未来几年的工作思路？

李国璋：宜昌市委、市政府给我们团队的目标是2010年销售收入实现100亿元。根据目前我们公司的情况来看，我作为整个团队的一个代表，我觉得是很有把握、很有信心的。这也是公司多年积聚力量的爆发，这种爆发有内外环境的影响。目前不管是内部环境，还是外部环境，我们感觉都很顺手。首先是湖北省委省政府、宜昌市委市政府支持兴发从三峡库区搬出来，这是一个革命。这个革命首先解决了一个级差，给兴发的未来发展创造了一个广阔的天地，这是至关重要的。

猇亭办化工园区的环境非常好，在兴山没有这么好的环境。我们在兴山遭遇的最大障碍是交通和人力资源的成本问题，这两项制约，导致我们很多东西没有办法回避。这是客观原因，不可回避，也改变不了。在这种情况下，提出这样的目标，我们也是做了几年的准备，这个准备是非常充分的。根据现在我们实施的情况来看，100亿元的目标也是完全有可能实现的。

公司为了适应这个战略，也做了一些大的调整。过去兴发主要是做磷产品精细化工，做的无机这一块。我们过去把品种做得很多，品质也做得比较好，但是由于无机受到市场份额的限制，想做大很难。世界上没有一个磷化工专业公司做无机做到100亿。因为品种限制了，市场容量很有限。

在这种情况下，我们提出了一个新的目标。我们提出从无机向有机跨越，由磷化工向其他化工转移，实现新的跨越。也就是发展磷化工精细产品的相关产业，将产品的上下游配套，相关联的横向配套。这种跨越要讲关联，不讲关联，我就觉得没有意义。

这些年来，我们提出的目标，第一个就是大力发展有机磷，做农药中间体，做高附加值磷产品。第二个就是发展和磷相关的盐化工，盐化工是我们下一步配套的主要力量，下一步我们还想把下游的电子级磷酸、食品级磷酸盐规模扩大，把市场规模扩大。

这些都为我们做百亿兴发提供了很好的平台。所以打造百亿兴发，我们认为是个很现实的目标。按照我们目前的准备来讲，我们有信心在2010年就要完成。

在国际贸易摩擦中使自己得到升华

谢　新：当前经济全球化使企业面临的机遇前所未有，挑战也前所未有，国际贸易摩擦日渐加剧。近年来兴发集团在国外遭遇了四次反倾销案，兴发集团是如何应对的？

李国璋：这个事情，客观上讲是我们过去没想到的，我们过去做生意大江南北、海阔天空到处跑，从没有遇到。2007年年初以来，我们遇到了四起反倾销，其中三起已经结束了，还有一起没有结束。这四起反倾销给了我们一个很大的启发，那就是加入WTO后，给我们带来的机遇和挑战是同等的，WTO给我们公司的发展，特别是在参与国际贸易竞争过程中，无疑增添了新的压力。

对我来讲，我感觉首先要有一个客观正常的心态来对待，贸易摩擦肯定会对你的生产经营产生影响，因为你的产品要走出去，国门打开后，国外的产品要打进来。你走出去就要面对世界通用的一些游戏规则，这个规则就是WTO规则，我们的团队对这个规则要熟悉。我们遇到的反倾销案例，这是典型的贸易摩擦的一种现象，但这个现象与多方面是相关联的。怎么应对这个问题，给我们这一班人很严峻的考验，考验你经营的理念，经营的水平。

从我们去年一年的经历来讲，在WTO规则这个前提之下，我们应对它的手段是多方面的。贸易摩擦不是单一的，贸易摩擦从表象上看是一种价格战，实际上不仅仅是价格。我们这几个产品在世界竞争过程当中，我们对这个行业，特别是对百年老字号的欧美国家的产品也造成了很大的冲击。过去一直是他们占有、垄断的，我们现在冲击他，反击他，这种情况下我们必须做好人家反击我们的心理准备，要有平常心态。我们不是倾销，我们是确确实实客观地看到我们自己的优势，我们的六偏磷酸钠确实有竞争优势，因为我们是劳动密集型产业，我们依然有优势。第二个来讲，在技术进步的过程中，他们是走过很漫长的路，而我们是在很短的时间内完成了技术进步，而他们在探索的过程中，比我们付出的代价更大。所以在这种状态下，我们获得的成果，是一种捷径。自然在市场条件上我们就有空间，有空间获利空间就很大，那就是说我们调整价格的可能性也很大。在这种情况下，我们要平常心态应对，这是一个问题。

第二个问题是我们怎么看待这个事情。我们要有毅力，要有信念，要坚持下去。不能说遇到问题，就失去信心。我们开始也遇到很多障碍，首先从法律准备上来讲，我们执行的标准，如澳大利亚的标准、印度的标准、菲律宾的标准，虽然执行的标准都是WTO的通用规则，但是各地的、各国的法规和WTO不一样，概念不一样。包括我们六偏磷酸钠在美国遇到的反倾销，美国判我们高额的反倾销税，征收惩罚性关税。我们不服啊，我们一直在同美国公平贸易委员会寻求仲裁。在寻求仲裁的半年时间内，我们产品的知名度、影响力是非常之大的，这次仲裁相当于给我们做了一次广告，我们获得了一张金字招牌。如果赢，无疑对我们是一件好事。我们国内被起诉的还有三家大公司，但三家大公司都没有应诉，因此商务部对我们很支持。这次应诉，我们付出很大的成本，我们正式应诉状有很厚的一本，收集材料、准备时间就有半年。即使亏了，也没有什么大不了的。

我一直有一个观点，我们打赢了是部好教科书，打输了也是一部好教科书。我们团队有心理准备，我们不存在有什么理亏的问题，毫不含糊。面对反倾销，我们积极应对。当然，我们在应对的过程中，要不断总结经验，吸取我们的教训，在整个过程中得到升华，我们钱不能白出。美国这起案子，他不止起诉我们一家，他针对的是整个行业，整个行业其他的都不搞了，就只剩我们一家了。这实际上是好事。比如在菲律宾，这个行业就是我们可以进入，别人都不能进来。通过对贸易摩擦的适当应对，我们的产品、企业在国外也产生了很大的影响，对开拓国外市场有很大的帮助。根据申根条约，在欧洲一个国家胜诉了，在整个欧盟它是畅通无阻的，在美洲贸易圈，如果美国胜诉了，在墨西哥、加拿大我们的产品同样可以进入，不存在什么障碍。

希望国家给老百姓更多的实惠

谢　新：在不久前结束的湖北"两会"上，您当选为全国人大代表，过几天您即将参加全国"两会"。您对"两会"有什么期待，在大会上会有什么建言？

李国璋：第一次参加全国的两会，心情很激动。对于我个人来讲，能代表老百姓反映我们的心声，我感到很激动，也很光荣。我们宜昌400万人民，5个代表，每个代表相当于代表80万人发言。

我最近也一直在认真思考。首先来讲，当今的中国是在高速发展的过程中，社会矛盾很多。我很关注社会底层，希望国家给老百姓更多的实惠，完善一些保障的政策，特别是对社会底层的弱势群体给予更多的帮助。社会底层需要社会和国家给他们更多的关注，也需要国家给一些具体的、实际的东西。比方说，上学的问题、看病的问题、贫困人口的生活保障问题，包括下岗职工和失业人员的社会保障，国家虽然出台了很多很多的政策，但这些政策需要再进一步细化。

我希望通过参加这次会议，更多地把基层老百姓的生活实际情况给领导们，特别是高层做一些反映。我们毕竟生活在基层，对社会底层的人了解多些，这是基本的一个想法。

根据目前我们了解到的社会上的情况，生活保障、生活质量的提升，这可能是基层群众列在首位，最关注的。有很多基层群众生活确实是非常困难的。社会关注的焦点，如教育和卫生，国家应该给予更多的帮助。我们会积极地为国家有关部门献计献策。

作为库区企业，由于考虑问题角度不一样，我会尽可能地反映一下三峡库区的变化。三峡今年要对世界宣布竣工，全国人民在三峡工程建设过程中给予了库区人民很大的支持和帮助。但同时来讲，三峡库区人民也为国家建设做出了很大的牺牲，一定要讲这个辩证的观点。在做出牺牲的过程中，作为一个庞大的移民群体，还有众多需要国家关注的东西，还有很多实际问题需要国家给予一定的支持。

我最近也搜集了一些材料，可能在会上提出来。比方说我们从上海到重庆的沪蓉高速，恰恰在三峡库区移民区宜昌到巴东是个断头路，重庆到成都这一带，都全部修成了。上海到宜昌也修成了，但中间160公里是个断头路。这一段虽然说效益很差，但是它的带动效应很大，可以说它走过的是三峡库区最穷的一个位置，无论是秭归，还是兴山、巫山、奉节，都是最穷的地方。如果高速贯通的话，肯定会给这一带带来巨大的财富。特别是高速公路把这一段路打通后，把成渝和整个长江中下游联通起来，为两个区域形成经济互动打开了一个很好的通道。单就这段路来看，目前经济效益可能不是很好，但它的社会贡献将非常大。

近年来，我国经济发展迅猛，国际地位不断提升，在国际舞台上扮演着越来越重要的角色。今年是改革开放三十周年，"两会"很快就会召开，我相信这届"两会"一定会取得巨大的成功，对此我充满信心。

谢　新：非常感谢您接受我们的专访，我们也祝愿兴发集团在您的带领下有一个新的飞跃！

李国璋：谢谢。感谢新华社和新华网一直以来对我们的支持。

周阳艳：让留守学生
感受到家庭般的温暖

——恩施市新塘乡河溪小学校长周阳艳及学生接受谢新专访

偏远学校难以招到年轻教师

谢　新： 周校长，您好！如果不是事先知道您的身份，面对这么年轻瘦弱的女孩子，还真不好判断您的职业和年龄，请问您是哪一年到恩施市新塘乡河溪小学任教的？

周阳艳： 我是2007年9月份去的，在那里任教已经四年了。

谢　新： 和您同期分配到那里的有多少个老师？

周阳艳： 同期我们去新塘乡的有11个，但是目前基本上都已经离开了，现在我们学校算我在内只有两个，另外一位姓陈，要比我大几岁，此前已经结婚生孩子了。

谢　新： 你们学校现在有多少学生？

周阳艳： 上学期是79人，下学期因为要招学前班的新生，所以还不确定，大概100人左右。我们一个班学生多的有近40人，少的仅有十几二十个人，近几年学校一直维持这样的规模。

谢　新： 现在是不是有这么一种情况，一方面很多农村的小孩跟打工的家长到城市里读书去了，另一方面农村的出生率也越来越低，现在小孩越来越少，导致有些学校生源越来越少了？

周阳艳： 我们学校这么多年一直都比较稳定，都是在100人左右。招4个班的话，就是100多人，如果3个班的话，就大概80-90人。新塘乡是大山区，有几所学校原来规模跟我们差不多，但他们现在有的只有十几个学生了，两个老师教十几个学生。我们学校，按编制算的话还可以，但是老教师太多，去年退了一位，现在年满57岁以上的老师还有3位，从明年起这

3位老师将陆续退休。

谢　新：那退了之后能不能招到新的老师呢？

周阳艳：很少，招年轻的老师特别困难。今年4月份，恩施市人社局给我们学校两个定向招录的编制，一个英语，一个数学，数学岗位没有人报。

谢　新：是现在招老师要求高了，还是他们不愿意去呢？

周阳艳：其实要求不是很高。现在我们市有一个直招的方案，主要是针对偏远的农村学校，学历要求只需要大专毕业，大学之前的户口是当地的就可以，这也是为了帮助解决一些本地乡镇的大学生毕业后的就业问题和教师队伍相对稳定问题，但还是没有人报名，连本地人都不愿报考，外地人都觉得这个地方太艰苦了，不愿意来。

谢　新：现在湖北不是有专门的资教生吗？

周阳艳：资教生没有安排到我们条件艰苦的农村小学。像我们这样的学校地理位置偏僻、交通极其不便、信息闭塞、经济又相对落后，他们一般只安排到集镇学校，不会来我们这里任教。

我们那里实在太偏远了！河溪村距新塘乡集镇50公里，距恩施城110多公里。2001年，河溪才通电。2007年，河溪才修通了一条通往双河集镇的机耕路，而且路况极差，左依高山、右傍悬崖的盘山公路一直绵延到河溪大山脚下。山高路远、信息闭塞俨然成了我们那里的代名词。

农村学生外语基础很薄弱

谢　新：我们了解到，周校长是湖北民族学院外语专业毕业的，您既然学的外语专业，为什么会到新塘乡河溪村这么偏远的地方工作呢？

周阳艳：选择到河溪工作有一段渊源，因为我出生于农村，自小感受到农村学校学习的艰苦，大学毕业后，非常渴望自己能把所学的知识运用到实际工作中。恰逢2007年招考农村英语教师，我没多想就报名参加了考

▲ 河溪小学学生在
课堂上学习英语

试。当时去那里，还是想好好地锻炼一下自己，
也感觉到农村学生在外语学习这一块儿很薄弱，
借国家大力推行外语学习的这个机会，也希望有
一个可以施展自己才能的地方，去把那里的英语
带动起来。

谢　新：就是让小孩子也能接触到外面的世
界，也能多掌握一门语言。

周阳艳：对。语言不仅是一种交流的工具，
更是一种技能。

谢　新：新塘乡河溪小学是恩施市条件最艰
苦的农村寄宿制小学，由于交通、通讯等因素的
制约，学校里的孩子不能和山外的同龄孩子一样
享受同等的资讯和教育资源，那么您是通过什么
方式来弥补这些的呢？

周阳艳：首先是就地取材，利用学校已有的
资源，哪怕是卡片，像我们平时用的装纸巾的纸

盒我都会把它留下来，做单词卡片，还有像挂图、模型等等。因为英语学科图像、声音各方面都要求的比较多，在这方面的教学用具我自己做了很多。我们小学是三年级开始开英语，三到六年级的英语单词卡片，我自己已经把它们全部做完了，平时教学用起来很方便。

还有在教学之中，有时候正好需要的时候找不到这个东西，我就通过剪贴画这些东西来处理。我有的时候就用自己的电脑制作课件，让学生通过课件学习。去年我们学校有魔法教室了，有了投影设备，这样就可以通过课件来辅助教学，更有利于培养学生的综合素质。

谢　新：那现在学校里学生的英语大概是一个什么样的水平呢？

周阳艳：我去之后，我们学校的英语水平，以及各科成绩考核在全乡一直是排第一的。我带了三届学生到恩施市参加农村小学生英语口语比赛，成绩一年比一年好，现在学生们对学习英语的兴趣非常高。

谢　新：看来您的教学方式已经完全被学生接受了。

周阳艳：是的。我们平时在学校里，三年级以上的学生，只要学习了英语以后，基本上在课下也能够用英语交流，哪怕是很简单的招呼用语对学习也是有益处的。成绩好一点的学生，就可以结合我们学过的知识，学习和掌握更多的东西。

谢　新：我们期待着您的学生当中也能够培养出读名校外语专业的学生。

周阳艳：我希望他们能够这样！

让留守学生感受到家庭般的温暖

谢　新：在河溪小学任教的这段时光，您的学生会和您分享一些自己的小秘密吗？

周阳艳：会！

谢　新：这些年当中有哪些师生之情是令您感动、难忘的？

周阳艳：说起来有很多。从学生方面来讲的话，哪怕有的学前班的学生，他不会把自己的小秘密跟别人讲出来，但我们的学生，他在学习方面和生活方面有困难的，或者是他有什么问题自己拿不定主意的，都会跟我讲。像女生，一般发育的比较早，有什么秘密都会跟我讲，问我怎么办，我们一般每个学期都会定期做一些辅导，或者提供一些帮助。有的学生家里发生了变故，特别是爸爸妈妈之间关系发生了变故，学生都会跟我讲，讲了之后问我应该怎么处理，应该怎么面对这些事情。

在老师之间，因为我们学校师资力量构成比较特殊，年轻的老师比较少，年龄大的老师比较多，他们对我就像对自己的子女一样关爱。我印象最深的是，2007年，那个时候我刚去学校，我们学校的网络也没通，手机信号也没有，很封闭。我一个人在学校里守校的时候，我们老校长田校长就特别关心我，他怕我害怕，就找她的孙女，让她陪我。陪了我几次之后，白天她自己回家了，晚上很晚的时候她还是来学校住。我一个人在学校的时候，她就经常把她家里好吃的给我带来。老校长的母亲已经七八十岁了，如果我一个人在学校，当时有什么好吃的东西，她就会把它准备好，让她给我们带来。那里的村民非常纯朴，每当逢年过节的时候，村民就会轮流接我们到他们家里去当贵客招待，村里杀年猪了他们也是热情地招待。

每逢我过生日，学生都会精心地为我准备生日礼物，有自制的生日贺片、项链、生日蛋糕等等，这方面有很多很多例子。

谢　新：他们用自己的这种方式想把您留下来，用他们的亲情，用他们的温暖，拿出他们的所有，想把您这样优秀的老师留在学校里。

周阳艳：对，他们很纯朴，他们的真情让我感动。

谢　新：光阴在静静地流逝，不知不觉当中您也接过了"背篓校长"田育才的担子，对于农村寄宿制学校的管理和教育，您是继续延续田校长的管理还是您自己有所创新？

周阳艳：河溪村交通不便，"背篓校长"田育才带领老师们当搬运

▲ 河溪小学一角

工、炊事员、泥瓦匠，整教室、平操场、修食堂，在深山里建起了一座设施比较齐备的学校。这些老教师的精神是非常值得肯定的。我们作为年轻人，除了继承他们的传统和精神外，更应该把这种精神发扬光大并要有所创新，因为我们学校的条件很特殊，很偏僻落后，创新是时代的需要。

虽然我从事学校的管理时间不长，作为管理者，我还是希望学校的硬件设施方面能够有所改善，让学生能够感受到教学资源的变化，并从中受益。在平时的常规管理中，我比较注重学生行为习惯的培养、学校校园文化的建设，并逐步改善学生的饮食条件。其次，我更希望我们的师资力量能够上一个水平。因为我们学校是寄宿制学校，学生星期天到学校，星期五才回家一次，四岁多就开始在学校住读，长时间待在学校里，我希望我们学校不仅能够让他们学得好，还要住得好，能让他们感受到家庭式的温暖。

我们学校的留守儿童很多，针对留守儿童，我还专门开通了亲情QQ，每个星期天晚上七点半到八点半之间，让他们和在外面务工的父母进行视频聊天。

希望学校的校舍变大一点

谢　新：我们了解到因为工作的缘故，您至今还没有解决个人问题，在大山中，为教育事业奉献自己青春的同时有没有感觉到什么缺憾呢？

周阳艳：这个肯定是有的。虽然我家和我所工作的地方都属于恩施市，可是相隔一百多公里，路又不太好，一般回家不方便，就很少能够照顾家里人。我妈妈今年就说，你这大半年还没在家做过一顿饭，你在学校里给你们学校工人都做饭，我却连你做的一顿饭都吃不到。我觉得这方面很少能够照顾他们，很对不起他们。我爸爸去年动手术住院期间，我们学校工作很忙，我都没有时间去照顾他，心里一直很愧疚。

我今年25岁了，觉得个人问题是应该好好考虑一下了，可是因为工作的原因，个人问题一直没能解决，自己也希望可以早日建立自己的幸福家庭。

谢　新：听到您说这段话我们可以感觉到这是一种真情的流露，我们希望您在关爱孩子的同时，也能够对父母多尽一些孝心。有遗憾就有希望，在这里我们想请您说出自己的一个愿望。

周阳艳：我希望有更多的人能够支持我们河溪小学，把我们学校的校舍变大一点。现在我们学校的校舍仍然很紧张，虽然得到了社会各界的关爱和支持，但是和其他地方相比，想让学生享受到好一点的教学环境还是有困难。其他学校都有阅览室，或者有专门的音乐教室，我们学校就没有。即使学校所缺的物资问题解决了，但是因为学校没有多余的校舍，阅览室、音乐教室还是建不起来。我们学生寝室也还不规范，根据现在的办学要求，寄宿制学校的学生寝室内应配有卫生间，目前我们还达不到这个要求。我想，如果把这些硬件设施解决好了，就算我哪一天离开这个学校了，他们仍然有能力，有条件享用好的教育环境。

乡村孩子的心里话

谢　新：在我们今天的访谈现场，周校长也带来了两个孩子，这两个孩子从新塘乡河溪小学过来，他们在此之前连乡镇都没有去过，这次周老师利用暑期带他们到了武汉，我们也希望两个孩子分别说出他们的愿望，说不定通过我们新华网的传播，我们新华网的网友看到、听到他们的心声后会尽自己的一分力量满足他们的心愿。

韩　毅：大家好，我叫韩毅，今年12岁了，我在河溪小学读书，今年五年级了，我希望我爸爸一年时间中能够多回来看一下我们。

谢　新：这是对爸爸的一个希望，希望韩毅的爸爸在外辛苦打拼的同时，多抽时间陪陪可爱的孩子。

钟　兰：大家好，我叫钟兰，今年11岁，我在河溪小学读书，已经读五年级了，我的愿望是，我希望有好多人都来帮助我们学校，让我们学校变得更加美好。谢谢！

谢　新：钟兰，我们之前已经了解到了你的愿望和心声，已经动员了我们的朋友，为你们捐献了一批书包，侯先生、田女士、何先生等一些热心人士也准备为学校和学生们提供一些捐赠。我自己也有一个小小的愿望，希望周校长能够满足我，就是抽一个合适的机会，我如果去到河溪小学，可以在那里支教几天。

周阳艳：绝对没问题，我们绝对欢迎！这样的话，能够让大山里的孩子感受到外面的世界，我们学校里的大部分孩子，能够到乡镇集市的都很少。对外面的世界，只能通过电视来了解。如果有人能够来学校传授知识，引导他们了解外面的世界，我觉得这是最好不过的。我们都欢迎您到我们那里去！

谢　新：谢谢！在这里我们感谢周校长接受我们新华网的专访，同时我们也祝愿河溪小学越办越好，也希望您早日找到自己的另一半。

周阳艳：谢谢主持人！同时也感谢恩施市委陈江龙副书记这次热情地邀请我们到武汉做客，为我们提供了学习的机会，开阔了学生的眼界。